T0178965

ELOY MORENO (Castellón). Su gran pasión por la escritura lo llevó a lanzarse a la aventura de autopublicar su primera novela, *El bolígrafo de gel verde*, de la que ha vendido más de 200.000 ejemplares. Su segunda obra, *Lo que encontré bajo el sofá* (2013), volvió a conectar con decenas de miles de lectores, muchos de los cuales lo acompañan en las rutas que realiza por Toledo reviviendo el argumento del libro. Su tercera novela, *El Regalo*, recibió de nuevo un gran reconocimiento tanto en ventas como por parte de la crítica.

Posteriormente publicó *Invisible*, obra que lleva hasta la fecha treinta y dos ediciones. Su última novela, *Tierra*, ha vendido más de 100.000 ejemplares en solo un año.

También ha publicado la colección de tres volúmenes *Cuentos para entender el mundo*, una obra dirigida tanto a los adultos como a los niños y que ha sido incluida como lectura en centenares de centros educativos, y *Juntos*, su primer álbum ilustrado.

Mail: eloymo@gmail.com
Web: eloymoreno.com
Instagram: eloymorenoescritor
Facebook: eloymoreno.escritor

MAXI

Papel certificado por el Forest Stewardship Council®

Primera edición en este formato: octubre de 2021
Tercera reimpresión: diciembre de 2022

© 2020, Eloy Moreno
© 2020, 2021, Penguin Random House Grupo Editorial, S. A. U.
Travessera de Gràcia, 47-49. 08021 Barcelona
Diseño de la cubierta: Penguin Random House Grupo Editorial / Anna Puig
Imagen de la cubierta: Miquel Tejedo Castellví

Printed in Spain – Impreso en España

ISBN: 978-84-1314-240-1
Depósito legal: B-12.845-2021

Impreso en Liberdúplex
Sant Llorenç d'Hortons (Barcelona)

BB 4 2 4 0 B

Lo que encontré bajo el sofá

Eloy Moreno

MAXI

BANDA SONORA DE LA NOVELA

Aprovechando esta nueva edición de la novela,
me gustaría compartir con vosotros la banda sonora
de *Lo que encontré bajo el sofá*.

He creado una lista en Spotify para que podáis escuchar
la misma música que yo escuché mientras escribía
este libro y me perdía por las calles de Toledo.

La lista se llama:
Eloy Moreno (B.S.O. SOFÁ)

AVISO

Todos los hechos relatados son completamente ficticios. El autor no se hace responsable de las opiniones de sus personajes.

Nos hicieron creer que cada uno de nosotros
es la mitad de una naranja, y que la vida
solo tiene sentido cuando encontramos la otra mitad.

No nos contaron que ya nacemos enteros,
que nadie merece cargar en las espaldas
con la responsabilidad de completar lo que nos falta.

No nos dijeron que solo siendo individuos
con personalidad propia
podremos tener una relación saludable.

Y entonces, cuando estés enamorado de ti mismo,
podrás ser feliz y amar de verdad a alguien.

JOHN LENNON

—¿Podrías decirme qué camino debo seguir para salir de aquí?

—Eso depende del sitio al que quieras llegar.

—No me importa mucho el sitio.

—Entonces tampoco importa mucho el camino que tomes.

— … siempre que llegue a alguna parte…

—¡Oh, siempre llegarás a alguna parte si caminas lo suficiente!

LEWIS CARROLL,
Alicia en el país de las maravillas

Tacto e hilo se separan y, de pronto, un globo comienza a caer hacia el cielo. Es una caída lenta pero a la vez irremediable. Irremediable no porque sea imposible atraparlo, irremediable porque nosotros, los adultos, ni siquiera lo intentamos; solo los niños lo hacen.

Ellos, a pesar de acurrucar sus dedos y no sentir ya la cuerda que sujetaba su ilusión, continúan manteniendo la esperanza. Corren, saltan, lloran, gritan... señalando ese punto que va desapareciendo entre un azul que lo ocupa todo.

Adulto y niño observan la misma escena, pero con miradas distintas: ellos piensan que el viento lo traerá de vuelta, que algún pájaro lo atrapará con su pico o que, quizás, con suerte, otro niño sacará su mano por la ventanilla de un avión y lo volverá a coger. Nosotros no, nosotros sabemos que se ha ido, como lo hacen los recuerdos entre la vida, como lo hace la inocencia entre los años, como lo hacen las lágrimas entre las decisiones.

Y así, cayendo, el globo termina por convertirse en cielo, momento en que se descubre la frontera entre las edades: los niños piden otro como si todos los globos fueran iguales, en cambio, el adulto se pregunta qué podría haber hecho para evitar perderlo, pues sabe que ese era único.

¿Dónde caerá? ¿Qué dirección llevará? ¿Quién se encontrará con él... o con ella? ¿Podríamos haber hecho algo para evitarlo? Y la pregunta para la que uno nunca está preparado: ¿realmente se escapó o lo dejamos marchar?

Desde un lugar que
debería llamar hogar

Con el paso del tiempo he comprendido que no hay secretos más difíciles de guardar que los propios, porque estos, a pesar de creerlos controlados, saben cómo ir atravesando las grietas de nuestra conciencia.

Los ajenos, en cambio, basta con abandonarlos en cualquier rincón de la mente y allí ellos mismos se van olvidando, van desapareciendo entre los silencios y las mentiras, entre las prisas y los días... pero los propios... los propios te persiguen en cada pensamiento.

Este secreto —propio— que escondo dentro es el que ahora me impide reconocer estas cuatro paredes como un hogar, a pesar de todas esas fotos repartidas por los muebles; a pesar de nuestra ropa que, ahora mismo, juega mezclada en una lavadora; a pesar de esos dos cepillos de dientes que comparten espacio en un mismo vaso; a pesar de los juguetes que siempre se quedan en algún rincón del comedor, sobre la alfombra o bajo el sofá...

Hace demasiado tiempo que me siento actuando en la película en que se ha convertido mi vida, una película con un guión que va perdiendo sentido; actuando ante ellos, actuando incluso ante mí. Ha habido momentos en los que he estado a punto de confesarlo todo, de comenzar con esa frase que nunca trae nada bueno: «Tenemos que hablar». Pero ¿de qué serviría extender el dolor? ¿Quién saldría ganando? Nadie. Sí sé, en cambio, quién perdería: ella.

Cada día —y ya llevo tantos— despierto recordando las semanas que pasé en aquella ciudad que me hizo descuidar el presente. Unas semanas que avanzaron breves en el tiempo pero que se han quedado estancadas en mi cabeza. Dicen que un incendio no puede ser eterno, porque al final o se apaga o ya no queda nada por arder; el problema es que ni yo soy un árbol ni mi tristeza se parece al fuego.

Todo empezó como un juego… y al final se convirtió en una realidad que aún no sé dónde esconder. Comencé perdiéndome en las calles de una ciudad y acabé haciéndolo en las líneas de mi vida; podría decirle que cambié todo porque en mi mundo hacía tiempo que no cambiaba nada; podría decirle que la fuerza de los sentimientos fue más intensa que la de los remordimientos; podría decirle que durante aquellos días sentí que vivía continuamente en primavera…

Y ahora escondo un secreto que, día a día, se revuelve en mi interior, buscando algún lugar por el que escapar, aunque sea a través de una simple mirada. Un secreto que consigo controlar cuando ocupo mis pensamientos en otras cosas, pero que aparece puntualmente cada mañana, al despertar; como si, durante el sueño, aprovechase mi ausencia para alimentarse.

Sé que no podré ocultarlo eternamente, sé que algún día conseguirá romper esta armadura de piel que llevo… Y sé que cuando llegue ese día tendré que explicárselo… y, quizás, comprenderlo yo.

* * *

Toledo, 1986

Hay en Toledo una calle estrecha, torcida y oscura que guarda una casa con tres plantas y un patio interior. Un patio de donde nace una escalera rodeada de una barandilla de madera que está muerta por dentro.

Es casi la hora de cenar y un matrimonio acaba de cerrar la puerta de una pequeña habitación situada en la tercera planta. Fuera de esa misma puerta, a apenas dos metros, un niño permanece sentado en el inicio de la escalera, a la espera de que sus padres salgan. Juega con sus pies contra el suelo mientras se asoma entre los barrotes para observar el arcoíris de macetas que adornan el suelo del patio.

Tres pisos —y medio— más abajo, en una pequeña bodega convertida en taller, otro niño mira, fascinado, los relojes que hay sobre una vieja mesa de madera a la espera de ser reparados. Sabe que su padre le tiene prohibido entrar allí, por eso suele colocar a su hermano arriba, de vigía.

En ese mismo instante sujeta en su mano un precioso y caro —aunque eso él no lo sabe— reloj de bolsillo que parece estar en perfecto estado. De color dorado, tiene en su tapa una extraña inscripción con forma de dos corazones enfrentados. Lo abre y descubre unos preciosos números romanos en color oro sobre una esfera totalmente blanca. Es un reloj de mujer, y es un regalo, aunque todo eso él tampoco lo sabe.

De pronto, en la tercera planta, la puerta de la habitación se abre dejando escapar unos gritos que asustan a los dos hermanos. Padre y madre hablan a golpes. Ella sale de espaldas, quizás asustada, quizás arrepentida… quizás huyendo de un marido que en ese momento lleva la tristeza —y también la ira— derramada en el rostro.

Confusión, miedo, vergüenza, rabia, orgullo…

Y entre todos esos sentimientos una mujer cae durante tres pisos, atravesando el vacío, hacia un patio repleto de flores.

Arriba, un niño se tapa los ojos al ver lo sucedido. Abajo, su hermano deja caer el reloj que aún tiene entre las manos, sube corriendo los pocos escalones que le separan de su madre y se encuentra con el resultado.

Ambos descubren un dolor sin antecedentes.

* * *

Toledo, 2013

Salí con antelación de la que desde hacía apenas unos días era mi casa, pues temía retrasarme entre aquellas calles que parecían acertijos. Cerré la puerta intentando convencerme de que solo iba a dejarla a solas dos o tres horas. Aun así, bajé sin demasiada ilusión con la intención de volverme en cada nuevo escalón.

Abrí el portal a desgana, tropezando con un frío que a esas horas ya comenzaba a visitar la ciudad. Caminé en dirección a la plaza, con el cuerpo encogido y las manos en los bolsillos.

Allí, entre decenas de vidas que disfrutaban de un viernes por la tarde, distinguí a un grupo de personas alrededor de un pequeño quiosco; supuse que serían ellos.

—Espere ahí, a las ocho y media empezaremos —me dijo una chica joven mientras guardaba el dinero en una pequeña bolsa de plástico.

Me alejé unos metros a la espera de que se hiciera la hora. Aún quedaban unos diez minutos. Poco tiempo si se tiene con quien hablar; todo un mundo si, como era mi caso, no conocía absolutamente a nadie. Así que, desde ese balcón llamado soledad, me asomé para analizar a algunas de las personas con las que iba a compartir las siguientes dos horas.

Justo a mi lado, ajenos al mundo, dos jóvenes —ciegos en palabras— únicamente necesitaban comunicarse a través del tacto: labios y manos eran su pequeño alfabeto. A su lado, tres chicas utilizaban también sus manos, pero para jugar con sus respectivos móviles, sus dedos eran insectos sobre unas pantallas que a su vez se comunicaban con otras, a saber dónde, quizás a miles de kilómetros, quizás —quién sabe— entre ellas mismas.

Frente a mí, en un banco situado a unos tres metros, observé a otra pareja, a simple vista más consolidada; de esas que han abandonado los lenguajes alternativos, de esas que, aun en plena conversación, tienen los pensamientos mucho más lejos que sus palabras. En ese momento sus miradas no se cruzaban: ella hablaba a través del móvil mientras él giraba la cabeza para, disimuladamente, curiosear unas revistas eróticas que se asomaban tras el cristal del quiosco.

Unos metros más a la derecha, varios amigos no paraban de reír, dos señoras mayores parecían enfrascadas en una pequeña discusión y una pareja flotaba en el aire: me fijé en sus caras, y mientras sus palabras se acariciaban con el aliento, eran sus ojos los que se besaban con las miradas.

Me quedé observándolos demasiado tiempo, recordando aquellos años en los que yo también volaba, en los que nuestros sentimientos parecían estar bañados en almíbar, aquellos momentos en los que nunca me hubiese dado cuenta de si otra pareja flotaba. Reconozco que sentí envidia, pero no de la sana, porque esa no existe.

Había varias personas más alrededor, que supuse que también pertenecían al grupo… y finalmente yo.

Sí, yo; en singular, en impar, en solitario.

* * *

Mientras una parte de mi familia estaba a poco más de cinco minutos, la otra se alejaba a casi trescientos kilómetros. En realidad, sabíamos que esto podía ocurrir: estar separados a temporadas era una realidad que habíamos asumido, pero nunca pensamos que íbamos a estar tan lejos. Nos habíamos convertido en tres vidas que intentaban encajar en la distancia.

Ahora sé que el principal problema al acabar un puzle no es que te falten piezas, sino todo lo contrario: que haya demasiadas. Porque cuando esto ocurre siempre hay alguien que sale perdiendo.

Y mientras yo continuaba analizando vidas apareció un hombre alto, delgado y de unos sesenta y tantos años que, con cara seria y un pequeño aspaviento, consiguió mover al grupo.

Nos fuimos alejando hacia un extremo de la plaza, distribuyéndonos como en un pequeño teatro alrededor del hombre que había movido la batuta. Y yo, como siempre, me

situé en esa butaca en la que —por estar demasiado alejada—
supones que no te van a sacar a escena.

—Hola a todos —saludó con una voz imponente—. Mi
nombre es Luis. Bienvenidos a Toledo.

* * *

Dejó pasar un silencio exagerado.

—Muy bien, pues empecemos. Como les he dicho, mi nombre es Luis, y hoy voy a compartir con ustedes dos horas que les parecerán diez minutos. Esta noche van a conocer el verdadero Toledo, no el que aparece en las guías turísticas, sino el real. Ese Toledo en muchas ocasiones mágico. Esta noche vamos a recorrer los secretos que esconde la ciudad. Bueno, no todos, porque para eso necesitaríamos varias vidas... Si durante la visita tienen cualquier duda basta con que levanten la mano, y si la pregunta es fácil, quizás se la pueda contestar. He de advertirles que vamos a estar transitando por auténticos laberintos, por callejones tan estrechos que tendrán que decidir si entran ustedes o sus sombras. —Sonreímos—. Les aseguro que por la mayoría de ellos apenas podrán pasar con los brazos abiertos —dijo mientras hacía el gesto con sus propios brazos.

»Les digo todo esto porque puede que alguno de ustedes se pierda. No se preocupen que no serán los últimos. Por eso, lo primero que deben saber es el nombre de esta plaza en la que estamos, pues será el principio y fin de la visita, y será, por tanto, el lugar por el que deberán preguntar si se extravían. Esta plaza se llama Zocodover, y no Zocodóver como mucha gente dice. Sí, ya sé que puede ser un nombre complicado de recordar; y si es difícil para ustedes, imagínense para un extranjero. Muchas veces me ocurre que a ellos, a los extranjeros, les es imposible pronunciar o recordar el nombre, así que les digo que si se pierden pregunten por el McDonald's, pues eso lo suelen pronunciar mejor, y además, en la parte antigua de Toledo solo hay este que ven ustedes aquí a la derecha.

Todos dejamos escapar una pequeña sonrisa y miramos a nuestro alrededor, como para reconocer el lugar al que debíamos llegar si, por alguna inexplicable razón, nos perdíamos.

—Como les decía, esta va a ser una noche especial. Una noche en la que descubrirán que las estatuas, a veces, son capaces de cobrar vida; que la tristeza de una joven puede amargar el agua de un pozo para siempre o que un hombre de palo se paseó por estas calles hace mucho tiempo.

* * *

A la misma hora, a varias calles de distancia

Marta tiene, desde hace ya unos minutos, la sensación de que están siguiéndola. No ha mirado atrás porque le da más miedo hacerlo que seguir creyendo que es su propia imaginación. Y es que cuando uno no mira, aún le queda la esperanza de la duda.

Ya es de noche y el frío le recuerda que vive en una ciudad en la que el invierno siempre le araña días al otoño. Dobla una esquina y mientras camina comienza a fijarse en su propia sombra, sobre todo cuando esta se alarga al pasar bajo las farolas, ese es el mejor momento para descubrir si hay otras a continuación; pero no, si alguien le sigue, no está tan cerca.

Aun así, el eco de unos pasos le hace acelerar el ritmo y el pulso; y a partir de ese instante es el miedo el que comienza a perderla.

Llega a la siguiente esquina con los latidos en las palmas

de las manos, para y se encuentra con el momento en que debe tomar una decisión.

Tiene dos opciones: dar un rodeo por tres calles más grandes o atravesar el pequeño callejón que le queda a la izquierda, un callejón tan oscuro como estrecho, pero que la deja a apenas unos metros de su casa.

Opta por el camino más corto. Gira a la izquierda y antes de introducirse en la oscuridad mira hacia atrás: no ve a nadie. Suspira aliviada.

Pero el gran problema de tener al miedo como compañero es que suele confundir al pensamiento, y claro, que te persiga alguien no significa que esté detrás de ti.

* * *

—Bien, pues empecemos aquí mismo. Esta plaza fue el centro neurálgico de la ciudad durante muchísimo tiempo. Su nombre, Zocodover, proviene del árabe y, como ya sabrán, «zoco» significa mercado, y la palabra completa significa «mercado de bestias de carga». Fue el punto más importante de la ciudad desde la Edad Media. Pero no solo para el mercado, sino por muchas otras razones. Por ejemplo, aquí se hacían los autos de fe de la Inquisición, e incluso la ejecución pública de los reos. Sí, aquí, sobre este mismo suelo, se han cometido centenares de asesinatos en nombre de la religión.

Todos miramos instintivamente nuestros pies, como si allí, bajo ellos, aún estuvieran los restos de aquellos muertos que nacieron en la época equivocada: cuando la fe movía montañas y arrasaba vidas.

—En esta plaza se utilizó mucho el sambenito, una prenda que se ponían los penitentes católicos para mostrar arrepentimiento y sentirse humillados por delitos religiosos. Era un saco tipo poncho, en el que había un agujero para pasar la cabeza, de ahí lo de «saco bendito». Normalmente, la prenda venía estampada con una cruz, pero también con llamas de fuego, demonios y otros símbolos que aludían al tipo de condena. Por ejemplo, si se dibujaban llamas hacia arriba eso significaba que el acusado iba a morir en la hoguera, en cambio, si eran hacia abajo, se salvaba de la muerte, pero sería quemado si reincidía... y como en aquel entonces con tres acusaciones bastaba para investigar a alguien, ya ven lo fácil que era acabar con una vida. ¿Se imaginan ustedes que existieran hoy en día los sambenitos para nuestros políticos, con dibujos dependiendo del tipo de corrupción realizada? —Todos reímos—. Una vez que se ejecutaba la sentencia a muerte y pasaba un tiempo determinado, el cadáver era llevado al clavicote, que era como una especie de jaula donde el cuerpo era expuesto para que los ciudadanos dieran limosnas y así poder sufragar el entierro. El clavicote se instaló en esta misma plaza. Además, a todos los cuerpos de aquellos que eran asesinados, se ahogaban o, de una forma u otra, morían de forma anónima, también se les llevaba al clavicote para ver si alguien los reconocía.

»Pero, bueno, no todo lo que sucedía aquí era tan macabro. Como les decía al principio, en esta plaza se han instalado mercados, se han concentrado tiendecillas, se han celebrado numerosos festejos y se le ha llegado a definir como el mentidero de Castilla. Es decir, era el lugar a donde la gente acudía para enterarse de las últimas noticias y cotilleos: conocer cómo iba la guerra por tal sitio, saber si doña fulana o mengana se iba a casar; si se iba a subir algún impuesto... aunque la mayoría de las veces se hablaba más por no callar que por otra cosa. De hecho, aquí surgieron los grandes rumores de la ciudad y de Castilla. Vamos, que era como la prensa rosa de hoy en día. Síganme por aquí.

El grupo se movió de nuevo, y yo con él; al final, con la misma incomodidad de quien va a solas al cine.

—Ahora mismo estamos atravesando la calle del Comercio o calle Ancha, y unos metros más adelante pasaremos por una calle con un nombre peculiar: la calle del Hombre de Palo. A la vuelta les contaré esta historia… o leyenda.

Nos movimos dejando pequeñas calles que se perdían a ambos lados. Conforme avanzábamos, parecía que la ciudad quisiera atraparnos, pues la distancia entre sus muros iba disminuyendo, y daba la impresión de que nos introducíamos en un embudo de piedra.

—Me hace gracia —continuó el guía— cuando uno va de crucero y dice: «He estado en tal y tal y tal ciudad». En realidad, lo único que han hecho ha sido pisarlas, y entre pisarlas y verlas por la tele no hay mucha diferencia. Una ciudad hay que vivirla, sentirla, tocarla… Toquen, toquen estas paredes y noten el frío que Toledo pasa por las noches.

Y al instante, allí estábamos todos acariciando con nuestras manos aquellas grandes paredes de piedra.

* * *

Entra en el callejón y, a tientas, sin dar tiempo a que sus pupilas se acostumbren a la oscuridad, comienza a correr. No ha visto a nadie tras ella, pero el temor permanece en su intuición.

Cuando apenas le quedan unos metros, nota que la poca luz que entra por el extremo opuesto disminuye como en un pequeño eclipse: tres sombras bloquean la salida.

Quizás, si en ese mismo instante saliera corriendo en dirección contraria, podría escapar, pero tendría que haberlo hecho ya, incluso antes de pensarlo.

Se queda inmóvil.

Comienza a sentir su cuerpo como nunca antes lo había sentido: el bombear de un corazón que late a una velocidad inusual; el ir y venir de la sangre recorriendo los rincones de su anatomía; el calor que emerge de cada uno de los poros de su piel, la creciente borrosidad del entorno, el temblor de un cuerpo al completo…

Y de pronto, un frío extraño en sus piernas: se acaba de mear encima.

* * *

Continuamos caminando hasta una plaza en la que se alza uno de esos edificios que, con tan solo mirarlos, te permiten viajar en el tiempo.

—Bien, hemos llegado a la catedral de Santa María de Toledo. De momento, no les voy a decir nada más, simplemente quédense en silencio y disfruten de su belleza.

Entre la oscuridad de aquellas luces y una niebla que comenzaba a abrazarnos, mi imaginación me trasladó a un pasado repleto de romances y aventuras. Pensé en todo lo que habría vivido aquella ciudad, en las historias que permanecerían escondidas entre sus calles. No imaginé que en unos días comenzaría a escribir —y sobre todo a ocultar— también la mía.

—Si se fijan en ella —rompió su voz el silencio—, hay algo que llama mucho la atención: en lugar de tener dos torres, como la mayoría de las iglesias góticas, solo tiene una. En realidad, llegó a tener casi dos, pero finalmente se quedó así. Hay dos teorías sobre esto. La primera es que se gastaron todo el presupuesto en «otras cosas» y luego no hubo dinero para acabarla; les suena esto, ¿verdad? Y la otra opción es que los arquitectos dijeron que el suelo no aguantaría una segunda torre, algo también bastante creíble, pues, por si no lo sabían, Toledo está hueco por dentro.

»Pero si hay una historia curiosa relativa a esta catedral es la de su campana —continuó—. Esta catedral tiene la campana más grande de España y una de las más grandes del mundo; la llamamos, en un alarde de creatividad, la Campana Gorda. Fue fundida en 1755 y tiene más de dos metros de altura, más de nueve de circunferencia y pesa entre quince y diecisiete mil kilos, según a quien consulten. Sí, ya sé lo que se están preguntando ahora mismo. ¿Cómo diablos pudieron subirla hasta allá arriba? Pues pudieron, pero tuvieron que llamar a un buen número de marineros de Cartagena. No porque los toledanos no estemos fuertes, ¿eh?, sino porque ellos estaban acostumbrados a manejarse muy bien con poleas y grandes pesos. Se dice que estuvieron siete días para colocarla.

Todos nos quedamos boquiabiertos mirando la altura de la torre e imaginando las dimensiones de aquella campana.

—Nada más colocarla, ya supondrán ustedes la expectación que se creó entre la población. Pues bien, el 9 de diciembre de 1805, el día de Santa Leocadia, fue tocada por primera… y última vez. —Se oyó una exclamación colectiva—. Cuenta la leyenda que, al dar el primer y único campanazo, se rompieron todos los cristales de Toledo, que el sonido que produjo llegó a oírse hasta en Madrid y que todas las parturientas que había en ese momento en la ciudad dieron a luz… Quizás esto último ya entre a formar parte de la leyenda, pero fue tal el golpe de la Campana Gorda que se rajó y desde entonces ya no se ha vuelto a utilizar. Era tan grande que aún se conservan coplas que dicen algo así como que «debajo de la Campana Gorda de la catedral caben siete sastres y un zapatero, también la campanera y el campanero…».

Todos aplaudimos ante la forma de recitar de aquel hombre.

—Bien, síganme —dijo sonriendo.

* * *

Marta se mantiene inmóvil mientras los tres cuerpos se aproximan. Sus miradas se dirigen hacia el suelo: el charco les comunica que acaba de darse por vencida.

Tres sombras que ni al acercarse dejan de serlo, la luz no es suficiente para descubrir sus rostros.

Durante unos instantes no hay palabras, los vahos de las respiraciones forman la melodía de una espera que se hace eterna.

La rodean y ella se deja hacer, se acaba de convertir en una marioneta de hilos prestados. La empujan contra la pared, le ponen una mano en la garganta y mientras una de las sombras enciende un móvil para grabar lo que vendrá a continuación, otra le quita la cartera para desparramar todo su interior en el suelo: dos libros de inglés, un pequeño estuche de maquillaje, varios bolis, unos tampones, la agenda escolar y toneladas de miedo.

* * *

El grupo se movió y nos fuimos adentrando por unas calles que parecían desplazarse como serpientes...

—Hay varias razones por las que antiguamente se hacían calles tan estrechas —continuó el guía—. Por una parte, eso protegía a los ciudadanos del frío en invierno y del calor en verano, y lo que también es importante, estos callejones eran perfectos para defender la ciudad, pues si era invadida, confundían a los enemigos.

Y así, atravesando lugares que nos llevaban a otras épocas, narrando leyendas sobre fantasmas que parecían rodearnos y descubriendo un secreto en cada esquina, nos fuimos acercando a la plaza en la que iban a comenzar mis dos historias.

—Bueno, pues hemos llegado a este precioso rincón. Vayan pasando y quédense aquí, a mi alrededor, que les voy a contar una bonita historia de amor.

Poco a poco, fuimos ocupando con nuestros cuerpos el espacio que dejaba la noche; agrupados, en silencio, frente a un hombre que comenzó a conquistarnos.

—Estamos en la plaza de Santo Domingo el Real. Por si a

alguno de ustedes les suena, aquí es donde sucede —al menos hasta ahora se piensa que es así— parte de la leyenda de *Las tres fechas*, de Bécquer. Miren a su alrededor e imagínense en un día cualquiera de hace unos ciento cincuenta años...

»La leyenda nos cuenta que Bécquer se encontraba por estos lugares cuando, paseando por una calle en la que raramente se cruzaba con nadie, se dio cuenta de que las cortinillas de una ventana se abrían para volver a cerrarse casi de inmediato. Él intuyó que unos bonitos ojos lo observaban, pues tras aquella ventana tan hermosa —supuso— solo podía asomarse una hermosa mujer. Pasaron los días y, cada vez que Bécquer caminaba por aquella calle, hacía más ruido del necesario con sus zapatos para advertir de su presencia.

»Y de nuevo, otra tarde, le ocurrió exactamente lo mismo... pero tampoco pudo verle el rostro. Pese a su curiosidad, a los pocos días tuvo que marcharse de Toledo y anotó en su cuaderno una primera fecha.

Se detuvo durante unos instantes y me di cuenta de que era tal el silencio que la ciudad parecía dormida. Nosotros, en cambio, permanecíamos totalmente despiertos, inmóviles, atentos... como esos niños que se reúnen de noche junto al fuego para disfrutar de una historia de misterio en pleno bosque.

—Pasado un tiempo, Bécquer volvió a Toledo y, una vez más, otro día, paseando por esta misma parte de la ciudad, vio una joven mano que le saludó desde la ventana. Desgraciadamente, al igual que la vez anterior, tampoco llegó a ver su rostro. Estuvo esperando y esperando, pero aquella hermosa mujer —según su imaginación— ya no volvió a asomarse. Finalmente, tuvo que partir de nuevo hacia Madrid y anotó una segunda fecha. Sobra decir que durante todo ese tiempo, Bécquer, que era un enamoradizo, se había creado mil sueños e imágenes en su mente sobre aquella misteriosa y, sobre todo, bella mujer.

El guía guardó silencio nuevamente y yo aproveché para agacharme y atarme unos cordones que se habían vuelto rebeldes hacía ya unos cuantos pasos. Al inclinarme, me fijé en una extraña inscripción que había en la base de la pared. A primera vista parecía un reloj de arena, pero al mirarlo más detenidamente descubrí que en realidad eran dos corazones enfrentados, uno arriba y otro abajo, uniéndose en sus puntas. En el interior del primer corazón había unas iniciales y en el del segundo una fecha: 22-X-1984.

—Al cabo de un año —continuó el guía—, Bécquer volvió a esta plaza sin haber olvidado aquellas dos fechas. Estuvo paseando varias veces por aquí intentando encontrar a la dama de sus sueños, pero nada, no tuvo suerte. Un día, en uno de sus tantos caminares, escuchó el sonido de un órgano acompañado de unos cantos que salían de este mismo convento que ustedes tienen a sus espaldas. —Todos nos dimos la vuelta—. Preguntó por lo que aquí ocurría y le dijeron que una novicia estaba tomando los hábitos. Bécquer, movido por la curiosidad, se asomó y estuvo atento a toda la ceremonia, sin poder distinguir en ningún momento la cara de la dama. Una vez acabado el rito, se abrió la puerta y la nueva esposa de Dios entró hacia la clausura. En ese instante el poeta la vio y... —aquel hombre, ayudado por el silencio que nos rodeaba, nos tenía a todos atrapados—... quiso saber quién era aquella muchacha.

»Le dijeron que se trataba de una joven que se había quedado sola tras la muerte de sus padres, una doncella que no tenía a nadie con quien compartir su vida. Cuando preguntó dónde vivía, le señalaron una ventana y se le encogió el corazón, pues según las indicaciones era la misma ventana que él ya conocía. Como imaginaréis, Bécquer salió de allí destrozado, seguramente se pasó el día pensando en que si hubiera llamado a su casa, si la hubiera conocido a tiempo... Esta es la tercera fecha, una fecha que nunca llegó a escribir porque dice que se la guardó para siempre en su corazón.

Dejamos escapar un pequeño suspiro que se desvaneció entre la noche.

—Bueno, como ven, es una bonita historia que no tuvo un final feliz, o al menos el final que Bécquer hubiera esperado. Y ahora, continuemos, caminemos hacia allí, hacia aquellos cobertizos...

Aquello podría haberlo hecho cualquier enamorado, pero algo no me cuadraba: la fecha, la letra y, sobre todo, el esfuerzo que suponía: estaba esculpido en la roca. Un trabajo demasiado complicado para la inmediatez de un adolescente. Finalmente, me pudo la duda y, antes de que el guía desapareciera tras el grupo, me acerqué a él.

—Oiga... Luis, ¿verdad?

—Sí, dígame —me contestó con un gesto amable, poniendo su mano sobre mi hombro.

—Verá, es que he encontrado una marca aquí detrás, justo donde se juntan el muro y las rejas, no sé, es extraña...

—A ver, dígame dónde... —Y me acompañó unos metros.

—Mire, aquí —le señalé con el dedo.

El hombre se agachó, miró la inscripción y acarició lentamente la pared, como si cada parte de aquella ciudad fuera también parte de su propia vida.

—Vaya, sí que es usted observadora —contestó—, pero

supongo que será obra de algún joven enamorado. Esta plaza tiene mucho significado, sobre todo por la historia que les acabo de contar. No es de extrañar que alguien haya querido dejar aquí su amor por escrito. —Sonrió.

—Pero es que... —repliqué—, es que pone 1984, y teniendo en cuenta la facilidad de los espráis, ¿quién se va a poner a hacer este trabajo sobre la piedra?

—Quién sabe, quizás aún quedan románticos. —Sonrió—. Además, si lo piensa, esto no se lo lleva la lluvia.

—¿La lluvia?

—Sí, claro, los espráis se van desdibujando con la lluvia, en realidad, la lluvia lo desdibuja todo: los rostros, las miradas, los recuerdos... hasta las calles —me dijo sonriendo—. Vamos, que se nos pierde el grupo.

Y en cambio fui yo la que, a partir de ese momento, comencé a perderme.

* * *

Y sin aviso, como esas malas noticias que llegan por teléfono en la madrugada, siente que le explota el estómago.

Como reacción, su cuerpo expulsa un grito que concentra miedo y dolor. Un grito que va colisionando entre los muros de la pequeña calle y escapa hacia la ciudad.

Un puño acaba de impactar con tanta fuerza que su cuerpo se dobla, cayendo, de rodillas, al suelo.

Las tres sombras se quedan momentáneamente a la espera.

—Vaya con la niña, ¿habéis visto cómo grita? —dice una voz salpicada de odio a apenas unos centímetros de su cara.

—¿Sabes lo que le pasa a quien me toca las narices? —Habla sobre un cuerpo que escucha sin comprender lo que está ocurriendo, un cuerpo que repasa mentalmente entre sus últimas acciones alguna que haya podido provocar aquel arranque de violencia. Por un momento, llega a pensar en la posibilidad de que se estén equivocando de persona.

—No entiendo... —se atreve a decir.

—¿No entiendo? ¿No entiendo? ¿No entiendo?... —se

burla su agresora—. Pues parece que el otro día, cuando estabas ligando con mi chico, sí que entendías. —Y esa frase comienza a despejar todas las dudas, al menos hay un motivo, como si eso, de alguna forma, justificara la agresión.

Fue hace dos días, cómo iba a olvidarlo. Estuvo hablando unos minutos con sus amigas a la salida de clase, como casi siempre, de chicos. Se despidieron, y ella comenzó a caminar hacia su casa. Cruzó la calle, dobló una esquina y alguien gritó su nombre.

Se dio la vuelta y vio al chico por el que todas estaban locas: Dani, de segundo. Él comenzó a hablarle y ella a no oír, él comenzó a mirarla y ella a no ver... y, sin saber cómo, se estaban besando en las mejillas. A partir de ese momento, empezó a notar que se alejaba del suelo...

—No... Yo no hice nada, él vino... —Habla con unas palabras que se atropellan a la salida de su boca—. Yo no lo conocía de nada, no sabía que tú y él... no sabía...

—¡No sabía, no sabía! ¡Nada! —grita mientras le agarra del pelo con rabia—. Como vuelva a ver que te acercas a mi chico, te clavo esto... —Y en ese momento saca una pequeña navaja del bolsillo—. Te clavo esto en esa carita de muñeca que tienes.

* * *

Me quedé allí, repasando con mis dedos los surcos de aquellos dos corazones, sintiendo el frío rozar de la piedra contra mi tacto. «¿La lluvia?», pensé, no entendía nada.

Nunca imaginé que ese rincón y esa marca iban a significar tanto en mi vida; nunca imaginé que, en unos días, apoyada en ese mismo lugar iba a desarmarme por completo, que iba a descuidar todos mis principios.

Me estaba ya incorporando cuando, como un susurro surgido de la ciudad, llegó hasta mí la sombra de un grito; un grito diferente a los que llenan la noche de un viernes.

Podría haberlo ignorado y correr tras un grupo que ya se me escapaba, pero la intuición me lo impidió. Me puse en pie y salí de la plaza siguiendo la estela de aquel sonido que parecía resultado del dolor. Orienté mi oído buscando miedo como un zahorí dirige su palo buscando agua.

Me asomé a la primera calle: nada. Comencé a caminar a más velocidad hasta la siguiente: nada; la siguiente: nada; pero al doblar la esquina, miré a la izquierda y, al final de un oscuro callejón, distinguí unas sombras sobre el suelo.

Y sin pensar —porque, seguramente, si lo hubiera pensado, no lo habría hecho de una forma tan inconsciente—, grité desde el otro extremo: «¿Pasa algo por ahí?».

* * *

«¿Pasa algo por ahí?», se oye en la noche.

Tres sombras giran sus cabezas hacia la otra orilla de la calle, dejando que un silencio tenso se instale entre esa voz no invitada y ellas.

—¡Ya hablaremos otro día, zorra! —se oye con fuerza en la oscuridad.

Y esas mismas sombras echan a andar hacia el extremo más cercano a la salida, sin prisa, con la seguridad que da saber que, a esa edad, una ley las protege.

Me acerqué en susurros, temblando, con un valor imprudente; sin saber lo que me podía encontrar allí, sin saber el estado de aquel pequeño bulto que permanecía inmóvil, abrazado al suelo.

Me agaché y descubrí a una niña que temblaba, acurrucada sobre un pequeño charco. Le acaricié suavemente la espalda y su reacción inmediata fue protegerse ante un posible nuevo golpe, ocultando la cabeza entre sus manos.

—No te preocupes, ya se han ido… —le dije en voz baja, intentando no asustarla más, si es que eso era posible. Y la abracé; la abracé como hubiera abrazado a mi hija. Y ella, aún temblando, sacó sus brazos y me devolvió el abrazo. Y así, dos desconocidas estuvimos sintiéndonos durante un siglo. En aquel contacto yo iba notando cómo, poco a poco, su corazón volvía a la normalidad, cómo su temblor iba disminuyendo y cómo las lágrimas llegaban al final de su recorrido: mi cuello.

—¿Te han hecho algo? ¿Estás bien? —le pregunté cuando comenzaba a separarse.

Levantó lentamente la cabeza, quizás porque su mente aún retenía el miedo a ser golpeada de nuevo. Observó alrededor y me miró a los ojos mientras volvía a la realidad. Intentó disimular su dolor recogiendo varios objetos y guardándolos en su mochila.

—¿Estás bien? —le insistí.

—Sí, sí —respondió casi sin voz, mientras con una mano se limpiaba las señales de terror que le quedaban en las mejillas.

—¿De verdad? ¿Quieres que llame a alguien? ¿Te han hecho daño? ¿Vives por aquí? —Fue el rosario de preguntas que le hice con la intención de poder ayudarla en algo.

—No, no, de verdad, estoy bien, estoy bien… —respondió con unas palabras que, al salir, intentaban esquivar las lágrimas que aún le quedaban en la garganta.

Me sentí impotente, sin saber qué decir ni qué hacer. Se levantó, se sacudió los restos de vergüenza como pudo y se colocó la mochila entre las piernas, intentando disimular una mancha que delataba su fracaso.

Nos dirigimos hacia la salida del callejón, una al lado de la otra, dos desconocidas a veinte años de distancia.

—¿Quieres que te acompañe a algún sitio? —le insistí.

—No, no hace falta, gracias… vivo ahí mismo —me decía mientras notaba sus ganas de desaparecer.

Miró a ambos lados con desgana y comenzó a caminar. Me quedé mirando su silueta mientras cruzaba la calle… Se me cayó el alma al suelo.

En ese mismo instante, a lo lejos, distinguí las luces de un coche de policía. Sin pensarlo, grité hacia él moviendo las manos en el aire.

—¡Policía! —grité con todas mis fuerzas—. ¡Policía!

Grité y gesticulé tanto que finalmente me vieron. Pero conforme el coche se acercaba, era la niña la que desaparecía: al oír mi voz echó a correr y se metió en un portal cercano.

Y yo, ese día, atravesé también un portal, el que conduce a esas otras realidades que no se pueden contar a nadie, ni siquiera a una misma.

* * *

Durante unos instantes que le parecen horas es incapaz de meter la llave en la cerradura. Es como si todo el viento del mundo balanceara en ese momento su mano, su cuerpo y su vida.

Está a punto de llamar al timbre y gritar que está asustada, que se siente sola, que se acaba de mear encima, que necesita el abrazo de alguien…, aunque sea el de sus padres. Que, en realidad, a pesar del maquillaje, de sus faldas y su altura, aún es una niña, solo eso, todo eso: una niña.

Está a punto de gritar que hoy, como cuando era pequeña, necesita dormir con ellos, en su cama. Dormir y que la noche sea tan eterna como una estación por la que ya no pasan trenes. Necesita moverse en mitad de la madrugada y sentir la protección del tacto. Sentirse como cuando aún no era tan mayor. Ahora, después de tantos años queriendo ser adulta, desea ser un poco más niña.

Tras varios intentos consigue meter la llave. Empuja la puerta y, ya desde dentro, observa a través de unos pequeños centímetros cómo la mujer que acaba de ayudarle está hablando con un policía. Se mantiene ahí hasta que nota cómo sus miradas, sus palabras y sus gestos se dirigen hacia ella.

Cierra de golpe.

Se sienta en el primer escalón, apoya la espalda contra la pared ahogando el dolor que le roza varias partes de su cuerpo y se pregunta qué acaba de ocurrir.

Hasta ese momento su vida ha sido bastante fácil, nunca le ha sucedido nada parecido, alguna riña con otros compañeros, alguna discusión… pero nada más; en cambio, eso, lo que le acaba de pasar…

Oye unos pasos en el exterior y se levanta de golpe. Sube las escaleras.

De nuevo otra llave.

Abre la puerta y en silencio entra en casa.

Su madre está en la cocina.

Su padre está en el sofá.

Y ella desearía no estar en ningún sitio.

* * *

Encaja la llave a la primera, a pesar de que sus dedos también tiemblan, pero por razones distintas. Llama al ascensor y sube en él como tantas veces lo ha hecho. Se mira al espejo con una sonrisa que no acaba de completarse, como siempre. Llega al tercer piso y abre lentamente la puerta con una sensación de victoria.

En realidad, no sabe exactamente qué es lo que más le gusta: si tener ese control sobre otra persona o ser admirada y temida por el resto, quizás una mezcla de ambas cosas.

Nunca admitirá que la verdadera razón es la envidia. Esa chica nueva —Marta le ha dicho que se llama— es demasiado guapa, demasiado llamativa y, aunque esto ya no le importe tanto, demasiado lista. La vio los primeros días, pero solo se ha fijado en ella al descubrirla hablando con Dani, con su —al menos eso desea— Dani, con el chico más guapo del instituto. Sí, piensa, esa chica destaca en muchas cosas, pero, afortunadamente, acaba de descubrir que es tan débil como guapa.

Sabe que si persiste en su acoso, podrá conseguir que trasladen a Marta de centro; porque, como ya ha ocurrido en otras ocasiones, normalmente se va la agredida y no la agresora. Sonríe.

Sale del ascensor.

De nuevo otra llave.

Abre la puerta y, en silencio, entra en casa.

Su madre ya ha salido.

Su padre aún no ha llegado.

Y a ella le daría igual estar en cualquier otro sitio.

* * *

Mete el coche en el garaje, abre la puerta de casa, desconecta la alarma y tira la chaqueta sobre una silla.

Se dirige con una sonrisa hacia la habitación. Sabe que mañana podrá conseguir un dinero que no le vendrá nada mal: un político corrupto —prácticamente todos, sonríe—, algún funcionario con tareas extra por las tardes, abogados con pocos escrúpulos, empresarios ricos que buscan el calor en camas ajenas... en realidad, es tan fácil.

Comienza a desnudarse, dejando un reguero de ropa desde la cama al baño. Abre el agua caliente y se mete en la ducha. Y ahí, bajo el placer de esa lluvia, observa cómo su orina, mezclada con el agua, desaparece por el desagüe... y suspira de gusto.

Se mantiene con los ojos cerrados y la cabeza mirando hacia el suelo, dejando que las miles de gotas que le caen en la nuca le estremezcan el cuerpo.

Y mientras se enjabona con la mano y llega a ese punto por debajo del ombligo, se pone a pensar en la tía que ha conocido. Cómo le ha sonreído, cómo se le ha quedado mirando, sabe que le ha atraído y, además, tiene un buen polvo. Pensando en ella, con el movimiento de una sola mano, consigue un placer que le recorre el cuerpo.

Apoya los brazos sobre la pared, suspira varias veces y, tras dejar que el agua arrastre los restos, sale.

Quizás sean cosas del uniforme, piensa mientras se sitúa frente al espejo para afeitarse.

Tras la crema hidratante y la antiarrugas se va hacia la cocina. Abre la nevera, coge una cerveza y pone una *pizza* congelada en el microondas, sabiendo que todo lo que se cuida por fuera, a veces lo estropea por dentro.

Se tira directamente en el sofá, enciende la tele y se tumba.

Sus pensamientos se van de nuevo hacia los secretos, hacia todos esos secretos ajenos que almacena y que hasta ahora le han dado tanto dinero. Mira alrededor: ¿Qué policía puede permitirse una casa así, un coche así, un nivel de vida así…? Sabe que mañana, como en cada visita, tendrá mucho que contar o, con suerte, esconder.

Mira el mueble: allí permanece el sobre. Un sobre repleto de fotografías que valen un buen puñado de euros.

* * *

Metí la llave sin ser consciente de que aquel encuentro iba a cambiar mi vida y, de alguna forma, la de los que estaban a mi alrededor.

Abrí la puerta y entré en silencio. La única luz venía de un televisor que hacía las veces de candela frente a una mujer que, una noche más, dormía sola en el sofá.

Me quité los zapatos y atravesé el pasillo hasta llegar a mi habitación.

Y allí, en la cama: ella. Me acerqué a su pequeño cuerpo para darle un beso que al final se convirtió en miles de contactos minúsculos contra su mejilla.

Me quité la ropa, me puse el pijama, me lavé la cara y aproveché el momento para llamar a mi marido.

* * *

La noche de un viernes va desapareciendo a través de la madrugada mientras una pareja acaba de saber que, tras muchos meses de espera, por fin serán padres; ella, con el Predictor aún en la mano, sale del baño entre lágrimas de alegría y los dos se abrazan mientras sus cuerpos tiemblan.

En la casa de al lado, pared con pared, un marido, avergonzado, espera a que toda la familia esté durmiendo para acercarse al ordenador y comenzar a masturbarse; su mujer hace tiempo que no tiene ganas de nada y él prefiere internet a estar cada noche acumulando rechazos. Existe otra opción, más física, más clandestina, pero de momento aún no la contempla.

En el edificio de enfrente, en un tercero, la luz de una habitación se enciende cada pocos minutos. Unos padres deambulan inquietos porque no saben qué hacer para paliar la tos que su bebé tiene desde hace horas. Le acaban de dar el jarabe, y aun así, hay momentos en los que parece que se le va la vida en un ahogo. Lo abrazan sin saber si ir al hospital o esperar un poco más.

En el piso de arriba, ya en la cama y con la luz apagada, una mujer revisa los mensajes del móvil mientras su marido duerme, el último es de su compañero de trabajo: «El lunes te follo otra vez en el baño ;)». Sonríe y lo borra.

En la misma calle, a diez portales de distancia, dos ancianos se duermen cogidos de la mano: ella en su mecedora y él, al lado, en el sofá; ambos saben que les queda poco tiempo y que cuando uno muera, para el otro habrá acabado la vida. En la casa de al lado, un adolescente levita en su cama: el miércoles la conoció, se dieron dos besos y al acariciar aquellas mejillas notó cómo ella también se separaba del suelo. Rubia, con los ojos azul cielo y una sonrisa capaz de dejarte indefenso. Le dijeron que se llamaba Marta, y esas letras se le han quedado grabadas en el corazón. En el mismo edificio, dos pisos más arriba, una niña acaba de esconderse bajo las sábanas porque tiene miedo a los monstruos, sobre todo al que está ahora mismo en el salón gritándole a su madre.

A dos calles de distancia, en un ático, una pareja acaba dormida en una bañera, entre espuma, velas y olor a canela; saben que no es el agua lo que les hace flotar. A la izquierda, en la pared contigua, una chica recién entrada en la mayoría de edad ha recibido, esa misma tarde, la noticia de que ha aprobado el carné de conducir. Se duerme mientras se imagina llevando a sus amigos por carreteras infinitas, hacia aventuras que escribirá con fotos en decorados álbumes de papel. Dos pisos más abajo, una niña ya casi adolescente se duerme junto a un papel que ha encontrado por sorpresa en su cartera. Lo lee de nuevo y sonríe: «¿Qué es poesía?, dices mientras clavas en mi pupila tu pupila azul. ¡Qué es poesía! ¿Y tú me lo preguntas? Poesía... eres tú».

A tres calles de allí, un niño sueña que será actor porque esa misma tarde le han hecho unas fotos desnudo en el vestuario de la piscina; le han pagado diez euros, pero con la condición de guardar el secreto. Dos pisos más abajo, un hombre cercano a los sesenta años, sin hijos y viudo hace apenas unos meses, cuenta los días para que amanezca y la policía se presente en su casa para desahuciarlo, como si fuera un vulgar delincuente. Coge una vieja escopeta que guarda bajo el sofá e introduce dos cartuchos.

A unos trescientos kilómetros, en un pequeño pueblo, un hombre hace dos horas que ha llegado de trabajar. Lo primero que ha hecho nada más entrar, aprovechando la inusual tranquilidad de la casa, ha sido prepararse un baño. Ha dejado el maletín en la entrada, la ropa encima de la cama y su cuerpo en la bañera. Lleva varios minutos completamente sumergido —a excepción de la nariz—, disfrutando de los sonidos que se escuchan bajo el agua: el tintineo de sus dedos contra la pared, el ruido de esas últimas gotas que siempre quedan en el grifo, sus propios pensamientos, las voces lejanas de algún vecino, la melodía de un móvil que suena en la noche, una melodía igual que la suya… ¡su móvil! Se levanta bruscamente, coge una toalla y se dirige descalzo hacia la mesa del comedor dejando un reguero de agua por la casa.

Se había olvidado por completo.

* * *

—¡Hola! —me contestó jadeando.

—¡Hola! ¿Qué te pasa? ¡Sí que has tardado en cogerlo!

—Me estaba dando un baño y he tenido que salir corriendo…

—¡Vaya! Cuánto tiempo sin llenarte la bañera, ¿eh?

—¡Buf, ya ni me acuerdo! ¿Qué tal todo por ahí, amor?

Era el primer fin de semana que íbamos a pasar separados en mucho tiempo. Él en nuestra casa, y la niña y yo en casa de una —casi— extraña.

En aquella conversación hablamos de nuestra hija, de mi día en el trabajo, de lo cansado que había llegado él del suyo, del frío que ya se acercaba y de cómo me había ido la visita por Toledo… Le dije que la niña bien, el trabajo como siempre y la ruta, muy corta. Le conté por encima lo de la niña del callejón, que perdí al guía y que ya repetiría la ruta otro día. Tampoco le di demasiada importancia, quizás porque no quería llegar al momento en que un policía me había vuelto a recordar sensaciones ya olvidadas.

Ahora sé que aquella noche fue la primera en la que comencé a ocultarle cosas, en la que comencé a hacer acrobacias con las realidades. Aun así, intenté convencerme de que no decir algo no es mentir.

Aquella noche me acosté recordando el miedo tatuado en la cara de una niña que en un futuro podría ser mi propia hija, que en un presente podría ser cualquiera de mis alumnas; me dormí recordando el charco de orina que nacía en sus pantalones, la violencia con que sonó la palabra zorra en los labios de otra niña… Aquella noche me dormí con la imagen de aquellos ojos verdes, de aquellos brazos, de aquel uniforme y de aquella sonrisa que parecía dirigida solo a mí; me dormí dándome cuenta de que, por un instante, hubiera deseado detener el mundo a mi alrededor. Recordé su mirada y todo lo que significaba, porque lo que no me dijo con los labios fue capaz de expresarlo con sus ojos.

Intenté dormir, pero no había forma, algo me lo impedía: nervios, excitación… no lo sé. No pude evitar pensar de nuevo en aquella sonrisa que brillaba con la luz de las farolas de una ciudad que parecía de cuento, en aquellas palabras y en una conversación que se alargó mucho más de lo necesario… porque, en realidad, no hacía falta contarle que yo era profesora, que estaba en Toledo en una sustitución de unas cuantas semanas, que ahora mismo vivía en casa de una tía segunda mía a la que hacía años no veía… y en cambio se me olvidó decirle que tenía marido y una niña. Aunque eso, en realidad, tampoco era mentir.

* * *

Y entre toda esa maraña de vidas, cuando apenas quedan unas horas para que amanezca, una pequeña sala en el subsuelo de la ciudad permanece despierta.

En ella, más de doscientos relojes funcionan al unísono, o casi. La mayoría marca la misma hora, los mismos minutos y los mismos segundos. Sus agujas forman una coreografía de tiempo como bailarinas que danzan entre los momentos.

De vez en cuando, entre el silencio de la madrugada y el frío de la estancia, una mirada alrededor confirma que el tiempo es el correcto, que la vida de tantas personas sigue su curso. Con los años, se ha ido dando cuenta de que es por las noches cuando los relojes prefieren modificar su ritmo, como si durante el día no hubiera tiempo para dejar de funcionar, y fuera la madrugada la que permitiera reajustar los latidos de la vida.

Sobre una mesa y bajo la luz de un pequeño flexo, una figura de sombra alargada trabaja con aquellos relojes que se desacompasan en un extraño baile de tiempo. Con una lupa que ya casi forma parte de su propio ojo y unas manos acostumbradas a jugar con lo diminuto, revisa cada una de las piezas para descubrir lo que les hace enfermar.

Esta noche hay dos relojes que han pasado a la mesa, dos pequeños, con aún muy poca vida en aquella sala. Uno de ellos se ha adelantado, como si quisiera ir saltando horas para llegar al amanecer; el otro, todo lo contrario, se atrasa hasta casi pararse, como si no quisiera llegar a despertar. Lo más extraño es que ambos han comenzado a funcionar mal a la vez, como si el motivo por el que han alterado sus ciclos fuera el mismo.

Y así, la sombra pasa sus días, sus meses y sus años. Como en una especie de limbo cuyo único fin es administrar todo el tiempo que ha ido robando a través del tacto.

* * *

Despertar no es simplemente
dejar de dormir, a veces,
despertar es nacer o es morir

Y el fin de semana pasa como lo hace un barco en plena noche: haciendo un ruido que nadie escucha.

La mañana de un lunes atraviesa las ventanas de la ciudad mientras una pareja se despierta deseando llegar al trabajo para comunicar a sus compañeros la noticia de que serán uno —o una— más en la familia. En la casa de al lado, pared con pared, un marido se despierta preguntándose las razones por las que su compañera de cama y de vida ni siquiera lo intenta, preguntándose dónde quedó aquello que alguna vez tuvieron: una pasión convertida ahora en el zócalo de una relación sin ambiciones.

En el edificio de enfrente, en un tercero, unos padres se despiertan felices: su bebé no ha vuelto a toser en todo el fin de semana. En el piso de arriba suena un mensaje en un móvil que debería tener activado el modo silencio; el marido, que ya está levantado, lo coge para dárselo a su mujer, que tiembla de miedo por dentro intentando mantener la calma por fuera; lo lee, lo borra y se ducha nerviosa, sabiendo que en apenas una hora volverá a verlo, y seguramente a sentirlo.

En la misma calle, a diez portales de distancia, dos ancianos se despiertan alegres porque, una vez más, el sol ha decidido entrar en su hogar. En la casa de al lado, un adolescente se levanta con ilusión por ir a clase... a verla a ella, claro. En el mismo edificio, dos pisos más arriba, una niña se despierta empapada; se culpa a sí misma por no ser capaz de controlarse por las noches, sin saber que el responsable es ese monstruo que, afortunadamente, a esas horas ya está trabajando.

A dos calles de distancia, en un ático, una chica entra en el baño para descubrir una frase dibujada con un pintalabios en el espejo: «Si las flores duermen, qué dulce sueño». A la izquierda, en la pared contigua, otra chica no ve el momento de subirse al coche con su madre, pero esta vez con las posiciones intercambiadas. Y dos pisos más abajo, una niña irá a clase con el corazón alegre y una poesía en el bolsillo.

En una calle cercana, un hombre aún no se ha acostado, ha estado toda la noche enviando correos con unos ficheros protegidos que contienen fotos de niños desnudos; mira el reloj e intenta darse prisa: apenas le queda una hora para ducharse e impartir los cursos de natación. Dos calles a la derecha, otro hombre hace ya horas que despertó; se ha afeitado, se ha vestido con el traje de los domingos, ha desayunado y permanece sentado en una silla detrás de la puerta de su casa, a la espera de que llamen al timbre, pues el sábado no apareció nadie.

En pleno centro de la ciudad, una niña abre los ojos sabiendo que, sea la hora que sea, será demasiado tarde. Aunque ya han pasado dos días, aún le duele el estómago. Mira hacia la ventana y una bomba de recuerdos explota en su mente cuando observa las primeras luces de la mañana. Hubiera deseado despertar con su cuerpo cosido a la cama, para así no salir de lo que se acababa de convertir en su refugio.

El reloj es, en esos momentos, su peor enemigo, pero sabe que, aun parándolo, no podrá detener el tiempo. Que este continuaría empujándole —siempre hacia delante— a levantarse, a vestirse… empujándole hacia un colegio al que, por primera vez en mucho tiempo, no desea ir. Podría simular estar enferma, pero eso solo aplazaría el momento.

Piensa que, quizás, si ya no vuelve a hablar con Dani, a lo mejor se olvida todo. Lo que ella ignora es que esto no ha hecho más que empezar, pues el viernes por la noche dejó bien claro quién iba a ser la víctima.

A unas cuantas calles de allí otra chica abre los ojos sabiendo que, sea la hora que sea, será demasiado pronto. Deseando que, al menos, ya se haya despertado el sol. Mira hacia la ventana y las primeras luces iluminan una sonrisa que es incapaz de esconder.

El reloj es, en esos momentos, su peor enemigo. No ve el momento de ir al colegio y enseñar lo que grabó en su móvil. Acaba de empezar el curso y ya ha encontrado algo que le anima a ir a clase.

* * *

Abrí los ojos y, por primera vez en mucho tiempo, me desperté mojada. En un principio pensé que, al igual que la niña del callejón del pasado viernes, me había meado encima, pero no, aquello era distinto. Sonreí.

Hacía tanto tanto tiempo que no ocurría. Me di cuenta de que tenía a mi hija allí, durmiendo a mi lado, y sentí vergüenza.

Recordaba vagamente haberme despertado varias veces durante la noche; recordaba haber soñado con una niña que huía montada sobre un grito de miedo, un grito que recorría las calles y de alguna forma llegaba hasta mí; recordaba haber soñado con un grupo de lobos que se la llevaban y la arrojaban a un abismo; el mismo al que yo me asomaba para descubrir un coche, un coche de policía en cuyo interior había alguien que no llevaba uniforme, alguien que no llevaba nada.

Oí ruido en la cocina y, avergonzada, me fui directa a la ducha.

* * *

Una multitud de pequeños tándems permanecen a la espera de que se abra la puerta. Un cúmulo de estructuras familiares que se desplazan somnolientas. Un conjunto de vehículos asomando sus luces amarillas en un amanecer que no acaba de decidirse.

Niños arrastrando artefactos con ruedas y ruido que les siguen a todas partes; adolescentes con paso lento y unas mochilas que, de tanto colgar, casi consiguen acariciar el suelo; padres que completan esa orquesta de pasos, gritos, sonrisas y enfados.

En el exterior del colegio, un coche de policía se mantiene estacionado junto al paso de cebra. En él, un agente consulta unos datos mientras fuera su compañero vigila para que no se repita lo de los últimos días. Un policía que, a pesar de su tarea de vigilancia, sonríe a todo aquel que pasa a su lado, a niños y padres, pero sobre todo a madres. Madres que le miran de reojo, madres que se dicen entre ellas lo que no se atreven a decir a sus maridos, madres que piensan situaciones que no se atreven a contar ni siquiera a sus amigas. Un policía que hoy ha quedado a comer con su siguiente víctima.

Una niña llega sola y asustada, arrastrando una cartera que parece pesarle tanto como su propia vida. Mira varias veces a ambos lados antes de cruzar, aunque lo que menos le preocupa es el tráfico. Piensa que hoy será un día difícil, lo que ella no imagina es que, aun así, será el más fácil de todos.

Es una niña guapa, rubia y con unos ojos azules que no pasan desapercibidos. Posee una inteligencia bastante superior a la media y, en cambio —explicablemente—, este trimestre sacará notas mediocres.

Busca con la mirada un salvavidas llamado amigas, para colocarse entre ellas y que le sirvan de escudo ante cualquier posible amenaza.

Otra niña se acerca por la acera. Una niña que llega pronto, aunque casi nunca lo hace; una niña que busca también con la mirada —aunque más con la intención— a su víctima. Sabe que el recreo será un buen momento para mostrar el trofeo.

Atravesé un paso de cebra y al levantar la mirada me crucé con unos ojos que, a pesar de estar ocultos tras unas gafas de sol, pudieron detenerme.

—¡Hola! —me dijo con la misma sonrisa.

—Hola —contesté a media voz, sin saber cómo continuar la conversación, sin saber si realmente quería continuarla.

—¿Todo bien? ¿Cómo acabó el viernes? —me preguntó mientras dejaba sus ojos al descubierto; y ahí me desnudó.

—Sí, sí, al final perdí al grupo, pero nada más, gracias por la ayuda —le susurré, intentando, sin éxito, apartar la mirada.

—Bueno, en realidad, no hice nada, la niña ya se había ido.

Ah, he estado pensando que quizás venga a este colegio, pues vivía por la zona…

—Es posible, gracias, lo tendré en cuenta.

—De nada, que pases un buen día. —Y se puso de nuevo las gafas, ocultando esos iris que me mantenían retenida.

Suena la bocina, se abre la puerta y el colegio se convierte en boca que engulle vidas. Fuera quedan padres que ya huyen hacia la rutina de sus trabajos: el coche, el aparcamiento, el café de la mañana, la silla de siempre, los compañeros de siempre, las prisas de siempre, las quejas, las risas, los nervios… otros, en cambio —y cada vez más—, deambularán por la ciudad en busca de esa misma rutina que hasta hace poco aborrecían y que ahora echan tanto de menos, intentando encontrar un empleo que no solo les dé dinero, sino que les ofrezca también ilusión y esperanza.

* * *

Las once de la mañana de un lunes.

Dos hombres han quedado en uno de los restaurantes más caros de la ciudad. Ambos van nerviosos al encuentro, uno —el que ha elegido el sitio— sabe que no va a pagar, el otro —el invitado obligado— sabe que va a salirle demasiado caro.

Cuando entra le comunican que ya le están esperando, en uno de esos pequeños reservados que hay en los restaurantes en los que no se mira si la tarjeta con la que se paga es de un particular o pertenece a una institución pública.

El concejal se levanta —más por educación que por simpatía— y le da una mano cubierta de esa humedad que segregan los nervios y, sobre todo, el miedo.

—Hola, ¿qué tal? —dice, quitándose las gafas.

—Bien, bien —contesta, sentándose de nuevo.

—Me gusta este sitio, no lo conocía. Ya me he enterado de que es uno de los lugares preferidos de los concejales para pasar la mañana —dice, usando las palabras exactas que quiere usar—. Un poco caro para mi gusto, pero bueno, al fin y al cabo, uno tiene derecho a gastarse el dinero de los ciudadanos en lo que quiera... —Y sin esperar respuesta coge la carta para pedir.

Se mantiene leyendo durante unos segundos.

—¡Hostia! Pero cómo puede costar tanto una cerveza. Pero..., qué coño... un día es un día, ¿verdad?

El camarero se acerca y dirige la mirada a su cliente habitual.

—Yo, lo de siempre —le confirma.

—Pues yo de comer lo mismo que él, y de beber una cerveza, de estas de aquí. —Le señala en la carta, poniendo el dedo justo encima de la elegida.

Un incómodo silencio se instala entre dos personas que no desean estar ahí. El policía aprovecha para vaciarse los bolsillos y dejar cuidadosamente sus gafas, el móvil y un manojo de llaves sobre la mesa. Afortunadamente, el camarero vuelve al instante con las bebidas.

—Bueno, ¿y qué tal esto de la política? Parece que todo te va genial, ¿no? —Rompe el silencio—. ¡Qué diferencia a cuando te pasabas diez horas sentado en la oficina, madrugando, llegando a casa a las tantas...! Ni punto de comparación —dice mientras bebe un trago de cerveza directamente de la botella—. Pero, bueno, es lo que pasa cuando uno tiene un primo en el partido: te apuntan en una lista y, zas, en apenas dos años, pelotazo padre.

El concejal escucha escondido tras una copa de vino que no es lo suficientemente grande para hacerle desaparecer.

—Y la casa que te estás haciendo... ¡Madre mía! Seguro que en tu vida habías soñado con algo así. Tu mujer estará encantada... —El policía deja pasar un pequeño silencio porque sabe que puede tensar la cuerda pero no romperla. No sería bueno para ninguno de los dos.

—Bueno, déjate de rodeos y dime lo que quieres. —Comienza a impacientarse un político que no está acostumbrado, aún, a estas situaciones.

—Tranquilo, tranquilo, que hemos venido a almorzar —intenta usar un tono más calmado—. ¿Que qué quiero? Ufff, muchas cosas. Para empezar, un trabajo como el tuyo, aunque no me quejo —dice, sonriendo—. Pero, bueno, de momento con un poco de calderilla me conformo. Además, con todo lo que te estás ahorrando, al final te seguirá saliendo barato.

—No sé a qué te refieres.

En ese momento aparece de nuevo el camarero con dos platos idénticos: solomillo ibérico con una generosa guarnición de setas.

—Vaya, esto sí es un almuerzo y lo demás, tonterías. Venga, no te preocupes, si yo te entiendo; al fin y al cabo, soy de los tuyos —le dice mientras corta la carne—. Para empezar, soy de la opinión de que todos somos corruptos en nuestra medida, a nuestro nivel, dentro de nuestras posibilidades. Por ejemplo, ¿qué diferencia hay entre uno de vosotros y esa persona que se queja del gobierno pero en su bar tiene a varios camareros trabajando sin contrato, o aquel que lleva el coche al taller pero prefiere ahorrarse los impuestos pagando sin factura, o aquellos que mientras protestan por la corrupción política se jactan de haber engañado a Hacienda en la declaración, o todos los que ahora no pueden pagar la hipoteca pero que llenaron un sobre con dinero negro cuando fueron al notario a comprar la vivienda, o esos manifestantes que, pancarta en mano de «Ladrones, ladrones», llegan a casa y se descargan todo lo que pueden de internet sin pagar un euro…? Ninguna. Cada persona es corrupta en su nivel, cada uno roba dentro de sus posibilidades… —Continúa masticando.

»Mira, el otro día, en un supermercado, me fijé en un tipo que ponía manzanas en una bolsa, las pesaba y le pegaba la etiqueta. Al instante volvía a abrir la bolsa para echar dos o tres más. ¿Eso es robar? Pues sí. La única diferencia es la cantidad robada, pero el hecho es idéntico. Claro, uno podría decir que robar comida no es lo mismo, que lo hizo porque la situación es la que es… pero, entre tú y yo, me apuesto el coche a que si en lugar de manzanas hubieran sido relojes, lo habría hecho exactamente igual.

Aquel policía no paraba de hablar y el concejal escuchaba sin saber muy bien cómo iba a acabar aquella conversación.

—Pero, aun así, a pesar de todo, lo vuestro es bastante peor, porque se supone que vosotros deberíais dar ejemplo a los ciudadanos. Pero, claro, lo tenéis tan tan fácil. Y es que cuando el dinero no es de nadie o, bueno, cuando es de todos… Además, tenéis la jodida suerte de vivir en el País de las Maravillas, en este país donde ningún político va a la cárcel, donde ni siquiera tienen que devolver el dinero… y eso os da tal confianza que robar se ha convertido en una rutina, ¡qué cabrones! —Se mete un trozo de carne en la boca—. ¿Escuchaste el otro día la noticia de ese político chino al que han condenado a muerte por corrupto? Con que hicieran eso aquí una vez, una sola vez, verías qué pronto cambiaba todo, pero, claro, ¿quién dicta las leyes?

El concejal hace ya varios minutos que se mantiene en los alrededores de la conversación, sin atreverse a entrar. Cuando un compañero de partido le dio una idea para ahorrarse un buen dinero en la construcción de su casa, jamás pensó que alguien iba a enterarse, y mucho menos que ese alguien —un policía, y además vestido de uniforme— le chantajearía.

—Lo que nunca he entendido es una cosa: ¿cómo es posible que nadie revise y haga una simple suma? Lo que ganáis y lo que tenéis. Solo con eso se destaparía todo. No es posible que cualquier concejalucho con un sueldo medio tenga esos coches, haga esos viajes, disponga de dos o tres casas… solo con ese dinero el país saldría adelante y no harían falta recortes de ningún tipo, pero no, nadie lo hace… —Hace una pausa, le mira a los ojos—. Pero, claro, qué cojones, ¿quién va a hacerlo? ¿vosotros? —Se ríe—. Bueno, voy a ir al grano, que no te quiero hacer perder más el tiempo. Necesito un poco de dinero, y como veo que tú te estás ahorrando una pasta haciéndote la nueva casa, pues no estaría de más compartir, ¿no?

—No sé a qué te refieres —contesta de nuevo, cada vez más nervioso.

—Claro que lo sabes, mira. —Y le da un sobre en cuyo interior hay unas fotos. Nada más sacar la primera, al concejal se le quitan las ganas de seguir comiendo.

* * *

A esa misma hora suena un timbre.
Al segundo siguiente, un disparo.

Fuera, tres hombres permanecen inmóviles.
Dentro, otro ha dejado de moverse.

* * *

—No sé qué significa esto. —Aunque el temblor de sus manos expresa todo lo contrario.

—Claro que lo sabes, pero, bueno, por si acaso tienes tantas cosas en la cabeza que se te ha olvidado, no te preocupes, te lo explico —le dice mientras va señalando protagonistas en las fotos—. Mira, estos que ves aquí son varios de los funcionarios del ayuntamiento que llevan más de dos meses trabajando en tu nueva casa. —Hace una pausa para disfrutar del momento—. Quizás, y claro, solo es una suposición mía, esa sea la razón por la que aún hay algún colegio que otro que mantiene sus goteras; o quizás por eso el hogar del jubilado todavía no tiene arreglado el muro que cayó por las lluvias, o puede que esto explique esas obras internas del polideportivo que tardan tanto.

El silencio cada vez es más intenso, un silencio que parece tragarse cualquier respuesta.

—¿Y sabes qué? He estado a punto de pasarme por allí y contarlo todo, pero me he dicho ¡qué demonios!, todos nos merecemos una oportunidad, por eso he venido primero a decírtelo a ti, a ver qué podemos hacer.

—¿Qué podemos hacer...? —dice tartamudeando, dándose por vencido, recordando su anterior trabajo en la oficina, donde simplemente iba, trabajaba y regresaba a casa. Él no está hecho para estas cosas, solo había aceptado lo que le habían dicho que era una práctica habitual en el mundillo de la política, hasta los de la oposición lo sabían y nadie iba a decir nada.

—Además, es que sois jodidamente listos —continúa el policía—, para lo que queréis, claro. Me he estado informando y todos los que te están haciendo la casa son interinos. ¡Qué cabrón estás hecho! Así, si alguien se va de la lengua, en la siguiente convocatoria ya saben que se van a quedar fuera, aunque hagan el mejor examen del mundo. Ya os encargaréis vosotros. Los tenéis pillados por los cojones, ¿eh? Y ellos, mientras tengan trabajo y les llegue la nómina a fin de mes, qué más les da trabajar en el ayuntamiento, en tu casa o en las pirámides de Egipto.

—¿Qué quieres? —dice, sabiendo que va a ceder en lo que le pida porque en realidad nunca ha sido un luchador.

—Ya te lo he dicho: una parte del botín. Este mes ando escaso de efectivo y como a ti te está saliendo la casa tan barata, pues no sé, lo mejor es salir ganando los dos. Si lo piensas, soy como Robin Hood, la única diferencia es que robo a los ricos para quedármelo yo.

—¿Cuánto? —pregunta, intentando aparentar fuerza con las palabras, aunque los gestos le traicionan transmitiendo lo contrario.

—Dentro del sobre hay un papel con una cifra y un lugar donde dejar el donativo. Observarás que no es nada desorbitado, nada más lejos de mi intención. Además, mejor que tengas tú las fotos que no la prensa. Se las daría a la oposición, pero, créeme, la mayoría ha hecho peores cosas que tú, aunque algunos han sabido ocultarlo mejor. Al final, sois todos tan iguales... —Coge el tenedor, pincha un trozo de carne y se lo mete en la boca—. En realidad, lo tuyo no es nada extraordinario, es tan cotidiano... Concejales que se aprovechan de las brigadas municipales para hacerse arreglillos gratis en casa, que se aprovechan de las brigadas de jardineros para mejorar sus plantas, concejales que manipulan las contrataciones para que se las quede la empresa que más dinero les dé bajo mano. Pero, claro, eso tiene unas consecuencias, la más grave es que esas empresas tienen que incrementar los importes de sus servicios para incluir vuestros sobornos. Aunque tampoco es tanto problema, ¿verdad? Con subir los impuestos al año siguiente, todo arreglado. Lo extraño es que, tal y como están las cosas, la gente no haya cogido ya antorchas y haya asaltado los ayuntamientos para colgaros en la plaza pública —responde con la misma rabia con la que mastica la comida—. Eso sí, de una cosa te aviso —le dice, apuntándole con el tenedor—: Un día u otro esto va a saltar por los aires, y será antes de lo que imagináis. El día menos pensado la gente se levantará y rodará alguna cabeza. Y ese día, el día en que los ciudadanos se carguen a algún político, será el día en que os pondréis las pilas. Hasta ahora os estáis riendo de todos y más o menos os ha salido bien porque nos tenéis a nosotros, a la policía que os protege. Pero ¿y cuando ese cordón se rompa? El día que nosotros no estemos... ese día estaréis jodidos.

En ese momento, uno de los dos abandona el restaurante con un sobre en la mano, el miedo en el cuerpo y quizás la conciencia un poco arañada. El otro se queda con una sonrisa, sabiendo que ha jugado con su contrincante de la misma forma que ahora lo está haciendo su lengua con un pequeño trozo de carne que se le ha quedado entre los dientes. Lo atrapa, lo mastica fuertemente y se lo traga.

Pide un coñac de muchos euros que ya está pagado.

* * *

Son los bomberos los primeros en entrar.

Y allí, a través de la ausencia de una puerta, aparece enmarcada una obra abstracta: un óleo teñido de rojo que representa la muerte frente a la codicia, el absurdo frente a la desesperación, la economía frente al individuo; un óleo rojo que representa el fin desparramado sobre una silla. Cuerpo, cabeza y escopeta miran hacia el mismo lugar: el suelo.

Fuera, uno de los hombres necesita ayuda para permanecer de pie. Se apoya contra la pared y va dejando que sus piernas pierdan fuerza hasta caer, sentado, en el suelo. No es eso a lo que él quería dedicarse.

El representante judicial intenta mantener el tipo, se justifica con su conciencia diciéndole que solo cumple órdenes. Aun así, cierra los ojos: hay demasiada distancia entre la ley y la justicia.

El tercero da las gracias por la bondad del ser humano. Sabe que aquel hombre, antes de morir, podría haber hecho muchas cosas. Podría haber entrado en cualquier sucursal del banco que le iba a quitar la casa y disparar sin comisiones ni sorteos; podría haberle regalado una bala a cualquiera de esos políticos corruptos para demostrar que hasta la cleptocracia tiene sus puntos débiles; o podría haber esperado un poco más y haber descargado algún cartucho contra ellos mismos. Y en lugar de eso, aquel hombre que no tenía ya nada que perder —porque lo había perdido todo— solo se había disparado contra sí mismo. Llora.

La noticia saldrá en los informativos y, como los charcos en verano, desaparecerá al momento. Al fin y al cabo, no ha habido daños económicos, solo personales.

* * *

A mis treinta y pocos años, llevaba más de tres haciendo pequeñas sustituciones en diversas ciudades y pueblos. En esta ocasión, me habían llamado para sustituir a un profesor que tenía una operación programada. Serían unas cinco o seis semanas. Afortunadamente, en Toledo vivía mi tía Laura, uno de esos familiares con los que solo coincides en bautizos y comuniones. Aun así, no tuvo ningún inconveniente en que mi hija y yo nos quedáramos en su casa durante unas semanas, con ella y su marido, Pablo.

Aquel lunes, aquellos ojos verdes se fueron intercalando entre mi mañana, entre las clases, entre la reunión con el resto de los profesores, entre el incidente con aquel proyector que nos había regalado la editorial como premio por elegir sus libros y, sobre todo, entre la lucha diaria con mi grupo especial. Casualmente habían puesto a casi todos los repetidores del año pasado en una clase: la mía, casualmente también.

Había conseguido llegar a un acuerdo de mínimos con ellos. Yo no cursaba ningún expediente, ninguna expulsión, a cambio de que no interrumpieran la clase a los pocos que querían atender. Y así, la mayoría de las mañanas, tenía a zombis que llegaban, se sentaban en la silla, sacaban sus libros, los ponían encima de la mesa y, con los brazos cruzados, esperaban a que pasara la mañana. Al menos conseguí que el resto, los que sí estaban interesados, pudieran aprovechar la clase. Visto desde fuera es reprochable, lo sé; visto desde dentro, comprensible, sobre todo cuando el número de alumnos por profesor cada día era más insostenible.

Acabé agotada, entre las clases y la reunión posterior, entre interrupciones y móviles que, aun estando en silencio, no paraban de molestar. Salí de allí hablando con la que en esos días se había convertido en una amiga: Carolina, la psicóloga del centro.

—Bueno, ¿y qué tal va todo? —me preguntó mientras nos dirigíamos a nuestras taquillas.

—Bien, bien, poco a poco me voy adaptando.

—Ya verás como sí, al final todos nos adaptamos... a los alumnos, a las clases, a los padres... —me contestó sonriendo.

Continuamos caminando hasta la puerta de un edificio que se acababa de convertir en la salida de un enjambre de niños.

—Bueno, pues hasta mañana —me dijo, y me dio dos besos.

—Hasta mañana.

Y ambas tomamos nuestro camino de vuelta.

Inmersa en mis pensamientos, comencé a andar entre todas aquellas vidas que corrían a mi alrededor. Doblé la esquina, caminé unos metros más y me paré en un semáforo que se acababa de poner en rojo.

Esperé.

Me sumergí en mis pensamientos.

Verde.

Crucé la calle y cuando ya había llegado a la otra acera, noté una mano en mi hombro.

* * *

Una avalancha de gritos indica el final de las clases por ese día. Y entre el amontonamiento de vidas, una que, tras lo ocurrido en el recreo, comienza a perder la ilusión por usarla.

Esa misma mañana ha salido al patio al abrigo de sus amigas de siempre —las mismas que irá perdiendo, como perlas de un collar roto, a lo largo de los siguientes días—, pero con un ánimo diferente.

Se ha sentido segura por fuera pero totalmente indefensa por dentro, sobre todo, cuando ha comenzado a buscar —y finalmente ha encontrado— con la mirada un móvil que iba pasando de mano en mano, de sonrisa en sonrisa... Unas sonrisas que han roto una autoestima que hasta ese momento parecía no tener grietas.

Finalmente ha optado por dejar de mirar, creyendo que eso lo haría más fácil, pero la sensación de miedo ya se había enquistado en su interior, como lo hace un parásito en su víctima, como lo hace un mal recuerdo ante una advertencia.

Sale del colegio intentando mantenerse acompañada en todo momento. Se queda, como tantos y tantos días, unos minutos en la puerta, hablando con sus amigas, aunque con una pequeña diferencia: esta vez su cuerpo está allí, pero sus sentidos no, estos se dedican a detectar a su agresora. Lo que más teme es el momento en que, al regresar, tenga que quedarse a solas.

—¿Vas ya hacia casa? —le pregunta a una de sus mejores amigas.

—Sí, claro, como siempre, ¿adónde voy a ir si no? —le contesta extrañada.

—Claro, claro —responde, ausente.

—Oye, Marta, estás un poco rara, ¿no?

—No, nada, es que hoy no me encuentro muy bien.

—¿Qué te pasa?

—No, nada, el estómago…

—¿El estómago? A ver si es que estás enamorada… —le dice sonriendo—, que me han contado por ahí que alguien habló el otro día contigo, un chico bastante guapo. —Y le pega un codazo.

—No, no, qué va, no es nada —contesta avergonzada.

—Bueno, bueno, ya nos contarás. —Y así llegan hasta la esquina donde cada día se despiden, donde cada día se separan sus caminos de vuelta.

—Nos vemos mañana. —Y se dan dos besos.

—Hasta mañana…

Marta se queda allí, a solas.

Su amiga se aleja como ese salvavidas que se lleva la marea, como ese globo que se escapa de las manos de un niño, como esas llaves que se caen en el hueco del ascensor… Se da cuenta de que, a pesar de estar vestida, se siente totalmente desnuda. Tiene miedo, mucho. Nota que le tiemblan hasta los pensamientos.

Acelera el paso sin mirar atrás.

Intenta ir cada vez más rápido con la intención de dejar de sentir en su nuca el aliento de lo desconocido.

Se para ante un cruce, nerviosa, moviendo las piernas y agarrando fuertemente con ambas manos su cartera, deseando que algún coche pare y le dé paso.

Y para.

Y se dispone a cruzar la calle cuando una mano le sujeta el hombro.

* * *

—Hola —me saludó esa voz mientras me giraba.

—Hola —respondí, sabiendo que iba a reflejarme en aquellos ojos verdes.

—¿Qué tal va todo? —Y comenzó a caminar a mi lado.

—Bien, bien… —contesté, sin poder dejar de mirarle.

—¿Ya has acabado por hoy?

—Sí, sí, bueno, he acabado aquí, en casa me toca preparar ejercicios para mañana, ¿y tú? —me atreví a preguntar en el momento en que un parpadeo me permitió desviar la mirada hacia el suelo.

—Sí, sí, yo también, ¿vas hacia la parte antigua?

—Sí —contesté.

—Perfecto, te acompaño… si no te importa. —E hizo una mueca que me pareció demasiado dulce como para negarme.

—Vale. —Y ese «vale» se convirtió, a partir de aquel día, en mi respuesta para la mayoría de sus preguntas.

Se instaló un incómodo silencio entre ambos: yo no sabía qué decir y él no sabía cuándo decirlo.

—¿Qué tal la ciudad? —improvisó.

—Lo poco que he visto me encanta, el viernes al final no pude hacer la ruta, pero, bueno, otro día será... por lo de la niña...

—Sí, sí, ¿sabes algo de ella? —me preguntó mientras preparaba la otra pregunta, la de verdad.

—No, no la he vuelto a ver, aunque tampoco he estado muy pendiente.

Seguimos caminando, yo hacia mi casa y él quizás hacia cualquier sitio a donde yo me dirigiera.

Continuamos, uno al lado del otro, en silencio.

Al final lo dijo.

—Oye, estaba pensando que, como te quedaste sin ver la ciudad, si te apetece te la puedo enseñar yo. —El corazón comenzó a acelerarse sin mi permiso. Y mientras las piernas me temblaban como alambres, intenté disimular una ilusión que no debería estar sintiendo—. No seré un guía turístico oficial, pero me conozco bastante bien la ciudad.

—No, no te preocupes, no es necesario que te molestes —contesté, pensando todo lo contrario.

—Si no es molestia, de verdad, tengo varios días libres a la semana y muchas veces no sé qué hacer. Venga, anímate, verás cómo lo pasamos bien. —Volvió a insistir con su mirada.

—Pero... es que, no sé.

—¡Venga! —Me sonrió.

—Es que no sé... no te conozco de nada —se me ocurrió decirle.

—Yo a ti tampoco. —Sonrió de nuevo—. Además, si sucede algo y necesitas llamar a un policía, lo tendrás cerca. —Ambos reímos—. Venga, anímate, total, solo vamos a dar una vuelta por la ciudad.

—Bueno, vale, vale. —Y dije vale, y acepté.

—Pues a ver —contestó lentamente, como si no lo hubiera pensado ya antes—, esta semana… el jueves libro, ¿te vendría bien?

—¿El jueves?… vale. —Vale, otra vez.

—Pues si te parece podemos quedar a las nueve en Zocodover, sabes dónde está, ¿no?

—Sí, la plaza del McDonald's.

—Sí, esa —me contestó riendo.

—Bueno, y a todo esto, ¿cómo te llamas? —me preguntó cuando estaba a punto de irse.

—Alicia.

—Encantado, Alicia. Yo soy Marcos.

Y nos dimos dos besos.

No fueron dos besos como los que se dan en un cumpleaños o al felicitar a una novia; no fueron tampoco dos besos de esos que al poco de darlos has olvidado el nombre del besado. No, fueron dos besos con intención: el primero me permitió rozar su mejilla, el segundo me dejó intuir la frontera de sus labios.

* * *

Su primera intención ha sido correr, huir lo más rápido posible para dejar atrás el miedo, pero al instante piensa que es ridículo. Está demasiado lejos de casa y, además, no es un viernes por la noche, hay mucha gente en la calle.

Respira hondo y se gira.

Y se queda de piedra.

—Hola —escucha, y deja de oír.

Esta vez comienza a dolerle el estómago pero de una forma totalmente distinta: apenas tiene espacio para todas las mariposas que, al mismo tiempo, echan a volar en su interior.

—Hola —responde, sin saber de dónde ha sacado la fuerza para mover sus labios.

Ambas miradas se unen durante dos eternidades.

—Marta… verás…, es que quería preguntarte… si te apetecería quedar algún día de estos conmigo.

—Bueno, es que… —Y ahí comienza la batalla entre el deseo y la prudencia; entre el placer y el peligro; entre él y la chica con ganas de tener una excusa para volver a pegarle—. Es que… esta semana voy a estar muy liada con unos exámenes de inglés —le contesta mientras sus dientes están a punto de arrancarle su propia lengua.

—Ah, vale, bueno… —se queda avergonzado ante la negativa—, pues nada, no te preocupes, ya me avisas si te apetece quedar otro día.

—Lo siento. —Y en verdad lo siente.

—No pasa nada. Otra vez será. —Y se marcha. Se da la vuelta y comienza a andar sin mirar atrás.

—Sí, otra vez será… —se contesta a sí misma, pensando que, quizás, no haya más oportunidades.

* * *

Antes del jueves volví a encontrarme con él en varias ocasiones, y no solo en los alrededores del colegio. Eran charlas esporádicas, en encuentros nada casuales —supuse—; nos fuimos relacionando a través de conversaciones y miradas, a través de palabras que no decían nada y gestos que lo confesaban todo.

Durante aquellos días previos a la cita, estuve a punto de abandonar la idea, de inventar una excusa para decirle que no, pero finalmente no supe hacerlo. No supe inventarla, quizás porque comencé a sentir cosas que no sentía desde hacía años, cosas que quizás no estaba bien sentir en mi situación: esos nervios previos a una cita, esa ilusión de encontrarlo en cualquier esquina, esa incertidumbre a lo desconocido, la sensación de destapar un regalo sin sospechar el contenido…

Y así, entre la adolescencia de un comportamiento y los remordimientos anticipados, por fin llegó el día.

Me preparé aquella tarde como no lo hacía en años, me preparé un jueves como si fuera un sábado. Comenzó a partir de entonces la conversación entre mente y conciencia: mientras una me convencía de que solo iba a enseñarme la ciudad, la otra me confesaba que aquello era en realidad una cita; mientras una me animaba a abrir esa nueva puerta, la otra me recordaba que después no habría forma de cerrarla.

Habíamos quedado a las nueve. Durante nuestros encuentros casuales, me había dicho que ese era el momento ideal para conocer Toledo, pues a partir de aquellas horas la ciudad comenzaba a estar desnuda de gente.

Le comenté a mi tía que tenía una cena con los compañeros del instituto, para ver si podía quedarse unas horas con la niña en casa. Nunca me había gustado mentir, pero poco a poco me acostumbré a hacerlo y no solo con ella. El problema de las mentiras es que, por mucho que las adornes, siguen siendo mentiras, y al final, cuando se les ha caído toda la purpurina, suelen mostrar la realidad.

Me dijo que no me preocupara, que si había algún problema, me llamaría al móvil.

Ahora, desde la distancia, cuando pienso en las razones que me convencieron para irme con un desconocido, simplemente creo que, después de años sabiendo exactamente lo que iba a ocurrir al día siguiente, después de años despertándome sobre la misma cama, con las mismas obligaciones, con las mismas rutinas... lo que mi vida necesitaba era algo de incertidumbre.

Solía llamar varias veces al día a mi marido, la última casi siempre sobre las diez, después de acostar a la niña, así teníamos un momento para hablar a solas, pero ese día decidí adelantar la hora. Sabía que debía inventar algo porque el problema de modificar una rutina es que genera sospechas. Ahora mismo no recuerdo muy bien lo que le dije, lo que sí recuerdo es que me perdí en el bosque de las mentiras.

También podría haber sido sincera y haberle dicho la verdad, pero un «Cariño, he conocido a un policía que esta noche me va a enseñar la ciudad» quizás no acababa de sonar demasiado bien.

Recuerdo, eso sí, que la conversación fue más o menos la misma de siempre, la de cada día: Hola, hola; ¿cómo ha ido el día?, bien; ¿y tú?, duro, como siempre; ¿la niña bien?, sí, ya ha cenado, te echo de menos, yo también; nos vemos el fin de semana, sí, vale; te quiero, te quiero; que pases una buena noche, gracias, igualmente; un beso, un beso.

El gran problema de aquel diálogo no estuvo en que las palabras fueran las mismas que la noche anterior, o la anterior, o la anterior… el problema estuvo en que aquel día estaba deseando colgar para seguir arreglándome.

Me puse una falda que normalmente no me habría puesto, con unas medias negras y unos zapatos a juego. Me vestí nerviosa porque sabía que era algo que no debía hacer, nerviosa porque sabía que no podía dejar de hacerlo.

Me miré en el espejo y salí de la habitación demostrando que la línea del tiempo no siempre va hacia delante.

—¡Qué guapa vas! —me sorprendió mi tía.

—¡Gracias!

—Ten cuidado con esos compañeros, a ver si quieren ser algo más —me dijo riendo.

Y así, sospechando que estaba haciendo algo que no debía hacer, volví a recorrer el mismo trayecto de unos días atrás, pero esta vez mucho más nerviosa, con una alegría que, pensé, no era correcta.

A medida que avanzaba, el pulso se me aceleraba; era

como si mi corazón quisiera avisarme de que estaba dejando atrás una frontera que separaba dos vidas: la anclada en la seguridad y la que chapoteaba en lo desconocido. Como si cauce y caudal fluyeran por rutas distintas.

* * *

Doblé la esquina y lo vi sentado en un banco, sin su habitual uniforme, con unos vaqueros y un jersey que dejaban adivinar un cuerpo cuidado. Bajé los ojos y dejé que mis pasos me llevasen hacia él, intentando no parecer nerviosa. Durante el camino había estado pensando en decirle que estaba casada, que tenía una niña, pero al final no hice ninguna de las dos cosas, simplemente dejé que todo fluyera; al fin y al cabo, lo único que íbamos a hacer era ver la ciudad.

—Vaya, ya pensaba que te habías arrepentido —me dijo mientras se levantaba.

—Bueno, pues casi —le contesté, sonriendo.

—Al final has venido, eso es lo que importa. Así que voy a cumplir mi parte del trato, pero antes tengo que advertirte de una cosa —me dijo con cara seria.

—Dime —le miré preocupada.

—Dentro de unos minutos te arrepentirás de llevar esos tacones.

Me miré los zapatos y ambos reímos.

—Venga, vamos —me dijo.

Y como una pareja que no lo era avanzamos a través de la ciudad. Nos separaba un silencio que se había situado entre los escasos centímetros que distanciaban nuestros cuerpos. Para mí, era una sensación totalmente nueva; después de tantos años con mi marido, era la primera vez que paseaba a solas con un desconocido.

—Esta es la calle Ancha o del Comercio, pero supongo que ya la conocerás, pues muchas rutas turísticas suelen empezar por aquí. Aun así, unos metros más adelante sucedió una pequeña historia que casi nunca cuentan.

Nos adentramos en esa calle que poco a poco se iba estrechando. Caminábamos y me daba vergüenza que alguien pudiera vernos juntos. Aquello me ocurría no por lo que estábamos haciendo, sino por lo que mi mente imaginaba que podíamos hacer.

Intenté hablar con mi conciencia y convencerla de que era como si hubiera contratado un guía turístico particular, que simplemente me estaba enseñando la ciudad, pero en el fondo ambas sabíamos que no se trataba de eso.

—Mira. —Se detuvo mientras me señalaba una placa en la que ponía «El zapatero y el cardenal»—. ¿Os contaron el otro día esta historia?

—No, no la recuerdo —contesté.

—Bien, en esta calle de aquí —me dijo, indicando una que bajaba— se situaban antiguamente los talleres de los mejores artesanos, aquellos que hacían zapatos a medida. Se cuenta que una mañana de invierno, de esas que en Toledo tiemblan de frío hasta las piedras, un joven estudiante entró en uno de los talleres y se dirigió a uno de esos artesanos para que observara sus zapatos. Señalándolos, le dijo: «¿Crees que son adecuados para soportar el frío de esta ciudad?». —En ese momento Marcos bajó la cabeza y miró mis tacones. Ambos reímos de nuevo—. «Parece que vas descalzo», le contestó el zapatero. Así que le tomó las medidas y le dijo que pasara en unos días a recoger unos nuevos. Pasado el tiempo, el estudiante volvió y se los probó. Le quedaban perfectos, pero había un pequeño problema. El joven le dijo que como era estudiante no tenía dinero para pagarle, pero que lo haría cuando fuera arzobispo de Toledo. Supongo que el zapatero se enfadaría, pero al ver que no iba a conseguir mucho más, le dijo al joven que había muchas formas de caridad, así que finalmente se los regaló.

En ese momento pasó junto a nosotros una pareja mayor, abrazada, en silencio. Marcos dejó de hablar durante unos segundos, como si no quisiera que nadie nos interrumpiera.

Luego prosiguió:

—Pues bien, al cabo de muchos años, un buen día, apareció en su zapatería un cura que venía de parte del arzobispo de Toledo, para que el zapatero se presentase ante él. El zapatero, sorprendido, le acompañó hasta el palacio. Una vez allí, cuando estuvo ante el arzobispo, este le dio un abrazo y una bolsa con monedas de oro. «Como ves, no he olvidado la promesa que os hice. ¿Necesitáis algo más?», añadió. Y el zapatero, que hasta ese momento ni se acordaba de aquel joven que hacía tantos años le había hecho el encargo, le pidió una cosa más. Le dijo que cuando él muriera no quería que sus hijas, que aún vivían con él, se quedaran abandonadas. El arzobispo le dijo que así sería. Y comentan que esta promesa sirvió para la fundación del Colegio de Doncellas Nobles, y ya imaginarás quiénes fueron las primeras alumnas. Ah, actualmente es una residencia de estudiantes.

Nos quedamos los dos en silencio porque una historia es

más historia cuando se cuenta en el lugar donde sucedió, porque una historia es distinta cuando te la cuentan con unos ojos verdes.

Nos movimos de nuevo y comencé a notar una sensación extraña, una sensación extraña pero adictiva; una sensación que me acompañó a partir de entonces cada vez que salí a pasear por aquellas calles. No sabría definirla, pero volví a sentirme como esos días en los que vas al colegio con la ilusión de ver al que ya sabes que será el primer amor de tu infancia. Me estremecí.

Caminamos despacio, y aproveché para fijarme en todo: en los portales, en el suelo, en el nombre de las calles...

—¡Espera! —le dije.

Me miró extrañado.

—¿Qué pasa?

—Esta calle. El otro día me quedé con la curiosidad de saber cuál es su historia.

—Ah, sí. —Sonrió—. La calle del Hombre de Palo. Si es que en Toledo cada diez pasos hay algo que descubrir —me contestó.

Le sonreí.

—Según cuenta la historia... —y se acercó tanto a mí que consiguió que un escalofrío me recorriera la piel— ... o la leyenda, hubo un personaje llamado Juanelo Turriano..., bueno, en realidad, nació en Italia como Giovanni Torriani, pero se cambió el nombre más acorde para vivir en España. Ahora esas cosas ya no se hacen, ¿verdad? —Y ambos reímos.

—Se sabe que este hombre era un ingeniero muy bueno, así que Carlos I lo llamó para ser el relojero de la corte. Para eso y para hacer otras muchas chapuzas. Creo que más tarde también trabajó para Felipe II y para un papa que ahora mismo no recuerdo. Pero, bueno, que me enrollo —me dijo mientras hacía unos gestos con la mano—. El caso es que sus últimos días los pasó en Toledo y aquí construyó una máquina capaz de traer agua desde el Tajo hasta el alcázar. Tras mucho trabajo, finalmente consiguió acabarla. La máquina funcionaba de maravilla pero, al igual que con el zapatero, solo había un problema, ¿adivinas?

—No se la pagaron —contesté.

—Exacto —rio—. Y aun así, más tarde le pidieron otro artefacto. Y como esas empresas que, esperando cobrar de la administración pública, siguen trabajando para ella, el hombre volvió a construir el artefacto, pero...

—Tampoco le pagaron —contesté de nuevo.

—Exacto. Total que, al final, el hombre se quedó en la ruina. Un tipo inteligente, válido y que además había solucionado un montón de problemas, al final se arruinó porque las instituciones no le pagaban. Era eso o emigrar a Alemania. —Ambos sonreímos—. Y aquí es donde empieza quizás la historia, o quizás la leyenda. Se dice que para intentar sobrevivir, y ya que era un hombre muy ingenioso, se le ocurrió construir un robot de madera que a través de poleas y engranajes iba pidiendo limosna. Los más imaginativos dicen que era un hombre de palo que iba andando por la calle mientras pedía donativos, aunque seguramente sería un maniquí de madera con algún tipo de bandeja para dejar las monedas, ¿quién sabe? —De pronto, Marcos se alejó unos metros de mí, se dio la vuelta y me gritó en la noche—: ¡¿Te imaginas?!

Y se puso a caminar con las piernas y los brazos totalmente rectos, con su cabeza inmóvil mirando hacia delante, con sus ojos verdes fijos en mí... y, poco a poco, simulando un muñeco de madera, comenzó a perseguirme. Y yo le seguí el juego.

Corrí de vuelta por aquella solitaria calle por la que habíamos venido, con aquellos tacones con los que en cada paso me jugaba la vida. Corrí huyendo de un hombre de palo que me perseguía.

Quizás eran aquellas tonterías las que echaba de menos, porque con el tiempo me he dado cuenta de que, más que el amor, es la risa lo que une a dos personas.

Vi una calle que giraba hacia abajo y me metí en ella. Casi corriendo, llegué hasta una verja que separaba lo que supuse que era la parte de atrás de la catedral.

El hombre de palo seguía avanzando hacia mí y yo simulé estar presa entre aquellas rejas. Me arrinconó e intentó cogerme con sus manos mientras yo trataba de escapar sin demasiada intención. Ambos peleamos en una batalla figurada, tocándonos accidentalmente con los dedos, en un extraño juego en el que ninguno se atrevió a hacer nada más.

* * *

A trescientos kilómetros, unas manos —aún pensativas— han colgado hace ya un rato un móvil con la sensación de haberse perdido algo. No ha sido solo la conversación —más corta y más temprana de lo habitual—, ha sido otra cosa, algo que está machacando su intuición.

Sí, en realidad han sido las mismas palabras de siempre, las mismas preguntas y las mismas respuestas, pero el tono… ha habido algo distinto.

Decide dejarlo pasar y no darle más importancia. Quizás ha tenido un día difícil o quizás solo es la distancia que lo distorsiona todo… Opta por pensar que de momento la situación va bien, que la rutina que han mantenido sigue en su lugar y eso le da seguridad, cuando en realidad es lo que más miedo debería darle.

Por un instante considera la opción de coger el coche e ir a verlas; darles una sorpresa y decirles que las echa de menos, que el día se hace muy largo sin ellas, que la casa ya no tiene la misma alegría… Pero al instante piensa en que es muy tarde, que son muchas horas de viaje, que al día siguiente trabaja y que, seguramente, será una tontería. Lo que olvida es que son ese tipo de tonterías las que se hacen cuando uno está enamorado.

* * *

—¿Te has fijado en ese reloj? —me dijo cuando terminamos un juego que duró lo suficiente como para darme cuenta de que estaba dejando atrás una frontera. Solo fue tacto, pero eso a veces lo es todo—. ¿Ves algo de especial?

Me giré y detrás de mí vi una espectacular fachada decorada por miles de formas en piedra, en cuyo centro había un reloj un tanto especial. Intenté asomar mi cabeza entre los barrotes.

—Vaya —contesté—, le falta una aguja.

—Bueno, a lo mejor le sobra una al resto de los relojes, ¿no? —Sonrió—. En realidad, no le falta nada. Es así, es un reloj con una sola aguja. Fíjate que entre las horas hay un pequeño punto que marca las medias. Hay que tener en cuenta que este es un reloj que señala las misas, por lo que solo necesita señales cada media hora. No hace falta que marque los minutos.

—Vaya...

—Sí, pero en realidad, siempre han existido relojes de una sola aguja, su único defecto es que pierden un poco de precisión, normalmente las esferas tienen marcas cada cinco minutos, pero aun así, como mucho, te puedes equivocar en dos minutos y medio, que tampoco es tanto, y menos en este país.

—Sí que sabes de relojes —le dije.

—Sí, algo sé. Ven, volvamos hacia arriba, que me has modificado el itinerario —me dijo riendo.

—¿Yooo? —contesté—. Pero si el que me perseguías eras tú.

Y como una adolescente fui tras él.

Volvimos a la calle del Hombre de Palo y desde ahí nos dirigimos a la catedral, pero justo antes de llegar giramos en dirección contraria, hacia la derecha.

Se paró.

—Mira lo que pone ahí, justo al lado del nombre de la calle.

Me fijé en que aquella calle tenía dos carteles: uno con el nombre «Callejón de Nuncio Viejo» y otro al lado en el que ponía «Esta calle es de Toledo».

—Extraño, ¿verdad? —me dijo.

—Pues sí, se supone que si la calle está en la ciudad es de la ciudad, ¿no?

—Bueno, no siempre. Resulta que en Toledo, con el paso del tiempo, han ido desapareciendo calles.

—Sí, ¡hombre! —Y me eché a reír.

—No, de verdad, es cierto, se estima que han desaparecido más de sesenta calles.

—¿Fantasmas?

—No, nada de eso, humanos, y «muy» humanos. Resulta que cuando un mismo dueño compraba dos edificios separados por una pequeña calle, muchas veces movía los muros y se apropiaba de ella. Otras veces tapaban la entrada y la salida, y así tenían una calle privada. Y en otras ocasiones, como en esta, ponían rejas para que la gente no pudiera pasar. Por eso, al final, los ciudadanos protestaban y el ayuntamiento colocaba este tipo de placas.

—Vaya, la propiedad privada.

—Sí, exacto. Bueno, pues entremos por este callejón antes de que desaparezca —me dijo riendo.

—Mientras no lo haga con nosotros dentro —le contesté, arrepintiéndome de lo dicho mientras las palabras salían de mi boca.

Era tan estrecho que tuvimos que pasar uno detrás de otro, pues a poco que abriéramos los brazos, nuestras manos rozaban los muros. Lo recorrimos en silencio, él delante y yo detrás. Tras atravesarlo, llegamos a una preciosa plaza rodeada de imponentes iglesias.

—Bueno, pues aquí es donde quería traerte. En esta iglesia de enfrente ocurre una de las más famosas leyendas toledanas: la leyenda de *El beso*.

Al oír esas palabras me puse en guardia, no sabía si había elegido aquella leyenda por algo especial o simplemente era una coincidencia.

—Bien, situémonos en el tiempo —me dijo mientras me miraba—. Era 1810, más o menos, cuando el ejército francés de Napoleón estaba en Toledo. El problema es que en ese momento había tantos soldados en la ciudad que apenas había lugares para acogerlos. Así que empezaron a ocupar todo tipo de espacios: plazas, edificios, iglesias…

»Una noche fría, siempre son frías, llegó a la ciudad un grupo de jinetes buscando algún lugar donde poder acomodarse y pasar la noche, pero como ya no quedaba sitio en ninguno de los principales edificios, se les asignó una iglesia abandonada, esta que tienes delante. Llegaron aquí mismo y entraron en ella con la luz de unos farolillos.

»En su interior apenas había nada: algunos retablos y losas con los nombres de los allí enterrados, y algo más… unas estatuas de mármol blanco que parecían fantasmas sobre los mausoleos de los muertos. No les hizo mucha gracia, pero tampoco había mucho más donde elegir. Así que al final, y sobre todo debido al cansancio del trayecto, no tardaron mucho en quedarse dormidos.

Yo escuchaba como una niña que, abrazada a un peluche, desea que nunca le llegue el sueño. Hay cosas —como que te cuenten historias— que no deberían desaparecer con la edad.

—Al día siguiente —continuó—, el capitán se encontró con unos conocidos y estos, entre bromas, le preguntaron qué tal había dormido. «¿Hay mejor forma de dormir que junto a una preciosa dama?», contestó. Todos se quedaron sorprendidos. «Vaya, eso sí que es llegar y besar el santo», y le preguntaron por la identidad de aquella belleza. «Es de cara preciosa, con traje blanco y tez pálida», contestó. Sus compañeros le preguntaron si había hablado con ella, si se habían besado o hecho algo más… Pero el capitán les contestó que aquella dama no podía hablar, ni ver, ni oír porque…

Y se quedó en silencio.

—Dime, dime, ¿qué pasó? —pregunté impaciente.

—… porque era una estatua. Y todos comenzaron a reír; todos menos el capitán. Bueno, evidentemente todos los compañeros le continuaron la broma y le dijeron que se la presentara. Él, hablando más en serio que en broma, les dijo que vale, que esa misma noche llevarían bebida y brindarían a su salud. Solo había un problema, junto a la dama estaba la estatua de un guerrero que, según pensó él, debía de ser su esposo.

»Al caer la noche, y tal como habían quedado, acudieron a esta misma iglesia que tienes delante. Hicieron un fuego con restos de madera y, tras tomar unos tragos para pasar mejor el frío, fueron hacia el lugar donde estaba la dama. El capitán la presentó y todos coincidieron en que de verdad se trataba de una mujer muy bella, de una mujer que en vida seguramente habría sido de las más hermosas de la ciudad. Miraron la inscripción y vieron que se trataba de doña Elvira de Castañeda y su marido, Pedro López de Ayala, que luchó en Italia.

»La fiesta continuó y mientras el resto de los soldados bebían y brindaban, el capitán no se separaba de su enamorada. De repente, le dio como un ataque de locura y empezó a decir que aquella era su amada, que tenía que besarla. Dijo también que no era educado no ofrecerle vino al marido, así que llenó un vaso y se lo tiró a la cara. Todos rieron. Tras esto acercó su cara a la de la mujer pidiéndole un beso.

»Llegados a este punto, varios de sus compañeros le dijeron que no lo hiciera, que no removiera a los muertos, que eso no traía nada bueno. Pero él no hizo caso y se acercó a la estatua con intención de besarla.

Paró y me miró, me dejó en vilo.

—¿Y qué? ¿Y qué pasó? —le insistí.

—¿Y si lo dejo aquí?

—¡Vamos!... —le supliqué.

—Se escuchó un golpe y un grito. El capitán estaba en el suelo, junto a los pies de la estatua, sangrando por la nariz y por la boca. Nadie se movió. Sus amigos se acercaron a ayudarle y se quedaron de piedra —nunca mejor dicho— al ver que el brazo del esposo estaba manchado de sangre.

Ambos nos quedamos en silencio mirando aquella puerta. A escasos centímetros uno del otro, eran nuestras chaquetas las únicas que se atrevían a rozarse.

El sonido de un móvil —el mío— rompió aquella calma y ambos dimos un respingo.

Lo saqué del bolsillo: era mi marido.

* * *

Ha acabado de cenar, intranquilo.

Se sienta en el sofá, enciende la tele y comienza a mirarla sin hacerle demasiado caso; no puede dejar de pensar en aquella llamada. En el fondo, sabe que hay algo extraño.

Coge el móvil, marca su número y espera.

Deja pasar un tono, dos, tres, cuatro… nadie coge el teléfono.

Es tarde, quizás ya está durmiendo, piensa.

Cuelga.

Le escribe.

«Amor, sabes que te echo de menos»

«Te quiero»

«TQ»

* * *

Dejé que sonara sin cogerlo y, sabiendo que hacía algo que no estaba bien, volví a meterlo en el bolsillo para amortiguar un sonido que rompía la noche. Solo era una simple casualidad, solo eso, me autoconvencí. Ni mi marido era un guerrero de mármol, ni a mí me había intentado besar nadie, al menos de momento.

—¿Todo bien? —me preguntó mientras me miraba.

—Sí, sí —le contesté

—¿Seguimos entonces?

—Vale.

Vale, y lo dije invirtiendo la curva de mi sonrisa, pensando que quizás no debía estar allí. Estuve a punto de decirle a Marcos que me iba a casa, que no quería seguir con aquello... pero ¿qué era aquello? En la realidad, nada; en mi mente, mil cosas.

Comenzamos a movernos a través de afluentes de piedra, en dirección al río. Estuvimos navegando por calles que, al quedar atrapadas en la noche, parecían también perdidas en el tiempo.

Apenas nos cruzamos con nadie y eso hizo que la compañía fuera aún más cercana. Cada veinte o treinta pasos nos deteníamos y me sorprendía con alguna anécdota, leyenda o secreto.

Aquella noche caminamos a través de la historia y el misterio, a través de la curiosidad y la emoción; y yo, a mi vez, caminé a través de la novedad y la vergüenza, de la fascinación y el arrepentimiento.

Iniciamos un continuo descenso que desembocó en un pequeño parque desde el que, apoyados en una barandilla —la misma en la que días más tarde se asomará también una niña—, disfrutamos del reflejo de la ciudad en el interior de un río que ni por la noche dejaba de moverse.

No había nadie alrededor y hacía el frío justo para cubrirlo con un abrazo.

Y me abrazó.

Y yo… y yo… y yo… y yo me dejé abrazar.

Nos mantuvimos en silencio, dejando que fueran nuestras respiraciones las que se comunicaran. Intenté convencerme de que en realidad era solo eso: un abrazo. Había abrazado muchas veces a mis amigos, a mi familia… pero a un desconocido…

Dejé que el viento justificara aquel contacto y, de paso, aireara mi conciencia.

Más silencio.

—Bueno —me susurró al oído—, sé que no has cenado.

—Ya —sonreí.

—He pensado en llevarte a un sitio mitad cueva, mitad restaurante. ¿Te apetece?

—Vale —contesté sin pensar.

En cuanto nos separamos de aquella barandilla, me encontré de nuevo con la vergüenza y, sobre todo, con la realidad. Así que, lentamente, me separé también de él. Caminamos uno al lado del otro durante un buen rato, a través de callejones, plazas y pasadizos. Mis pies ya no podían más, pero no dije nada. Quizás en cualquier otra ocasión me hubiese quejado, quizás si ese mismo paseo lo hubiera dado con mi marido, ya habría protestado mucho antes, y le habría sugerido volver a casa... Cómo cambiamos con las circunstancias.

Por fin, tras mil calles más, llegamos al restaurante. Entramos y me reconfortó la calidez del local. Un camarero nos acompañó escaleras abajo a una mesa con el cartel de reservado.

—Vaya, lo tenías todo planeado —le dije.

—Puede ser. —Me sonrió.

Aquella noche disfruté de una cena como hacía tiempo no disfrutaba. No por la comida, ni por el lugar, eso suele ser lo de menos, disfruté con lo más importante: la compañía.

Nos sentamos en un rincón precioso, con una roca que hacía las veces de pared. Fue una primera cita como hacía tantos años no ocurría, con los mismos nervios, con la misma curiosidad por conocer a una persona —y a una personalidad— totalmente nueva. Pedimos y, por primera vez desde hacía ya mucho tiempo, no sabía lo que iba a pedir quien tenía enfrente.

Comenzamos hablando de la ciudad, de aquellos secretos que escondía, de la niña, de su trabajo, del mío... Y cuando ya llevábamos más de veinte minutos y un millón de risas, acercó su cara a la mía.

—¿Te has fijado cuánta gente de alrededor se ríe? Cierra los ojos y escucha durante un instante.

Cerré los ojos y comencé a oír lo que nunca había escuchado, porque nunca había hecho algo así. Y es que, a veces, con los ojos abiertos, nos perdemos demasiadas cosas: conversaciones amontonadas, instantes de silencio, cubiertos que chocan entre sí, gritos desde la cocina, alguien que tose y, de vez en cuando, alguna risa.

Tras unos segundos, abrí los ojos y me encontré con los suyos.

—¿Y bien? ¿Has oído alguna risa?

—Sí, alguna.

—Sí, de aquella mesa de allí, de aquellos cinco amigos, y quizás de aquellas tres chicas del rincón, pero te aseguro que no has oído la risa de ninguna pareja, porque ¿sabes qué?, normalmente las parejas ya consolidadas no se ríen. Cuando dos personas juegan con la risa no existe ningún problema entre ellas —me dijo.

Y tenía razón. Comencé a recordar las últimas veces que habíamos ido a cenar mi marido y yo: apenas nos habíamos reído.

Hablamos mucho de mí, de mi vida, de mi trabajo… Intenté pasar de puntillas por el tema de mi marido porque él tampoco me lo preguntó. En cambio, sí le hablé de mi niña, que no paraba quieta ni un momento, que era muy alta para su edad y que tenía la sonrisa más bonita que había visto en mi vida.

Aquella cena continuó entre conversaciones y risas.

Cuando ya íbamos por el postre, me di cuenta de que apenas habíamos hablado de él.

—Bueno, ¿y tú? Cuéntame algo de ti. ¿Vives aquí? ¿Eres de Toledo?

—Sí, nací aquí y he vivido la mayor parte de mi vida en

esta ciudad. Aunque hace unos años tuve que, digámoslo así, exiliarme.

—Vaya, ¿por qué?

—Me obligaron a solicitar un traslado que no había pedido. El motivo: había investigado un tema complicado, me dijeron. Tan complicado como una red de prostitución que incluía menores, drogas y algún que otro nombre que no debería aparecer por allí. Ya me entiendes.

—Vaya...

—Sí, conseguí atar unos hilos difíciles de distinguir entre un ovillo de favores, relaciones y secretos. Pero destapar aquello podía desprestigiar a un partido, y en una democracia como esta, primero están los partidos y después —a gran distancia— las personas. O lo dejas o te vas, me dijeron. Y no lo dejé, y al final me tuve que ir.

—Ufff, vaya... y ahora...

—Bueno, de aquello hace ya tiempo, y los implicados se han ido jubilando o los han ido recolocando en otras empresas: bancos, consultoras... Prácticamente ninguno de ellos vive ya en Toledo. Así que hace más de un año pedí de nuevo el traslado.

—Vaya... ¿Y siempre has sido policía?

—Sí, policía y algo más.

—¿Algo más?

—Sí, también me dedico a guardar secretos. A guardar todo eso que uno esconde bajo el sofá.

* * *

A esa misma hora, mientras dos desconocidos continúan conociéndose en un restaurante, una sombra se pasea por las calles de la ciudad recorriendo unas marcas que conoce de memoria, todas menos una. Se mueve sin saber si hace poco que ha anochecido o está a punto de amanecer.

Se para frente a una puerta y la observa sin mover los ojos, sin mover el cuerpo y, podríamos decir, que hay momentos en los que ni la sangre se le mueve. Puede mantenerse así —simplemente contemplando— durante varios minutos, a veces incluso durante varias horas, sin más adversario que sus propios recuerdos.

Silencio.

Se mueve de nuevo.

Arrastra sus pasos en un caminar tranquilo porque sabe que justamente él tiene todo el tiempo del mundo. Observa con calma cada trozo de una ciudad que de tanto conocerla, a veces le parece anónima. Observa sus muros, sus casas, cada parte de su suelo... con la ilusión de, por fin, algún día, alguna noche, encontrar esa última marca que parece estar jugando con su vida.

«Bajo el símbolo del agua encerrada» es la frase que lleva en su memoria. Sabe que es una pista sencilla, tal vez demasiado. En realidad, es una pista que no deja lugar a dudas. Pero en este caso, el problema no es descifrarla, el problema es que hay demasiadas opciones.

Se detiene frente a otra puerta.

Tras más de veinte minutos observándola, respira hondo y se aleja de allí en dirección a las afueras, con la esperanza de encontrar ese símbolo que lleva buscando ya tanto tiempo.

* * *

En realidad, no bebí demasiado, el problema es que hacía más de diez vidas que no salía y mi cuerpo no estaba acostumbrado…

Ahora, desde la barrera del presente, es fácil poner al alcohol como excusa; es fácil buscar los errores, los culpables, los momentos en que podría haberlo parado todo… Quizás en el río, cuando me dio el abrazo, o cuando me invitó a cenar, o cada vez que me miraba con esos ojos que seguían teniendo luz en la noche… Pero no lo paré.

Terminamos de cenar y, tras ponernos los abrigos, salimos a la calle. Allí, con la excusa del frío me abrazó de nuevo, y de nuevo me dejé abrazar.

Acercó su voz a mi oído.

—¿Sabes dónde estamos? —me preguntó con su aliento acariciándome la oreja, consiguiendo que un ligero escalofrío me recorriera todo el cuerpo.

—Sí —contesté riendo—, he bebido un poco, pero aún sé que estamos en Toledo.

—Sí, pero permanecemos dentro de la ciudad y nos estamos perdiendo lo más bonito, porque lo más bonito está fuera.

—¿Fuera? —pregunté, mientras mis palabras se estrellaban en su pecho.

—Sí, fuera. Toledo también hay que disfrutarlo desde fuera.

—Vale —le dije, incluso antes de que planteara la pregunta. Vale.

Y así, abrazados, yo en el interior de su chaqueta y su presencia revoloteando entre mis sentimientos, nos dirigimos hacia un aparcamiento.

Ahí, quizás ahí también podría haberlo parado.

Subimos a su coche y comenzamos a circular por pequeñas calles por las que solo alguien de allí podía pasar a esa velocidad. Cruzamos un puente y, cuando ya estábamos en la otra parte del río, tuvo que frenar de golpe para no atropellar a un hombre que atravesaba lentamente la carretera.

Nos detuvimos mientras un hombre vestido de negro y cubierto por una capucha cruzaba la calzada sin prisa, delante de nosotros.

Marcos bajó la ventanilla y se quedó mirando aquella figura que se confundía con la sombra de los muros. En ese momento, el hombre giró y se metió en una calle, de nuevo hacia el interior de la ciudad.

—¿Se ha perdido? —pregunté.

—No —me contestó con el rostro serio.

—¿Seguro?

—Sí, sí, créeme si te digo que ese hombre conoce las calles mucho mejor que yo.

—¿Lo conoces?

—Podríamos decir que sí.

—Ah, vaya, pues parecía un poco confundido…

—Ya, pero hoy no llueve.

—¿Qué? —contesté extrañada.

—Nada, olvídalo, cosas mías.

—Sí, pero has dicho que hoy no llueve…

—Ya, es que la lluvia lo desdibuja todo, hace que la ciudad parezca mucho más confusa… olvídalo.

La lluvia de nuevo, pensé.

Nos mantuvimos en silencio hasta que llegamos a una explanada en la que aparcamos junto a un precioso edificio.

—Hemos llegado —me dijo—. Este es el parador de Toledo.

—Es precioso.

—Sí, y las vistas más aún. Ven.

Salimos para disfrutar de uno de los espectáculos más bonitos que he visto en mi vida: el brillar de Toledo en la noche.

Hacía frío pero no me importó, fue la excusa perfecta para que me abrazara y para dejarme abrazar de nuevo.

Y allí, apoyados sobre un muro, con nuestras miradas dirigidas hacia la ciudad, no me di cuenta de que estaba en la antesala de un cambio. No fui consciente de que, a partir de ese momento, me iba a pasar los días colocando barreras en mi corazón, de que era el placer el que comenzaba a ganar a la razón…

Me acurruqué en sus brazos disfrutando de constelaciones de ventanas cuyas luces se encendían y apagaban a través de los minutos. Intentando averiguar con la vista, pero sobre todo con la imaginación, qué podía estar ocurriendo dentro de aquellas habitaciones a esas horas de la noche…

* * *

En una pequeña ventana, en la parte alta de una vieja casa, una chica —la segunda mejor alumna de su promoción— lleva varios meses estudiando durante las madrugadas. Se está preparando unas oposiciones en las que solo hay una plaza, unas oposiciones cuyo primer examen es en apenas una semana. Ha dejado de lado, durante todo este tiempo, a amigos, familia y esas miles de cosas divertidas que le quitan horas al estudio. En realidad, lo lleva todo perfectamente preparado, ahora simplemente repasa.

A diez ventanas de allí, otra luz permanece encendida; otra chica, un poco más mayor y con un bebé en sus brazos, hace exactamente lo mismo. Entre libros, apuntes y biberones, intenta sacar tiempo a la noche para prepararse el examen.

A más de tres calles a la derecha, en un tercero, otra habitación acaba de encenderse. Un chico de unos veintipocos años llega de la biblioteca —donde lleva yendo más de medio año—, deja los libros sobre la cama y allí prepara la que será otra noche larga, a la espera de ese examen que puede darle una plaza fija.

Así, centenares de habitaciones comparten los mismos libros, la misma ilusión y, sobre todo, el mismo esfuerzo a esas mismas horas de la noche. Todas menos una.

Hace ya un buen rato que una luz se ha apagado en la habitación de una gran casa situada en la zona izquierda de la ciudad. En su interior, una chica joven se ha acostado ya. Ella también se presenta a esas mismas oposiciones, pero con la tranquilidad que le falta al resto. Sabe que no importa cómo le salga el examen, pues al final le van a dar la plaza. Apenas conoce el temario y, seguramente, tampoco desempeñará muy bien sus tareas, pero eso es lo de menos. Lo importante es que el puesto que hay que cubrir es el de responsable de sección, es decir, un buen sueldo y una posición donde todas sus carencias las podrán ir supliendo los demás funcionarios. Es lo que tiene ser familia del anterior alcalde.

Unas cuatro ventanas a la derecha, una tenue luz se difumina: una mujer ha llegado cansada del trabajo y, sin esperarlo, se encuentra con una de esas cenas donde las velas bailan alrededor de una mesa sin patas, en el suelo, junto a una música que envuelve el encuentro.

En la calle de atrás, en una ventana que no vemos, una mujer mayor hace una hora que se ha ido a la cama. Sabe que hoy dormirá tranquila, pero ya está temiendo que mañana, viernes, volverá a estar toda la noche sin poder pegar ojo porque hace ya unas cuantas semanas que unos jóvenes han habilitado la planta baja como local para pasar las madrugadas del fin de semana.

A muchos metros de allí, una niña con ojos azules es incapaz de dormir. Piensa en que mañana volverá al colegio, que mañana volverán a insultarla, a empujarla, a avergonzarla delante de todos... Nunca en su vida se había sentido tan vulnerable.

En un edificio más al sur, una cocina se mantiene iluminada. Una madre, tras varios intentos, ha conseguido que su pequeño se trague el medicamento. En unas cuatro o cinco horas tendrá que volver a dárselo; piensa que en la próxima toma será mejor que se lo mezcle con leche caliente, casi hirviendo, como le gusta a él.

En la casa de enfrente, un hombre llora en un sofá. Hace ya varios meses que no encuentra trabajo y en apenas unas semanas se le acaba el paro. Llora ahora que su familia duerme, pues no se atreve a mostrar su debilidad delante de ellos. En esos momentos mira la tele y salen las declaraciones de algún político que le dice que ha vivido por encima de sus posibilidades. Unas declaraciones que la cadena en cuestión intercala con ejemplos de obras que esos mismos políticos han impulsado y que han supuesto la pérdida de millones de euros: aeropuertos sin aviones, edificios culturales sin uso, parques temáticos en quiebra, eventos deportivos para salir en la foto... Unos proyectos que, a pesar de no servir para nada, han conseguido llenar bolsillos de empresarios, familiares y políticos. Y es en ese momento cuando el hombre desearía con todas sus fuerzas tener una pistola en la mano para, presuntamente hablando, cargarse a unos cuantos.

Ese mismo sentimiento, el de rabia contenida, es el que invade a su vecino de arriba. Un vecino al que, tras muchos años esforzándose por sus alumnos, ahora le dicen que no hay dinero para tantos maestros. Apretando los puños, recuerda todas esas comidas institucionales que han hecho en su ayuntamiento; todos esos coches oficiales que llevan meses parados en el aparcamiento; esos gastos de representación en los que se fueron miles y miles de euros... Se levanta del sofá y le pega un puñetazo a un cojín; quizás, la próxima vez que vea a un político en la calle, su cara sea la que reciba el golpe. Tampoco tiene mucho que perder y por lo menos se dará el gustazo.

Dispersas por varias casas, diez personas comparten el mismo sentimiento: se han quedado sin empleo. Las diez estaban en la misma empresa, una empresa de diseño y publicidad que trabajaba principalmente para el ayuntamiento. Han realizado su trabajo a la perfección: vídeos, fotos y folletos que daban publicidad a todo lo realizado por el gobierno de la ciudad, incluso de cosas aún ni siquiera iniciadas. Lo han entregado en plazo y con la calidad exigida. Aun así, no han cobrado ni un solo euro. Las facturas se han quedado eternamente en el montón de «No se preocupe que, aunque tardemos, ustedes cobrarán». Pero han tardado demasiado; la empresa ya no podía sostenerse sin ingresos y finalmente ha quebrado. Y así, a diez personas —y a la vez a diez familias—, de la noche a la mañana les ha cambiado la vida.

En el centro de la ciudad, en la pequeña sala de una iglesia, un cura se sienta frente a una sencilla mesa de madera y se lamenta de las pocas monedas que los feligreses —principalmente feligresas— ponen en el cestillo. Mira lo recaudado con tristeza y aun así les da las gracias en silencio. Sabe que en tiempos de crisis esa calderilla les supone un gran esfuerzo.

Mira alrededor de su pequeña estancia, lleva allí más de veinte años y a pesar de sus contradicciones internas sabe que es feliz ayudando a los demás.

Entre esas contradicciones, una que se sienta habitualmente en la primera fila. Sabe su edad, su nombre, su vida y que lleva demasiados años enamorada de él.

La conoció a las pocas semanas de llegar a Toledo y, en cuanto la vio, él también comenzó a enamorarse. Y a partir de entonces, inició una absurda batalla contra sus propios sentimientos. Una batalla que duró años y acabó en depresión. No era capaz de entender por qué su dios le había dado unos sentimientos que tenía que esconder. Finalmente, tras terapia y muchos encuentros con otros sacerdotes consiguió mutilar aquellas sensaciones.

Le convencieron de que no podía formar una familia por

mil absurdos motivos, motivos que se fue creyendo hasta que llegó a ese momento en el que naufraga cualquier religión: cuando uno comienza a hacerse preguntas.

Fue entonces cuando descubrió la verdadera razón por la que no podía hacerlo: el dinero. Aquel absurdo dogma venía desde la Edad Media y atendía a razones materiales y no espirituales, pues un sacerdote con familia, al fallecer, tenía que dejar herencia y eso hacía que la Iglesia fuera perdiendo parte de sus riquezas. Solución rápida: prohibirlo.

Ha pensado tantas veces en lo inútil que se siente cuando da consejos sobre el matrimonio, sobre los hijos, sobre el amor, sobre la familia… sin haber experimentado nada de eso jamás. Es como si un mecánico aconsejara sobre la forma de operar una apendicitis. Absurdo.

Ese hombre continúa creyendo en Dios, pero hace tiempo que dejó de creer en la Iglesia; aun así, sabe que a su edad hay dos cosas que ya no puede cambiar: su lugar de trabajo y la esterilidad de sus sentimientos hacia las mujeres. Unos sentimientos que al final han conseguido escapar por otros lugares.

Coge las monedas del cestillo para introducirlas en un sobre, susurra un «Que Dios me perdone» y lo esconde en un cajón. Con eso tendrá para unas cinco o seis fotos. Llora.

* * *

Comenzó a soplar de nuevo el viento, pero me di cuenta de que no era eso lo que me movía el pelo. Eran sus dedos que, como un cepillo de tacto, atravesaban cada uno de mis cabellos.

Me estuvo acariciando como hacía años nadie me acariciaba. Acercó su boca a mi cuello y comenzó a besarme como hacía años nadie me besaba. Y yo me dejé besar sin pensar en lo que se acercaba.

Ahí podría haberlo parado.

Y así, atrapados por nuestras bocas, me cogió de la mano y nos metimos en el coche.

Ahí, quizás, también podría haberlo parado.

Bueno, ahí seguramente ya no.

* * *

El instante que divide
una vida en dos

Abrí los ojos incluso antes de levantar los párpados, sabiendo que el bombear de mi propio corazón me había despertado. Respiré oscuridad y, sin necesidad de llegar al tacto, noté el calor de un cuerpo a mi lado.

Me mantuve inmóvil intentando reconocer una habitación sumergida en el silencio, un cuerpo —el mío— naufragando en una cama y una conciencia intentando reconciliarse con el alma.

Estiré mi mano derecha para ver el espacio que me separaba del final del colchón, lo justo para alargar el brazo y dejar los dedos colgando en el abismo. El mismo abismo por el que estaba a punto de lanzar mi vida. Deseaba huir de allí y en cambio era incapaz de moverme.

Cerré los ojos y comencé a recordar: la falda sin expectativas y las expectativas ya sin falda; el frío de la noche y el calor de sus abrazos; el reloj sin minutos y los minutos ya sin reloj; el difícil caminar de unos tacones y el fácil volar con sus miradas; el hombre de palo y el palo del hombre; el interior de unas calles en la que aún fui mía y el exterior de una ciudad en la que acabé siendo suya.

¿Y ahora qué?

Apreté la mirada, los puños e hice todo lo posible para apretar también el corazón.

* * *

Y al instante, otros recuerdos.

Unas imágenes que cambiaban totalmente mi situación. No lo ya vivido, sino la solución a la huida de ese mismo instante: la vuelta a casa en el asiento delantero con el silencio como única conversación; unos pies que se arrastraban por el suelo; el frío beso que nos dimos en la despedida; las lágrimas que comenzaban a nacer mientras abría la puerta; las mismas que morían sobre mi rostro cuando entré en la habitación y vi cómo ella dormía; las sábanas bajo las que quise esconderme...

Ahora sabía que podía girarme.

Moví mi cuerpo a la izquierda y alargué el brazo derecho para apretarla contra mi pecho, para sentir el latir de su pequeño cuerpo. «Te quiero, te quiero, te quiero...», le susurré entre el pelo.

En ese abrazo los remordimientos comenzaron a caer como lo hacen los truenos sobre el miedo, uno tras otro en plena tormenta.

Nuestro café en el sofá, después de cenar, cuando la niña

ya dormía; la forma tan distinta de hacer la misma cama; mi ropa interior en el primer cajón, justo encima del suyo; su mano subiendo la cremallera de aquel vestido negro que me regaló; la misma mano que siempre he tenido junto a la mía cuando he estado enferma, triste o preocupada; las ciudades y paisajes que hemos visto y vivido juntos; despertar sabiendo que siempre lo tenía ahí, a mi lado; la seguridad de sospechar nuestro estado de ánimo con una sola mirada, con un solo gesto; la confianza...

¿Y ahora qué?

Allí, utilizando a mi hija de escudo, permanecí durante horas intentando no hundirme en un océano de dolor, intentando flotar sobre lo que hubiese deseado fuera una pesadilla.

Mi esfuerzo por dormir consiguió el efecto contrario y, poco a poco, eran mis sentidos los que iban despertando. Un olfato que comenzaba a distinguir el aroma de una colonia que no era la mía; un tacto que comenzaba a descubrir unas medias que ni siquiera me había quitado; un oído capaz de escuchar a la culpa carcomiéndome el cuerpo...

Me abracé aún más fuerte a ella y comencé a llorar con tantas lágrimas como risas había derramado. Perdí mi nariz entre su pelo, y ese aroma a niña me hizo recordar todo el tiempo que estuvimos buscándola: los médicos que visitamos, las esperanzas que perseguimos y, sobre todo, la ilusión que nunca nunca perdimos... ese combustible que al final, tras dos años de espera, consiguió encender el milagro... Y ahora, por una noche... por un simple momento... no era justo.

Aquello no había ocurrido, aquello no había ocurrido, aquello no había ocurrido... me estuve repitiendo para ver si de alguna forma, podía borrar las últimas horas de mi vida.

Quizás, pensé, si nadie lo había visto, podría no haber ocurrido.

El problema de estar luchando contra uno mismo es que, al final, todo ese dolor siempre consigue escapar por alguna parte del propio cuerpo.

Finalmente escapó.

Comenzó como un pequeño hormigueo en la parte del cuello, justo encima del pecho, algo a lo que no le di importancia. Pero, poco a poco, la molestia fue en aumento.

Me separé de ella, me levanté intentando no hacer ruido, salí al pasillo con los pies descalzos y encendí la luz del baño para mirarme al espejo. Me asusté.

* * *

Tenía una erupción que, como una soga, me rodeaba el cuello. Me quité la camisa y la irritación continuaba, a discontinuidades, por los pechos. Era como si una jarra de culpa se hubiera derramado por mi cuerpo.

Volví a la habitación temblando. Me puse la ropa en silencio, besé a mi niña desde la distancia y con pasos de condenado me acerqué a un sofá donde un televisor le hablaba a una Laura que ya dormía.

—Tía, tía… —le susurré mientras le tocaba, suavemente el brazo—. Tía…

Abrió los ojos con un ligero sobresalto.

—Dime, dime… ¿qué pasa? —se alteró, incorporándose de golpe.

—Tranquila, tranquila… Es que mira lo que me ha salido en la piel —le enseñé el cuello.

—¡Hija mía! Eso es que algo te ha sentado mal. ¿Qué has cenado?

—Puede ser, sí, quizás algo de lo que he cenado esta noche me ha hecho algún tipo de reacción. Me voy a urgencias, pues cada vez se me está extendiendo más. Te dejo a la niña durmiendo, vuelvo en un rato.

—Está bien, no te preocupes. Cualquier cosa me llamas. Que no sea nada. —Y se levantó para acompañarme hasta la puerta.

—La niña sigue durmiendo. En cuanto pueda, vuelvo…

—Vale, vale, tranquila, que ya me ocupo yo.

Bajé a la calle y descubrí la soledad que rodeaba a la ciudad en plena madrugada. Comencé a caminar sobre unas piedras que transpiraban frío, por unas calles que me miraban desde cada ventana, como si una de ellas hubiera visto lo ocurrido y, de inmediato, lo hubiese comunicado a todo el mundo.

Arrastrando los pies y, sobre todo, el ánimo, me dirigí a un coche que, en esa ciudad, siempre había que aparcar demasiado lejos.

Llegué al hospital en apenas quince minutos, entré por una puerta lateral e hice cola en la ventanilla de admisión. Tras varios líos burocráticos, anotaron mis datos y me dijeron que esperara en la sala a que me llamaran por el altavoz.

Abrí la puerta y me invadió una sensación de ahogo, aquello parecía una gran gasolinera en la que habían abandonado un puñado de vidas… a la espera de que alguien las recogiera. Respiré hondo y me preparé para una espera que supuse duraría horas.

Me senté en uno de los pocos lugares que había libres, junto a una mujer que, con una venda en la cabeza, apenas podía abrir los ojos. Frente a mí, un matrimonio con un bebé al que abrazaban como si se les fuera la vida en ello, y quizás se les estaba yendo. A su lado, un hombre de mediana edad dormía con una botella de suero casi vacía unida a su brazo.

Tres sillas a la izquierda, un niño que parecía haberse torcido un pie; había venido él y prácticamente toda la familia y ocupaban unas cuatro o cinco sillas.

—Frarfagggel Farztínez —se oyó por el altavoz.

—Vamos, Rafa, que nos toca —le dijo un hombre a un adolescente que cojeaba, a unas cuatro sillas de mí.

Miré alrededor. La sala estaba tapizada con carteles contra los recortes que el gobierno estaba realizado durante los últimos meses. Y es que, al final, con la excusa de la crisis, todo se abarata, hasta las vidas.

Aquello, intuí, iba para largo. Mientras esperaba notaba que la culpa seguía avanzando hacia el resto del cuerpo, me levanté ligeramente el jersey y vi que ya había llegado al ombligo, quizás en dirección a ese punto en el que resucitaron las sensaciones.

De pronto, unos gritos rompen la relativa tranquilidad de una sala de urgencias en plena madrugada. Se abre la puerta automática dando paso a una tragedia ajena: unos padres llegan gritando. Ella —la madre— destrozada, mientras el padre trae en brazos a un niño que ya no volverá a ser el mismo.

—¡Socorro, socorro! —gritan desesperados—. ¡Se ha quemado la cara, se ha quemado la cara!

Unos enfermeros salen ya preparados con una camilla para coger aquel pequeño cuerpo cuyo destino ha cambiado en una sola noche. Para él, y para ellos, para unos padres que, desde que nació, no habían hecho otra cosa que cuidarlo y quererlo. Y ahora, en un simple despiste…, un pequeño cazo con leche hirviendo ha caído sobre su rostro.

Mientras cruzan la puerta, la desesperación de sus ojos se queda unos instantes en la mente de todos los allí presentes.

A partir de ahora, cada vez que esos padres vuelvan a mirar a su hijo, olvidarán por completo que fueron ellos quienes le dieron la vida, se olvidarán de todas las noches que han pasado junto a él cuando ha estado enfermo… porque cada vez que vuelvan a mirarle a la cara…

Y así, en una camilla, se llevan a un niño que no será consciente de que ha comenzado a ser diferente hasta que la sociedad comience a discriminarlo.

Pasada la sorpresa y la confusión, todo volvió a la relativa calma anterior.

—Tristtina Betrrán —se oyó de nuevo, y una mujer sin enfermedad aparente se dirigió hacia el pasillo.

Aprovechando el asiento que dejó libre, me levanté para estirar las piernas y acercarme a un altavoz cuyas voces parecían de trapo.

Me senté de nuevo y, en mi aburrimiento, me puse a observar a la gente, a intentar adivinar la dolencia de cada una de aquellas historias.

Mis nuevas compañeras de asiento —a mi izquierda— eran dos mujeres de edad que, al no oírse bien entre ellas, hablaban en voz alta. Seguramente llevaban ya mucho tiempo allí porque ambas criticaban las colas que se formaban en urgencias, en las consultas y creo que hasta en la carnicería.

—¿Seguro que no pasará nada? —le preguntó la mujer del pelo violeta a la del pelo blanco.

—¿Qué va a pasar? Tú di que te duele mucho, y así te atienden aquí mismo. Eso o te tocará esperar hasta la semana que viene por lo menos, ya sabes.

—No, no, si tienes razón.

—Ya te lo he dicho, lo mejor es venir a urgencias y ya está.

—Además, aquí, con suerte, hasta te dan el medicamento y te ahorras unos eurillos.

—Bueno, y si no te lo dan, no te preocupes que ya te lo saco yo. Lo hago con toda la familia, muchas veces pido que me receten medicamentos que no son para mí, sino para mi cuñada, para mi hermana —la pequeña—, o para la mujer del tercero... Al ser jubilada me salen más baratos, ¿sabes?

—Sí, sí, que tal y como está la vida, el dinero no me llega para nada.

En ese instante, en la planta más alegre del hospital, nace un niño. Ha sido un parto largo, muy largo. Han esperado hasta el último momento para evitar la cesárea y, finalmente, lo han conseguido. El pequeño cuerpo ha salido envuelto en sangre y esperanzas, envuelto en futuro y cariño. La diminuta vida ha esperado apenas un segundo para coger aire del nuevo mundo y ha comenzado a llorar —y no reír—. Y llora también su madre, y llora también su padre que lo ha visto todo, y llora incluso la matrona. En apenas unos minutos nacerá otro bebé, esta vez niña, también sana; y en una hora otro niño, también sano... Y así irán acumulándose litros de ese tipo de lágrimas que no deberían acabar nunca: de felicidad.

En la planta superior, un hombre lleva inconsciente varios días, vive conectado a mil aparatos y continúa indeciso: no sabe si quedarse o irse para siempre. Finalmente, sin abrir los ojos, nota el tacto de su hijo, escucha la voz de su madre y, a través de unos tubos que le ayudan a respirar, huele el perfume de su mujer. Son todos esos estímulos los que han conseguido que decida permanecer en la vida. Esa misma noche despertará.

A dos pasillos de distancia, en esa zona donde solo el nombre ya quita todas las esperanzas —enfermos terminales—, una mujer mayor acaba de realizar su último latido. Inspira lentamente un aire que entra pero que ya no saldrá. Ha muerto en silencio. Un silencio solo roto por los llantos de su marido que, sentado a su lado, no se ha separado de ella en ningún momento. La primera persona que aparece en la habitación es ese simpático celador que ha estado con ellos durante los últimos días. Le da el pésame al viejo y el abrazo que en un momento así se necesita. Se sienta junto a él durante unos instantes, le coge la mano y, tras abrazarle de nuevo, lo deja a solas en la habitación.

Ya en el pasillo, se dirige a un lugar apartado donde no pueden oírle y hace una llamada. Una llamada por la que le van a dar una buena comisión. Avisa a una funeraria de que hay un nuevo muerto. En apenas diez minutos, aparecerá allí un representante para convencer al viudo de que ellos se encargarán de todo en esos momentos de dolor en los que la cabeza no rige y uno no está para papeleos. El hombre, ante la confusión del momento y le recomendación del celador, firmará.

Dos plantas más arriba, en un gran despacho, un médico de guardia está iniciando el papeleo para la contratación de unos informes. El problema es que esos informes nunca existirán y que la empresa adjudicataria es, casualmente, la que acaba de crear un buen amigo suyo. A unos pocos metros, en un pequeño almacén, una limpiadora coge, a escondidas, unos cuantos paquetes de gasas y compresas para llevárselas a casa; se dirige a su taquilla y los guarda en una mochila.

En un edificio anexo, varias enfermeras llevan ya demasiadas horas trabajando, y aun así, intentan tratar a cada persona con una sonrisa. Un médico se acerca a ver a sus pacientes, la mayoría están durmiendo, pero el resto, los que permanecen despiertos, le dan las gracias por el detalle.

En la primera planta, en la de los despachos, hay uno de ellos cuya luz permanece aún encendida. Allí, otro médico está de guardia y, frente al ordenador, realiza varias gestiones. Mira la lista de espera para un tipo determinado de operación y va alternando el orden de los pacientes, poniendo en primer lugar a aquellos que acuden a su consulta privada por las tardes.

Y en otra planta, varios niños ingresados se han dormido hoy con una sonrisa. Seguramente en sus sueños aparecerán esos superhéroes que a media tarde han aparecido en las ventanas. En realidad, eran limpiacristales que se han disfrazado de Superman, Spiderman… para sorprenderles, y vaya si lo han hecho. Han conseguido alegrar un día que iba a ser como otro más en un mundo reducido a tubos, camas, goteros y visitas con caras alegres que disimulan tristeza.

Tras dos horas de espera, una inyección y un pequeño test sobre lo que había comido o cenado, volví a casa sabiendo que solo habían tapado los síntomas de un cuerpo que se deshacía entre los remordimientos.

Conduje mirando siempre hacia delante a través del parabrisas, mirando a nuestra niña, a nuestra casa, a nuestros amigos, a nuestras cenas, a nuestra vida... No miré por el retrovisor ante el temor de descubrir que «nuestra vida» podía llegar a convertirse en «nuestras vidas».

Llegué a casa, abrí con cuidado la puerta y le di las gracias a mi tía, que casi dormía en el sofá.

Ya en la cama, me mantuve luchando contra mi mente hasta que desapareció la madrugada. Era, desde luego, una lucha desigual, pues nadie mejor que uno mismo para clavar la punta de la culpa en la parte más delicada del alma.

Y así, intentando domesticar los sentimientos, me acabé durmiendo casi entrada el alba.

Al día siguiente no fui a trabajar.

Al día siguiente se lo confesé a alguien.

Al día siguiente me encontré con una sorpresa ajena.

* * *

Aquella mañana de viernes, cuando mi tía regresó de llevar a mi hija a la guardería, yo ya hacía siglos que intentaba contener las lágrimas en el interior de mis párpados. Sabía que a la mínima palabra, incluso al mínimo gesto, mi cuerpo sería incapaz de soportar todo aquel dolor. Por eso no fue extraño que ante la pregunta: «¿Estás mejor?», me derrumbara como lo hace un condenado al conocer la peor sentencia.

Su primera reacción fue de sorpresa, pero al instante —y eso ya me dijo mucho—, cambió su rostro, como si la falda, la ilusión de la noche anterior y, sobre todo, esa visita a urgencias en la madrugada, le hubiesen dado las suficientes pistas.

—Tranquilízate, Alicia… —me susurró mientras me abrazaba.

Nos sentamos y, tras intentar limpiar mis ojos, comencé a contarle lo que ella ya sospechaba. Mantuvo su mano junto a la mía durante toda la conversación, acariciándome con su tacto, arropándome con su mirada.

Y allí, en el pequeño sofá de una casa que no era la mía, sin apenas conocernos, nos hicimos hermanas.

Acabé la historia entre lágrimas, entre el borroso alrededor de una habitación, con la sensación de desahogo que da el haber podido liberar un secreto. Me calmó, me abrazó como se abraza a un niño que se acaba de caer al suelo; me dio un pañuelo y se levantó para sorprenderme de tal forma que al final fue ella la que necesitó consuelo.

Yo llevaba callándome un secreto apenas unas horas, en cambio, ella llevaba haciéndolo toda una vida.

* * *

Mi tía Laura se levantó, se asomó a la ventana y desde allí me contó lo que nunca le había contado a nadie. A mí, a una desconocida. Quizás porque yo estaba pasando por lo mismo que ella, quizás porque sabía que yo no me atrevería a juzgarla.

—Ahí —me dijo—, en esa puerta que no ha cambiado con los años, vive la persona con la que me hubiera gustado compartir mi vida.

Respiró, miró el cristal y las lágrimas comenzaron a serpentear entre unas arrugas que, con los años —y sobre todo con los acontecimientos—, habían ido poblando sus mejillas.

—La primera vez que nos besamos yo apenas tenía dieciocho años y él estaba a punto de casarse. Fue un juego, una tontería. Ya éramos vecinos en aquel entonces y nos habíamos cruzado miles de miradas. No recuerdo la razón, pero un día fui a su casa a por algo y allí, en la intimidad de su habitación, yo le pregunté, medio en serio, medio en broma, si estaba seguro de lo que hacía; y él se acercó a mí y me besó.

Así, directo, sin pedir permiso, seguramente porque al analizar mis miradas sabía que no lo necesitaba. Fue el primer beso de mi vida. Se separó y, con su aliento a centímetros de mi boca, me susurró: aún estoy a tiempo de no hacerlo. No seas tonto, le contesté... No seas tonto...

Volvió a llorar pero esta vez ni siquiera se molestó en quitarse las lágrimas, simplemente las dejó caer por las mejillas, para que, ya en libertad, desaparecieran entre la tela de su jersey, como si su propio corazón estuviera esperando para volverlas a absorber.

—La segunda vez yo apenas estaba embarazada y él me veía más guapa que nunca. Fue en su coche, me vio esperando en la estación de autobuses y me recogió. Era ya tarde, bueno, en invierno, en esta ciudad cualquier hora es tarde. Y ahí, junto a ese mismo portal aparcó, se acercó a mí y en el refugio de la noche me besó; y yo me dejé besar. Aun teniendo en mi cuerpo a mi hijo, seguía enamorada de él. Alicia, sé que hay cosas que no se pueden explicar. Era un momento muy complicado, y aún más en una época en la que sentir determinadas cosas no era lo correcto.

Sacó un pañuelo arrugado del bolsillo y limpió la tristeza que ahora escapaba también por su nariz.

—Y la tercera vez, la tercera vez que nos besamos, mi hijo apenas tenía dos años, y no fue un beso, fue mucho más que eso, fue pasión, fue sexo. Sentí más con aquel beso que haciendo el amor con mi marido. Tras aquello me sentí tan sola que intenté llenar el vacío de mi vida con un nuevo hijo, como si aquella decisión fuera a dar alas a un amor que no tenía ya ganas de volar. Intenté mejorar un matrimonio a base de hijos y eso es como mejorar la felicidad a base de dinero, nunca funciona. Aquel tercer beso marcó una nueva etapa: lo peor no fue descubrir que estaba enamorada de él, lo peor fue descubrir que ya no lo estaba de mi marido.

Miró de nuevo hacia la ventana, como si aquel cristal fuera lo único que la separaba de sus sueños, cuando, en realidad, el verdadero cristal lo llevaba dentro.

—Y después... después nos hemos besado mil veces. Le he besado en sueños, en la cama mientras mi marido dormía e incluso estando él despierto; le he besado en el sofá haciendo ver que leía cualquier revista; le he besado frente a esa misma puerta, en la cocina mientras se me quemaba la comida, frente al televisor... Todas esas veces y muchas más nos hemos besado. Y eso, hija mía, eso también es ser infiel, pero de una forma más cobarde.

Laura se giró hacia mí, con la cara desencajada, pero con la liberación que suponía haber contado la historia de un amor separado por dos portales y, seguramente, por la generación del qué dirán.

—Nunca ha sido el momento adecuado. ¿Y sabes qué? No existen los momentos adecuados, porque los momentos los elegimos nosotros; y yo, yo no he sabido encontrarlos, quizás porque no he tenido el valor de buscarlos.

»Y ahora así paso cada día, levantándome con la sensación de que se me va cayendo la vida. Cada día, a la misma hora, me asomo por esta ventana, haga sol, llueva o nieve. Y le veo salir por esa misma puerta. Él también me ve, y me saluda, y quizás me imagina aquí, tras esta cortina que me esconde, observando lo que pudo haber sido, como en una de esas leyendas de Bécquer...

Silencio.

—Hace ya tres años que enviudó, se llama Julio y es maestro como tú, ¿sabes? En fin, esta es mi historia, Alicia. A veces pienso que siempre nos hemos querido a destiempo. —Se apartó de la ventana, se secó la cara con un pañuelo y se dirigió de nuevo hacia mí—: Ahora ya no tengo a mis hijos en casa, él está viudo y ya no hay nada —aparte del cariño, y cada vez menos— que me una a mi marido. Y sin embargo, soy incapaz de dar el paso. Lo he pensado tantas veces, lo he imaginado tantas veces, y si fuera por mí, solamente por mí… Pero están mis hijos, la familia, los vecinos, toda la gente del barrio… Y si lo hago… ¿a cambio de qué?

—¿De tu felicidad? —me atreví a decirle.

—¿Mi felicidad? —sonrió, mirándome a los ojos—. La felicidad a destiempo no lo es tanto, porque la felicidad, hija mía, también tiene su momento.

Se alejó de nuevo y se situó frente a la ventana, con la mirada fija en una puerta que siempre había estado abierta por dentro pero cerrada por fuera.

Pensé en todas esas parejas que habían pasado de compañeros de vida a compañeros de piso. Parejas cuya principal razón para estar juntos es que no hay una razón más fuerte para no estarlo. Personas que no tuvieron el valor de seguir sus propios caminos por el miedo al qué dirán, en definitiva, por miedo a la opinión de los demás.

Se acercó de nuevo y se sentó lentamente junto a mí. Me tomó la mano y con sonidos de cariño me dijo las últimas palabras de una conversación que intuí que ya acababa.

—Alicia, no puedo aconsejarte, lo siento, tienes que tomar tu camino, yo ni siquiera he sabido tomar el mío. Dicen que la gente se suele arrepentir más de las cosas que no ha hecho, que de las que hizo. Yo no me atreví, pero era otra época… Vive.

—Tía, si a mí me encantaría no sentir esto, me gustaría

que no me estuviera pasando nada de lo que me está pasando, me encantaría ser capaz de controlar lo que siento, me encantaría poder controlar los sentimientos…

—¿Controlar los sentimientos? Hija mía, ¿pero quién puede hacer eso? Nadie, los sentimientos están ahí, los puedes ocultar o dejar que salgan, puedes intentar esconderlos bajo el cuerpo hasta que exploten, pero intentar controlarlos… eso no tiene ningún sentido. No creo que se deba ser culpable por sentir. ¿Sabes qué, Alicia? Si en esta vida hay algo real, algo auténtico, son los sentimientos, te lo aseguro.

Me fijé en sus ojos y me di cuenta de que ella, durante muchos años, lo había intentado; había intentado controlar esos sentimientos de los que ahora hablábamos.

—Mírame, Alicia, ¿quieres acabar así…?

Nos mantuvimos sentadas frente a un televisor apagado, con los papeles intercambiados, con nuestras manos unidas: la de ella temblando, la mía intentando calmarla.

Se secó las lágrimas con varios pañuelos de papel. Uno de ellos se le cayó al suelo y, tras una mirada de complicidad, lo empujó con el pie bajo el sofá.

—Ahí abajo se quedan muchos secretos. —Y ambas sonreímos.

Ese día supe que, a pesar de que Laura y Julio no estaban juntos físicamente, se estaban amando mucho más que la mayoría de las parejas que comparten techo. Aquel día descubrí que también existen las aduanas en el amor.

Respiró hondo y se levantó hacia la ventana. Estuvo allí durante unos minutos, mirando seguramente esa misma puerta. Se limpió las últimas lágrimas y la vi sonreír.

Quizás, pensé, era más feliz imaginando cómo podría ser el sueño que convirtiéndolo en realidad.

¿Y yo?

Yo no lo había pensado tanto y por eso aún tenía sobre mi cuerpo marcas dibujadas por la conciencia.

Había hecho lo que jamás se me había pasado por la cabeza: no solo me había acostado con otro hombre, el problema es que sentía que me estaba enamorando.

Nunca en mi vida me había imaginado siendo infiel, de hecho es algo que siempre había criticado duramente, siempre había dicho que jamás perdonaría una infidelidad... siempre pensé que yo no era la clase de persona capaz de mentir, capaz de tener un secreto así, y sin embargo...

Siempre, nunca, qué palabras más inútiles.

* * *

Aquel viernes, mientras conducía de vuelta a casa, deseé que la carretera fuera infinita para no tener que llegar a ningún lado, para no tener que enfrentarme con ninguna verdad. Miraba, de vez en cuando, a través del retrovisor a mi hija que ya dormía atrás, sabiendo que una decisión inadecuada podía cambiarle la vida.

Tenía tanto miedo de llegar, tenía tanto miedo de decírselo. Comencé a imaginarme cada una de las posibles situaciones tras la confesión: los gritos, las lágrimas, los lamentos, los reproches... a imaginarme todas las preguntas que tendría que afrontar, sobre todo la más sencilla, esa para la que no tenía respuesta: ¿por qué?

Sabía que había otra opción, podía guardarlo como uno de esos secretos que se entierran en el jardín. El problema es que yo ni siquiera tenía terraza.

Mucho antes de lo esperado vi, a lo lejos, las luces del pueblo e instintivamente reduje la velocidad.

Aparqué frente a la puerta y esta vez todo me pareció distinto: distinta la casa, distinta la calle, distinta la forma de bajar con la niña que acababa de despertarse en ese momento... Era como si todo tuviera sabor a despedida.

Durante el viaje, había estado ensayando las mil formas de plantearlo, había simulado las frases, incluso la conversación en mi cabeza. Se lo diría en la cama, después de cenar, cuando la niña ya estuviera durmiendo. Intentaría hacerlo suavemente, no quería ninguna escena, no quería gritos, no quería... Pensé que igual lo comprendía, todo era posible.

Metí la llave, abrí la puerta y, en cuanto lo vio, la niña salió corriendo hacia él. Se abrazaron, la cogió y se la subió al cuello como a ella tanto le gustaba. Se acercó a mí y me dio un cálido beso que yo no esperaba, un beso que quizás había estado preparando hacía ya días. Iba a ser más difícil de lo esperado.

—¿Qué tal el viaje? —preguntó tras dejar mis labios.

—Tranquilo, a estas horas apenas hay tráfico.

—¿Se ha dormido?

—Ufff, a los diez minutos de salir, ya ves cómo es el coche, deberían inventar algo así para tenerlo en casa. ¿A ver quién la duerme esta noche?

—Bueno, no pasa nada, así juego un rato con ella, que la he echado tanto de menos. ¿A qué sí, pequeña? —Y comenzó a darle mil besos en las mejillas—. Ah, amor, ya está la cena preparada.

—Muchas gracias, amor. —Amor...

Amor, le dije. Amor, me dijo. ¿Cómo se puede saber si, al pronunciar una palabra así, el significado se mantiene en su interior o se quedó en la cáscara?

La cena pasó entre silencios y preguntas rutinarias mientras nuestra hija jugaba subiéndose al sofá, intentando montar un puzle de madera o dibujando con ceras sobre la mesa.

Acabamos. Él se fue a acostar a la niña y yo me quedé recogiendo la mesa. Oí sus voces y, sobre todo, sus risas. Aquello iba a ser demasiado duro.

Mientras ellos reían, ajenos a todo, yo me derruía por dentro.

Hice una infusión y un café. Le esperé en el sofá.

Al cabo de unos minutos volvió, se sentó junto a mí, me abrazó y así nos mantuvimos durante muchos minutos: en silencio.

Al rato me levanté.

—Amor, te espero en la cama, que me estoy quedando dormida —le dije.

—Vale, vale, ahora subo yo —me contestó mientras cogía su portátil y lo encendía en su regazo.

Subí, entré en la habitación de la niña para darle un beso, me puse el pijama y metida en la cama repasé mentalmente todo lo que no quería decirle.

* * *

A esa misma hora, a trescientos kilómetros de distancia, una niña está tumbada en la cama, boca arriba, mirando el alrededor de una habitación que conoce de memoria, pensando en cómo su mundo ha cambiado de la noche a la mañana.

Sin saber muy bien cómo, sin saber muy bien a través de qué madriguera entró, se ha encontrado en un mundo sin reglas, un mundo en el que se siente perdida porque no sabe cómo actuar.

Un mundo en el que sus personajes no paran de meterse con ella, cada día un poco más, un poco más... Al principio, no eran más que miradas, después, algún que otro insulto o tirón de pelo, pero últimamente las agresiones van aumentando en intensidad. Esa misma mañana la han empujado tan fuerte que se ha caído al suelo, y allí, desde la altura del sinsentido, se han reído de ella.

Hoy ha descubierto que lo que más le duele no son las amenazas ni las agresiones, pues eso pasa con el tiempo; lo que más le duele es la vergüenza que sufre al sentirse observada por todos sus compañeros y, sobre todo, la vergüenza que pasa al ver cómo sus amigas desvían la mirada… Y por si esto no fuera suficiente, sabe que hay un vídeo que ha estado circulando por el instituto en el que, además de un puñetazo, se ve una mancha de orina en mitad de sus pantalones.

Esta tarde ni siquiera ha ido a inglés. Les ha dicho a sus padres que no se encontraba bien, que le dolía el estómago. Pero la realidad es otra, la realidad es que su ilusión por vivir se está agotando, se vacía como lo hace un vaso de agua bajo un sol que lo castiga.

Mira ahora, tumbada boca arriba, todos esos pósteres que tiene repartidos por las paredes de su habitación: imágenes donde jóvenes enseñan unos abdominales imposibles, unas bocas que dan ganas de besar y una alegría que ella envidia en ese momento.

Sigue recorriendo con su mirada cada rincón de su pequeño refugio: esa lámpara tan especial que le regalaron sus padres hace dos años; la estantería repleta de libros y peluches que ya no utiliza; las miles de fotos que cubren el inmenso corcho de la pared; ese espejo frente al que tantas y tantas veces se ha vestido y desvestido soñando con ser modelo; el bote de bolis de colores sobre el escritorio, incluyendo ese que tanto le gusta, el verde; un mapa señalando todos aquellos lugares que sueña con visitar junto a sus amigas… «¿Volveré a ser feliz algún día?», se pregunta.

Se da la vuelta, se limpia los ojos con la manga del pijama y coge el libro que tiene ahora mismo en la mesita: *No sonrías que me enamoro*, de Blue Jeans. Y sonríe a medio gas, sonríe porque a pesar de todo ella también se ha enamorado.

* * *

A esa misma hora, en la misma ciudad, dos policías comienzan el turno de noche. Se conocen ya desde hace tiempo y se puede decir que son amigos.

—Ufff, pero, coño, qué frío hace hoy, ¿no? —dice uno de ellos mientras entra en el coche.

—Sí, por el día, si hay sol, aún se está bien, pero a estas horas...

—Ufff.

—Y qué, ¿sabes algo de lo de Madrid? ¿Hay ya alguna fecha?

—Sí, sí, está casi todo a punto.

—Bueno, pues ya me informarás.

—Tranquilo, de momento es mejor que no sepas mucho; de hecho, cuanto menos sepas mejor.

—Como quieras, yo mientras reciba el dinero...

—Bueno, venga, arranca y pon la maldita calefacción.

La rutina es prácticamente la misma todas las noches: comenzarán dando varias vueltas por los alrededores de la ciudad. Más tarde patrullarán durante unas horas por el casco antiguo. Sobre la medianoche, harán una parada en uno de esos bares que cierran tarde, en uno de esos bares en los que, como cada fin de semana, hay orden del dueño para que no les cobren nada; en realidad, es una forma barata de mantener la zona vigilada.

Después de visitar la parte antigua, si no hay ningún incidente, continuarán de nuevo por las afueras, por los barrios residenciales, y se tomarán el penúltimo café en cualquiera de las gasolineras. Un café que también les saldrá gratis porque la persona que se lo servirá estará encantada de que, a esas horas, la policía se pase por allí.

Y después, sobre las seis, cuando la ciudad esté a punto de despertar y su jornada a punto de acabar, se acercarán a la Casa Azul para despedir la noche.

* * *

Abrí los ojos y miré el reloj: las seis de la mañana.

Me había quedado dormida. Me giré y allí estaba él, como tantas y tantas otras noches.

Quizás era un buen momento para despertarlo y hablar; fue pensarlo y ponerme a temblar. Si en ese mismo instante mi marido hubiera abierto los ojos, solo con mirarme, habría sabido la verdad.

Había ensayado en mi mente mil veces cómo sería la conversación y, sin embargo, en ese momento no sabía por dónde empezar. Era consciente de que confesarlo dejaría una cicatriz permanente en nuestra relación, una de esas cicatrices que sería complicado disimular con besos, cariños y «te quieros». Me daba tanto tanto miedo hablar con él. Sabía que en el momento en que lo despertara toda mi vida cambiaría, y la suya, y la de la niña… Sería una despedida o un reencuentro con demasiados peajes.

Respiré hondo y me preparé para hacerlo.

Alargué mi brazo y le toqué suavemente el hombro.

* * *

Apenas pasan unos minutos de las seis de la madrugada en una noche bastante tranquila: un par de peleas en un polígono industrial y un borracho intentando volcar un contenedor en la zona del centro.

Se dirigen a las afueras, en concreto a una casa que conocen muy bien. Aparcan el coche en la parte de atrás con las luces apagadas y, de nuevo, como tantas y tantas noches, entran. Ambos se sientan en la barra y piden una copa que siempre les sale gratis. Tienen una regla que jamás rompen: nunca suben ambos a la vez, por si hay algún aviso de la central.

—¡A quién tenemos aquí! A los mismísimos protectores de la ley —grita Lina mientras baja por unas escaleras que, de alguna forma, intentan ser elegantes.

—Vaya, veo que hoy estás muy alegre. ¿Qué ha pasado? ¿Te ha tocado la lotería?

—La lotería no me ha tocado, pero nene, si me quieres tocar tú, no hay problema. —Y pone su culo en pompa, y uno de los policías le da un azote que a ella le sabe a gloria.

—Ni te imaginas lo que podría hacer contigo. —Ríen ambos.

—¿Está Katy? —dice el otro policía.

—Vaya, parece que últimamente te has enganchado con la misma, ¿eh?

—Bueno, me cae bien —le contesta, dejando el vaso sobre la barra metálica.

—Sí, será eso, será que ahora vienes aquí por sentimientos.

—No me conoces del todo.

—Sí, sí, bueno… Espera que ahora la llamo. Por cierto, una cosa os voy a decir, pero sobre todo a ti. He oído por ahí que alguien está poniendo cámaras y grabando a clientes, así que a mí no me jodas, ¿eh? Te lo aviso.

—Sabes que aquí ni se me ocurriría, guapa.

—Bueno, bueno, avisado quedas.

Y bajando por las escaleras, con una bata que apenas tapa nada, unas medias y unos tacones que no tienen fin aparece una chica de unos veinticinco años, con una melena rubia y unos ojos claros, muy claros, de un tono ligeramente distinto cada uno de ellos.

—Señor policía, ¿por aquí otra vez? —dice con un acento nórdico—. Hacía ya días que no venía.

—Bueno, también tengo otros asuntos, pero ya te echaba de menos, preciosa —le contesta, mientras se levanta y se acaba de un solo trago la copa—. Me acompañas arriba para que te lea tus derechos.

—Me va a poner las esposas…

—Depende de lo bien que te portes.

* * *

— 173 —

En el mismo instante que mi mano acarició su hombro, la agarró y, en una sucesión de lentos movimientos, se dio la vuelta, me dio la vuelta y se acurrucó junto a mí: su pecho contra mi espalda, su respiración junto a mi cuello y su cariño frente a mis remordimientos.

Suspiré.

No fui capaz de hacerlo.

Me imaginé aquella frase «Tenemos que hablar» y cómo el silencio derrumbaba todo lo que habíamos construido durante tantos años. Tuve miedo, mucho miedo, creo que me tartamudeaban hasta los pensamientos.

«Tenemos que hablar», y no solo serían importantes las palabras, sino el tono, la voz, el momento… Estaba la posibilidad de que fuera una despedida y, como decía mi tía, a cambio de qué. Esa era la gran pregunta: ¿a cambio de qué?

Después vendría la otra gran pregunta, la suya, la que tenía todo el derecho a formular: ¿por qué? El problema es que no tenía respuesta… ¿Por qué? Quizás porque la distancia entre nosotros, aun estando en la misma casa, ya hacía tiempo que existía; quizás porque después de tantos años ninguno de los dos hacía nada por modificar los afectos; quizás porque no hay nada como hacer las cosas por primera vez; quizás porque a veces pasábamos toda la noche mirando hacia la misma ventana: un televisor cuyo rumor nos servía para evitar conversaciones...

O quizás no había nada de eso y simplemente buscaba excusas con las que poder justificar lo ocurrido, con las que intentar indultar mi comportamiento.

* * *

Abajo, el otro policía conversa con Lina.

Y es que Lina, a pesar de su apariencia, y sobre todo de su trabajo, no es lo que parece.

En cada conversación que los policías mantienen con ella, descubren a una persona muy culta, una persona con un pasado interesante. El policía que ahora mismo comparte mesa con la mujer aún recuerda el primer día, cuando se presentaron, y él, casi por decir algo, le preguntó de dónde venía el nombre de Lina, de qué era diminutivo.

—Bueno, Lina no es mi verdadero nombre —le contestó—, es el nombre de guerra que utilizo. Si fuera mi verdadero nombre significaría que habría nacido para esto y no, cariño, una no nace así, una se hace. El caso es que un día me contaron una historia y mira… me gustó.

—Entonces ¿cuál es tu verdadero nombre?

—Oye, chico —contestó sobresaltada—, hay tres cosas que nunca se le preguntan a una dama: su peso, su edad y su verdadero nombre. —Y ambos rieron.

—Bueno, vale, pues cuéntame esa historia sobre tu otro nombre, el de guerra.

Y cuando esperaba una simple respuesta, cualquier tontería sobre algún apodo familiar, le contó una historia que hizo que comenzara a cambiar su opinión sobre ella. Más tarde se enteró de que había estudiado más que la mayoría de las mujeres de su época, que había estado desempeñando varios trabajos «serios», como ella decía, y que, finalmente, se hizo autónoma en ese tipo de empresas que, como la Iglesia, no paga impuestos.

—Lina, cariño, viene de Mesalina, ¿sabes quién era?

—No, no me suena…

—Ay, si es que hoy en día no os enseñan ya nada, esto cada vez va a peor. Ponte cómodo que te lo cuento. —Y la que se puso cómoda, con sus piernas entre las del policía, fue ella—. Bueno, pues resulta que Mesalina fue la tercera esposa del emperador romano Claudio. Ella fue muy conocida por su belleza, pero también por los continuos cuernos que le metía al susodicho. Resulta que se los puso con casi todo ser viviente: soldados, nobles, gladiadores y una larga lista de tipos. Pero, bueno, hasta ahí nada del otro mundo. El tema es que la dama en cuestión se fue soltando e incluso llegó a prostituirse bajo un apodo en uno de los barrios más conocidos de Roma.

»Un buen día no se le ocurrió otra cosa que retar a la mejor prostituta de la ciudad a un duelo, a ver cuál de las dos era capaz de tirarse a más tíos en una noche. Así que aprovechando que su marido estaba fuera —y ahí cuando se iban era para una buena temporada—, organizó una competición en palacio a la que acudieron multitud de hombres importantes de la corte. Imagínate la cornamenta del emperador.

»La contrincante fue Escila, una de las prostitutas más famosas de Roma. Bueno, pues la tal Escila, después de haberse tirado a veinticinco hombres, acabó rindiéndose; en cambio, Mesalina superó la cifra y siguió compitiendo. Cuenta la leyenda que aún después de haberse tirado a setenta no estaba satisfecha y que finalmente llegó a la cifra de ¡doscientos! ¿Te imaginas? ¡Doscientos tíos! Se dice que Escila abandonó la competición diciendo una frase que se hizo famosa en Roma: «Esta infeliz tiene las entrañas de hierro».

Y así, cada fin de semana, Lina cuenta historias de la historia, relatos casi siempre relacionados con prostitutas y grandes personajes: emperadores, altos cargos de la Iglesia, reyes...

Y mientras ella, en esta madrugada que ya acaba, le cuenta cualquier otra aventura, arriba, una habitación comienza a llenarse de sexo y también de cariño. Porque aunque es obvio que no se aman, sí que se quieren. Él siente respeto y afecto por esa chica de pelo rubio y acento extraño. Y a ella le encanta cómo le trata ese policía de ojos verdes que mientras practica sexo habla con ella.

Acaban sudados sobre la cama, uno al lado del otro, sin tocarse, mirando a un techo que hace tiempo que no se limpia.

—¿Sabes qué?

—Dime

—De una forma u otra siento algo por ti.

—No me digas que te estás enamorando.

—No, tonta, no, no es eso, pero te he cogido cariño.

—Ya lo sé.

—¿Sí?

—Sí, eso se nota, y ya está.

—¿Te gusta lo que haces?

—Bueno, dejémoslo en que no me disgusta. Al menos estoy en un lugar en el que puedo elegir, y eso ya es mucho. A mí nadie me obliga.

—Bueno, quizás te obliga la vida.

—Sí, quizás… Hubo un tiempo en el que soñé con tener casa, marido, hijos… ya sabes…

—Sí… ya sé. ¿Y?

—Bueno, no sé, me metí en esto para ganar un poco más de dinero, siempre un poco más, y un poco más… y al final… ahora mismo no sé si sabría hacer otra cosa.

—Vamos, no digas tonterías, claro que sabrías hacer más cosas.

—Bueno… si tú lo dices —le contesta mientras se pone de rodillas sobre él.

—¿Otro rápido?

—No, hoy no puedo, que mi compañero está cansado y se quiere ir pronto a casa.

—Dile que suba y lo animo.

—¿Tú?

—¿No me digas que vas a tener celos ahora?

—Bueno…

Sonríe, le da un beso en los labios y le deja el dinero en la mesa.

* * *

Aquel sábado despertamos abrazados y, sin saber muy bien cómo, hicimos el amor. Yo no tenía demasiadas ganas y él, en cambio, parecía que llevaba años deseándolo. No puedo decir si disfruté o no, no puedo decir si aquello me gustó o si simplemente dejé que ocurriera.

Lo hicimos bajo el silencio de las sábanas, sin mirarnos, como quién tira las cartas en una partida sin interés por el resultado. Fue aquello un baile sin música en el que él se movía y yo me dejaba hacer. Sé que lo notó, pero no dijo nada.

Acabamos en la misma posición que empezamos, nos separamos y, sin apenas tocarnos, nos mantuvimos en silencio. No pude evitar las comparaciones, no en los cuerpos, sino en la magia.

Fue ella la que salvó la situación cuando abrió la puerta y subió a la cama.

—¡Buenos días! —gritó.

—¡Buenos días! —le dijimos a la vez.

—¿Adónde quieres ir hoy? —le preguntó su padre.

—¡A los columpios, a los columpios! —gritaba mientras saltaba sobre nuestros cuerpos.

—Perfecto, pues nos vamos en cuanto desayunemos algo, ¿vale?

—¿Tú vienes, mamá?

—Yo iré más tarde, tengo que ir a comprar y a la peluquería, que mira qué pelos llevo. —Les dije, ocultándoles un pequeño detalle: no solo iba allí para arreglarme el pelo de la cabeza.

Se levantaron y padre e hija fueron hacia la cocina. Yo me quedé allí, sentada sobre la cama, con los codos apoyados sobre las rodillas, con la cabeza apoyada sobre las manos, pensando si no le estaba poniendo demasiadas zancadillas al amor.

Desayunamos juntos pero sin apenas mirarnos, vestí a la niña y se la llevó. Nos despedimos con un hasta luego adornado con un beso de él y un beso de ella.

Me duché, me vestí y salí a la calle de un pequeño pueblo que conocía de memoria. Las mismas casas con las mismas ventanas con las mismas cortinas, las mismas personas diciendo las mismas cosas, la misma sombra de la misma farola sobre la misma puerta de la misma casa… la mía.

Avancé apenas dos calles en las que repartí más de mil saludos. En un lugar tan pequeño una no podía salir a pasear a solas y menos si llevaba a la tristeza como compañera. Y es que, en un pueblo tan estrecho, todo era público.

Tras demasiados holas y cómo está el tiempo, llegué a la puerta color melocotón sobre la que había el mismo cartel de siempre: PELUQUERÍA Y ESTÉTICA SONIA.

Entré y Sonia, que en ese momento estaba acabando de aplicar el tinte a una mujer mayor, me dijo que esperara unos minutos. Me senté entre miles de revistas, de esas en las que una puede hurgar entre las vidas ajenas.

Sonia era una de mis mejores amigas, bueno, en realidad ella y su marido habían sido amigos nuestros desde la infancia. Era una de esas pocas personas a las que se puede confiar cualquier cosa, porque desde que había regresado al pueblo, mi cabeza parecía una olla a presión por cuya válvula quería escapar un secreto que, de momento, aún conseguía reprimir convirtiéndolo en destellos de vapor.

Se despidió de su clienta, se sacudió la bata y me dio un gran abrazo.

—¡Alicia, qué alegría verte! ¿Cómo va todo por Toledo? —me preguntó mirándome de arriba abajo.

—Bien, bien.

—Bueno ¿qué te apetece hacerte hoy?

—En el pelo, las puntas…

—¿Y…?

—Y la depilación.

Miró el reloj.

—Bien, no hay problema, creo que hoy ya no tengo a nadie más —contestó mientras consultaba la agenda.

Durante el tiempo en que sus tijeras revolotearon como mariposas alrededor de mi pelo, estuvimos hablando de cosas cotidianas, de varios cotilleos del pueblo y de cómo habían pillado al alcalde con otra.

—¿No lo sabías?

—No, me quedo de piedra —disimulé.

—Pues sí, justo en su despacho… con una de las mejores amigas de su mujer. Se ve que llevaban ya un tiempo juntos…

—Vaya…

—¿Qué tal? —me dijo, dándome un pequeño espejo.

—Perfecto.

—Genial, hala, pues pasa a la sala y seguimos allí.

Entré, me quité los zapatos, los pantalones y me tumbé en la camilla.

—Bueno, pues tú dirás, ¿qué te hago? ¿Las piernas? ¿Las ingles?

—Y algo más —le dije.

—¿Algo más? —Me miró extrañada.

—Sí, todo —dije con vergüenza.

—Vaya, vaya, sí que te está cambiando esa ciudad.

—No, no, es por probar algo distinto.

—Sí, sí, algo distinto… Sabes lo que duele ahí, ¿verdad? Pero bueno, de momento vamos a empezar por aquí —me dijo mientras ponía la cera sobre la parte de la espinilla. Sopló—. Bueno, vamos. Una, dos y… —Tiró con fuerza y junto a un pequeño grito se me escapó una lágrima.

—¡Vaya! —Me miró extrañada—. Tampoco ha sido para tanto. Otra vez, una, dos y… —Volvió a tirar con fuerza, y yo volví a soltar otra lágrima… y otra, y otra…

Me miró a los ojos, dejó la espátula en la cera y se sentó en el borde de la camilla.

—Vamos, Alicia, ¿qué te ocurre?

—Nada… —susurré.

—Vamos, que nos conocemos desde niñas. Dime qué esconden esas lágrimas.

Y me ofreció un pañuelo.

Y se lo cogí.

Y me miró a los ojos mientras yo se los apartaba.

Y me cogió la mano.

Y se lo conté todo: desde la niña que encontré en el callejón hasta la mujer que se perdió en el asiento de atrás de un coche.

* * *

Me costó decírselo porque, en cierta forma, ella era para mí —y para casi todos los amigos del grupo— un espejo en el que mirarme. Podría decir que su vida había sido prácticamente perfecta. Un marido guapo, dos niños preciosos, una casa de dos plantas y jardín, su propia empresa... Siempre les había visto como la familia idílica, esa familia que uno pondría de ejemplo al pensar en que las cosas pueden salir bien.

De alguna forma, me daba vergüenza comentar mi derrota, asumir que lo nuestro quizás no funcionaba tan bien como pensábamos, tan bien como se veía desde fuera.

Terminé de hablar, nos miramos y nos abrazamos.

—No sé qué hacer, no me gustaría perder todo lo que tengo, no me gustaría tirarlo todo por un simple capricho.

—Te entiendo, te entiendo perfectamente. Pero, bueno, tampoco es tan complicado, en realidad es muy simple —me sorprendió.

—¿Simple?

—Sí, no digas nada y ya está.

—¿Y ya está? —contesté extrañada.

—Sí, no es tan complicado. Has tenido un desliz, bueno, y qué, nadie es perfecto. ¿Te compensa decirlo y perder todo lo que tienes en casa? No, ¿verdad? Pues ya está.

—No es tan fácil. Entre nosotros siempre ha habido una confianza total, siempre nos lo hemos dicho todo, y ahora…

—¿Y ahora qué? Las cosas cambian, las personas cambian, hasta las piedras cambian con el tiempo, tú no eres la misma de hace quince años, cuando os conocisteis… ¿Cuando estabas con ese policía pensabas en hacerle daño a tu marido? ¿A que no? Simplemente estabas viviendo unos sentimientos.

—Pero es que tengo que decírselo, es injusto que viva engañado, es que no sé si cuando vuelva a Toledo… —Y comencé a llorar de nuevo.

—Vamos, vamos, que no es para tanto. Te entiendo, pero créeme, no es para tanto.

—¿Me entiendes? Tú, que tienes una familia perfecta, que solo os falta salir en las páginas de alguna de esas revistas del corazón… Sabes que siempre os he tenido envidia.

—Bueno, todos tenemos nuestras cosas. —Y me volvió a poner otra tira de cera—. Una, dos… —Y tiró, y grité—. Sí, cositas, pero esto, esto no es una cosita. —Cargó de nuevo la espátula y me puso la cera sobre el muslo—. Una, dos… —Y tiró—. Y ahora date la vuelta.

Poco a poco me giré y puse mi cabeza en un pequeño agujero de la camilla, a la espera del próximo tirón.

—Bueno, pues ya que estamos de confesiones, voy a hacerte yo una —me dijo, separándose mientras me ponía una capa de cera sobre la pantorrilla—. Hace ya unas semanas que viene aquí uno de esos chicos jóvenes con bíceps de hierro y tableta de chocolate, carne de gimnasio, nada más. Un chaval que dudo haya cumplido los veinte años. Un chico de esos de portada de revista, ya me entiendes. Viene para que le depile el pecho y las piernas, y vaya pecho, y vaya piernas, y vaya todo… —Ambas reímos—. ¡Una, dos y tres!

—¡Ay!

—Bueno, el caso es que poco a poco hemos ido tonteando, él me incita y yo me dejo, o al revés. Aún no entiendo qué ve en mí, pues le saco más de quince años, pero dice que se siente muy bien conmigo… y la verdad, yo con él. —Extendió la cera sobre la otra pantorrilla—. El caso es que el último día el juego llegó un poco más lejos y cuando acabé de depilarle las piernas fui viendo cómo la cosa se le iba poniendo dura… estaba en calzoncillos.

—¿Y?

—¿Y? Pues que una no es de piedra y me quedé mirando sin saber qué decir, sin saber qué hacer. Me quedé durante unos instantes quieta y…

—¿Y? ¿Y?

—Y él con su mirada me lo dijo todo, me dio permiso y toqué, y vaya si toqué. Le metí la mano, le bajé el calzoncillo y comencé a… Vamos que casi le hago aquí mismo una…

Me intenté levantar de la camilla y con sus manos me empujó de nuevo hacia abajo.

—El caso es que había más clientes fuera esperando. No sé qué me paso, de momento me olvidé de todo, de la gente, de mi familia…, pero lo que más me sorprendió es que no me sentí mal mientras lo hacía, no sentí remordimientos, no lo entiendo.

—Vaya.

—Sí, pero eso no es todo.

—¡Ay! —Esta vez no avisó.

—Me ha propuesto quedar un día y llegar un poco más lejos, ya me entiendes.

—¿Aquí?

—Claro, aquí, qué mejor sitio. Es sencillo, con ponerle la cita a última hora, cuando ya no haya nadie...

—Vaya, y qué vas a hacer.

—Bufff, y yo qué sé. Una, dos y...

—¡Ay!

—No te quejes tanto, espérate a que vaya a esa zona nueva que me has pedido y verás lo que es el dolor. Evidentemente, le dije que no, pero el problema es que me lo sigo pensando... Qué quieres que te diga. Llevo toda la vida haciendo el amor con mi marido, y está muy bien y todo eso, pero al final es siempre tan igual... además, nunca he probado nada distinto. No sé cómo sería hacerlo con otra persona, y sinceramente, me gustaría despejar esa duda antes de irme a la tumba.

—Pero tu marido, ya quisieran muchas...

—Sí, ya sé, mi marido está muy bien, ya lo sé, es muy guapo, simpático y buena persona, un diez, pero...

—Pero hasta uno se cansa de comer siempre el mismo pastel, ¿verdad?

—Exacto. Y de repente se me pone un chico así, con un cuerpo perfecto... Si lo vieras. —Y sin mirarla, noté que se mordía el labio—. ¿Cuántas ocasiones más como esta tendré en la vida?

—Pero...

—La mayoría de mis amigas se conforma leyendo libros de esos que están ahora de moda, porno para mamás, les llaman. En realidad, se imaginan todo lo que pone pero sin hacerlo, creo que es lo mismo, ellas lo desean igual que yo, la única diferencia es que a mí se me ha puesto la oportunidad delante.

—Ufff, y tu marido, y tus hijos…

—Mi marido, sí mi marido, y mis dos hijos, y mis padres, y toda esta gente del pueblo que solo espera carnaza… Verás, a mi marido lo quiero con locura, daría todo por él, te lo juro, lo quiero con todo mi corazón, pero esto, esto es distinto, solo sería sexo, nada más. Es como cuando él se va en bici con sus amigos o amigas. A mí no me gusta la bici y él se va con otros, eso no significa que no me quiera, simplemente que no compartimos la misma actividad.

—Vaya, qué comparación —le dije.

—Si total, sería media hora, una hora como mucho, y ya está, nada más. Solo es probar, es como si me tomase un café.

—Bueno, lo mismo que tomarse un café…

—Sí, ya, ya…

—¿Y qué vas a hacer?

—Pues no lo sé. Lo he pensado y sería fácil, nadie se tiene por qué enterar.

—Excepto tú.

—Excepto yo. Bufff, déjalo, no te he dicho nada, si al final no lo voy a hacer, pero es que solo de pensarlo… Prepárate que ahora voy hacia tu secreto. Y eso duele de verdad.

* * *

El fin de semana se fue escapando, y con él todas esas oportunidades de hablar que no busqué. Siempre había una excusa para evitarlo: nuestra hija compartiendo un abrazo con los dos, un beso de esos que no se esperan, la comida en casa de sus padres, la visita a los míos, los momentos no adecuados…

Al final dejé que el fin de semana pasara como pasan siempre los fines de semana. Él no notó nada —al menos eso creí—, porque intenté comportarme como siempre lo había hecho. Y así, entre *cotidianidades,* llegó el domingo por la tarde.

Preparé la maleta con más ilusión que pereza, sin saber si me marchaba o simplemente huía, y eso seguía significando demasiado.

Ya en la puerta, abrazó a la niña como si no fuera a volver a verla. Nos abrazamos, nos dimos un solo beso y le dije un «te quiero». Y no le mentí, de eso estoy segura. De lo que no estoy tan segura es de si querer y amar es lo mismo.

Aquella noche conduje despacio, disfrutando de un paisaje que poco a poco se iba deshaciendo en la noche.

A unos diez coches de distancia, un chico conduce un todoterreno sabiendo que ha dejado atrás el mejor fin de semana de su vida. Es mucha distancia la que recorre para verla, pero merece la pena cada uno de los minutos que ha pasado junto a ella.

A unos tres kilómetros de distancia, dos camiones han comenzado su particular duelo: uno de ellos ha iniciado el adelantamiento y el otro acelera para no quedarse atrás, y así, durante miles de minutos, dos camiones circularán en paralelo por la autovía, creando una cola de más de veinte coches cuyos conductores comenzarán a poner las luces.

A unos dos kilómetros, en sentido contrario, un coche no es capaz de mantenerse en el carril, su conductor no logra mantener los ojos abiertos durante más de un segundo. Quizás en breve los cierre para siempre o quizás pare en el área de servicio que hay a quinientos metros, nunca lo sabremos.

En esa misma área de servicio, un camionero intenta dormir en su cabina sin apartar la mirada del neón que le indica la situación exacta de unas habitaciones sin vistas. Finalmente, se baja del camión, cierra la puerta y se dirige hacia allí. Mientras camina se da la vuelta y observa la inscripción que hay en la parte frontal: CARLA Y RAÚL, sus hijos. Suspira, se detiene durante unos instantes bajo la noche, se mira el anillo y —de momento— vuelve al camión.

Y la vida continúa para miles de personas que pasan sus noches en la carretera, lejos de sus casas, lejos de sus rutinas, lejos incluso de sus principios.

* * *

A las nueve y diez suena el timbre en una casa. A y once vuelve a sonar el mismo timbre en la misma casa.

—¡Ya voy yo, ya voy yo, no te muevas, no! —grita una mujer a su marido mientras sale de la cocina.

—Bueno, por fin han llegado, menudas horas para cenar —se oye desde el sofá.

—Tampoco te quejes tanto, que no es tan tarde —le recrimina ella mientras se limpia las manos en el delantal.

—Es que yo no entiendo qué hacen aquí, bueno sí, molestar, solo eso —continúa hablando su marido desde el sofá.

—¡Oye, ya vale! —le grita—, que son mi familia.

—¿Sí? ¿Quién es?

—Nosotras, tía.

—¿Tu familia? Será ahora que te han necesitado, porque, que yo sepa, en todos estos años no han venido ni una sola vez a verte, ¡menuda familia! —grita sin saber que a su mujer no le ha dado tiempo a colgar el interfono.

—¡Calla, que te van a oír! Que ya suben. —Y vuelve a la cocina.

—Ni calla ni nada, unas aprovechadas, eso es lo que son.

Subí con mi hija en brazos y una maleta que parecía pesar más cada día.

—¡Hola, ya estamos aquí! —grité intencionadamente mientras abría la puerta.

—¡Hola! —gritó también mi hija.

—Hola, muchachas —me saludó la voz de mi tía desde la cocina—. Pasad, pasad, que la cena ya está casi lista.

—¡Hola, Pablo! —le saludé, y él me hizo un amago con la mano—. Tía, perdona, pero hemos tenido que parar, la nena ya no aguantaba más, ¿en qué te ayudo?

—Nada, nada, pon la mesa, que Pablo está impaciente ya —dijo con resentimiento.

Y mientras yo ponía la mesa y mi tía cocinaba, una niña de tres años y un hombre de casi sesenta hacían lo mismo: absolutamente nada. Mi hija jugaba con una muñeca y la muñeca de mi tío continuaba jugando con el mando del televisor. Permanecía allí tumbado, a la espera de que todo aquel alrededor se organizara a su servicio.

Un alrededor que, intuí, incluía demasiadas cosas: la comida y la cena puestas siempre en el momento justo; la cama hecha cada mañana para que él pueda deshacerla cada noche; la ropa lavada y planchada para que él pueda ensuciarla, la misma ropa que aparece por arte de magia en su armario, pues él jamás ha ido de compras…

Si alguien evaluara esa relación desde el exterior llegaría a la conclusión de que, para que estuviera compensada, una de las partes debería ofrecerle a la otra muestras de amor infinito, pero no era el caso.

Mi tío se levantó en ese momento, pero no para ofrecer su

ayuda, sino para girar el televisor y orientarlo hacia su lugar en la mesa. Se sentó de nuevo y parecía echar en falta algo.

—¿Y el vino? —gritó.

—Donde siempre —se oyó desde la cocina.

—Donde siempre, donde siempre… —murmuraba sin levantar su cuerpo de la silla ni su mirada de la televisión.

Tras sacar los platos, fue mi tía la que se dirigió hacia un pequeño armario donde estaban guardadas las botellas de vino. Abrió una y se la colocó en la mesa, a la distancia justa para que no tuviera que alargar demasiado el brazo.

Pablo se llenó el vaso y comenzó a comer, sin esperar a nadie, porque en ese universo que es su casa tenía asumido que él era el sol.

Una mirada triste y de resignación sobrevolaba la mesa, y mi tía se levantó justo un segundo antes de que le cayera una lágrima… Se fue hacia la cocina y tardó unos minutos en regresar. Pensé que quizás había ido a darle un beso a alguien.

Cuando, tras pasar por el servicio, volvió a sentarse en la mesa, la comida ya estaba fría, pero ella no dijo nada. Fue su marido el que, de nuevo, rompió el silencio otra vez.

—¿Y el café? —casi gritaba un Pablo que ya había acabado y que, sin dejar de mirar la tele, se impacientaba porque no sabía entretenerse en una mesa en la que ya no había comida.

—Lo tienes a tres metros de ti, en la cocina, háztelo tú mismo —le gritó mi tía.

—¡El café! —se oyó de nuevo.

—Increíble, increíble, de verdad… —Hablaba para sí misma una Laura que de nuevo se levantó para acercarse resignada a la cocina.

Silencio.

Salió con una taza de café que dejó frente a su marido. Este lo sopló, pero al ver que estaba demasiado caliente, se levantó y se lo llevó al sofá.

Mi tía y yo comimos en silencio, un silencio en el que no sabía cómo esconder la vergüenza que sentía. Y es que, hasta ahora, todas esas situaciones las vivía en la intimidad de su casa, a salvo de las opiniones de nadie, pero ahora, ahora había allí una desconocida que lo veía todo.

Tras hablar de cosas intrascendentes, recogimos la mesa y, mientras ella insistía en fregar, me llevé a mi hija a la cama.

Pasados unos minutos, tras el cuento, los abrazos y el momento en que cayó dormida, la puerta de la habitación se abrió lentamente y apareció mi tía.

—¿Ya se ha dormido? —me susurró.

—Sí, estaba derrotada. ¿Qué tal estás? —le pregunté en voz baja.

—Lo siento, lo siento mucho —me dijo, llevándose los dedos a sus ojos.

—Pero qué tienes que sentir... no digas tonterías.

—Es así, día tras día, año tras año. Ahora, en unos minutos, cuando se acabe el café, él se irá a nuestra habitación y yo me quedaré en el sofá. Nuestra habitación... qué ironía, nuestra porque yo la limpio y él la utiliza. Cada uno con su televisor, como si nuestra pareja real fuera ese aparato con el que compartimos tanto tiempo. Y es que... es que es un hombre tan inútil. —Me mira, nos miramos, y nos reímos con esa risa disfrazada de tristeza—. Es tan inútil. No sabe cómo funciona ni la lavadora, ni el horno, ni el lavavajillas, nada, nada... no sabe hacerse la cama, ni lavarse la ropa, ni ir a la compra... Si ahora mismo yo no estuviera, ¿qué pasaría?

—Quizás entonces espabilara.

—Sí, si ya sé que la culpa la tengo yo…

—No quería decir eso…

—No te preocupes…

Y nos abrazamos.

Y en esa posición…

—Lo siento, siento no haberte llamado en todos estos años, somos familia y no he sido capaz de venir a verte hasta que te he necesitado…

—No pasa nada, ahora estáis aquí. ¡Gracias! Bueno, y tú, qué tal, ¿has hablado con tu marido, le has contado algo?

—No, tía, he sido incapaz, no he podido.

—Bueno, no pasa nada, no pasa nada…

—Sí, sí que pasa, pasa que no se lo merece, no se merece que le esté engañando…

—Venga, venga, Alicia, no te preocupes que todo se arreglará.

—No sé cómo.

—Bueno, pues deja de ver al policía ese y todo solucionado, has tenido un desliz, ya está.

—Ya, pero…

—Pero…

—Pero y si no puedo dejar de verlo.

—¿No puedes o no quieres?

—No lo sé, tía, no lo sé.

—Ven aquí, mi niña.

Y nos abrazamos de nuevo.

* * *

Comencé el lunes sabiendo de él. Me lo encontré en la puerta, como un centinela en el exterior del colegio. Nos miramos pero no hablamos, al menos no con palabras: mi corazón parpadeaba al ritmo del latido de sus ojos.

Suspiré y entré en el instituto.

Aquel lunes fue un día complicado en clase, de esos en los que, sin quererlo, te metes en jardines de los que no sabes salir.

Por hacer más amena la clase, me desvié de la materia, y eso se paga. Aquella mañana, en mitad de números, operaciones y ecuaciones, al ver que no había forma de que se concentraran, interrumpí la clase y opté por conversar un poco con ellos. Sobre su futuro y sus aspiraciones.

Supe lo que ya sabía: que la mayoría de mis alumnos no querían estar allí, aquello era como un purgatorio en el que dejaban pasar los días para poder trabajar y ganar dinero, que era lo que de verdad les interesaba.

Dejé la tiza, me senté en una esquina de la mesa y les pregunté qué era lo que realmente querían hacer en la vida, cuáles eran sus objetivos, sus esperanzas, qué pensaban de su futuro. En general, todos me contestaron lo mismo, algo que yo ya esperaba. Para muchos su futuro consistía en salir en algún concurso de la tele y hacerse famosos.

Intenté hacerles ver que aquello no era tan bonito como parecía.

—Pero ¿quién de vosotros se acuerda de algún ganador de las últimas ediciones de *OT*? —pregunté, a modo de prueba—. O de los últimos *Gran Hermano*.

Nadie levantó la mano, nadie se acordaba, había sido una fama tan efímera como el aroma que deja una flor al arrancarla.

—Como veis, eso de ser famoso a veces tiene muy poca trayectoria —les intentaba convencer.

—Sí —me contestó Alejandro—, pero durante un tiempo te forras y después a vivir. —Y todos comenzaron a reír.

—Bueno, pues ponedme ejemplos, ejemplos de fama que haya servido para algo. —Y, claro, en ese momento las manos se levantaron al unísono y comenzaron a decirme presentadores de televisión, futbolistas, periodistas del corazón, concursantes, cantantes…

Levantó la mano Erika, una de las chicas más inteligentes de la clase.

Pedí silencio a la espera de que ella dijera algo que inclinara la balanza hacia mi lado, pero no fue así, fue mucho peor.

—A ver, callad. Di, Erika.

—Y no solo eso, Alicia, sin estudios también se puede hacer uno político y ganar mucho dinero. —Me quedé sin palabras.

—Eso, político, político —reían algunos.

—Erika, ¿qué quieres decir?

—Bueno, ayer, mientras desayunábamos, mi padre leyó una noticia en el periódico que decía que muchos asesores del presidente del gobierno no tienen ni el graduado escolar. ¡Ni el graduado escolar! —Todos soltaron una exclamación de asombro—. Y seguro que están ganando una pasta. Además, la mayoría de los políticos, por ejemplo, el alcalde del pueblo de mi madre apenas sabe leer y gana más de cuatro mil euros al mes. —Todos comenzaron a hacer aspavientos con las manos.

—¡Alicia! —interrumpió Carlos—. Lo que no entiendo es en qué puede asesorar al presidente alguien que no tiene ni el graduado, que quizás no sepa ni leer ni escribir.

Todos rieron, y yo callé.

Podría haberles dicho la verdad, podría haberles dicho que, independientemente del partido político, en nuestro país el título de asesor no es más que una excusa para poder colocar a esos familiares y simpatizantes que no saben dónde caerse muertos; personas que no han necesitado esforzarse para obtener un puesto con mejor sueldo que cualquier científico que lleva años preparándose; parásitos de la democracia al fin y al cabo. Mis alumnos tenían razón, qué tipo de asesoramiento podía dar una persona sobre economía, política exterior, sanidad… cuando ni siquiera tenía el mínimo de educación obligatoria exigido. Pero no tuve el valor de contarles la realidad.

—Y míranos a nosotros aquí —continuó Erika—, estudiando, esforzándonos, con lo fácil que es lo que ha hecho mi primo. Dejó de estudiar y se apuntó a las juventudes de un partido, y a base de lamer culos, como dice él, ya está en las listas para concejales. Igual en las siguientes elecciones sale. Y mientras tanto, pues le han conseguido un puesto en la Diputación.

Y acabó de hablar.

Y se hizo un silencio en la clase a la espera de mi respuesta.

Y se hizo un silencio en mi boca porque me había quedado sin palabras.

Cómo podía animarles a estudiar, a esforzarse, a invertir tiempo de su vida a formarse, cuando la gente más preparada del país: médicos, ingenieros, científicos de todo tipo... tienen que emigrar para poder conseguir un empleo; y en cambio, los más vagos, los más inútiles, los que nunca han dado un palo al agua, son los que acaban dirigiendo pueblos, ciudades e incluso el país... y, además, cobrando un abultado sueldo. ¿Cómo se puede explicar eso a un grupo de alumnos sin desmotivarlos de por vida?

A muchas calles de allí, en otro colegio de la misma ciudad, un veterano maestro que llega cada mañana con una sonrisa —sobre todo cuando alguien le saluda desde la ventana— está intentando explicar las funciones del Congreso y —aún más difícil— del Senado, cuando una pregunta le pilla por sorpresa.

—Julio —le dice un alumno—, hay una cosa que no entiendo.

—Dime, Rafa.

—Has explicado que, normalmente, por no decir siempre, todos los componentes de un mismo partido votan lo mismo en el Congreso, ¿no?

—Sí, así es. A no ser que se hayan quedado durmiendo en casa, trabajando en sus empleos paralelos o estén despistados mirando la prensa en sus iPads, así es.

—Pues no entiendo para qué hacen falta trescientos cincuenta diputados.

—Explícate.

—Bueno, pues es muy simple, bastaría con que cada partido representado tuviera un solo diputado y su voto valiera el porcentaje de escaños que ha sacado, ¿no?

—Pues sí, totalmente correcto.

—Además nos ahorraríamos políticos y ese dinero se podría destinar a mejorar hospitales, colegios, parques…

—Bueno, no sería tan fácil, pero es una idea…

* * *

A la misma hora en que Alicia parece haberse metido en una madriguera, Laura hace ya una eternidad que se ha levantado. Lo ha hecho antes que su marido para prepararle un bocadillo envuelto en papel y una cerveza de esas sin marca que ahora compran en el supermercado. Antes solía almorzar en el bar, pero las situaciones han cambiado, sobre todo la económica, pues la sentimental hace años que continúa estancada.

Su marido se ha despertado, ha cogido el bocadillo y, con un hasta luego en minúsculas, se ha ido a trabajar. Y mientras él baja, ella se queda con un café en la mano mirando por la ventana, no para ver cómo se aleja, sino porque sabe que, como cada mañana, en unos diez minutos, esa puerta se abrirá.

Y se abre.

Y le saluda.

Y ella se queda allí, soplando sobre un café que arde, contemplando cómo se marcha calle abajo con esos andares que conoce de memoria.

Ahora barrerá y fregará la cocina, y de paso toda la casa; hará la cama, pondrá una lavadora y se dedicará a planchar ropa mientras ve una serie en la tele. Hoy no entra a trabajar hasta las diez, apenas son tres horas limpiando en unas oficinas, pero necesitan el dinero.

La primera prenda que sale del canasto es una camisa de esas que algún día fue blanca pero que ya ha perdido la inocencia. Mientras la plancha, observa un cerco alrededor de la parte de la axila, un cerco amarillo de sudor que ni el mejor detergente es ya capaz de quitar. Será el momento de tirarla...

Y mientras mira esa marca que se parece al dibujo de espuma que dejan las olas al desaparecer en la playa, imagina cómo sería su vida, cómo podría cambiar todo si llamara a esa puerta... Pero ¿y si no cambiara nada? Y si simplemente tuviera otra persona al lado a la que plancharle las mismas marcas de sudor pero en camisas distintas...

En ese momento observa cómo en la televisión dos hombres se pelean —literalmente— por la misma mujer. No es su caso.

* * *

Sonó el timbre del recreo y salí de aquella clase con la sensación de haber sido derrotada. Me asomé al patio en busca de Carolina para comentarle lo ocurrido. Y mientras intentaba encontrarla entre todas aquellas pequeñas vidas, me fijé en una niña con ojos azules y rostro asustado: sin duda era ella.

Había pasado más de una semana y apenas había pensado en aquel dolor que encontré un viernes por la tarde; y ahora ahí estaba, en un rincón junto a unas amigas.

Me apoyé sobre la pared y me dediqué a observarla; ella, desde su posición no podía verme.

Estuvieron riendo, hablando, enseñándose a saber qué cosas en los móviles… pero a los pocos minutos, tres chicas se le acercaron e, inmediatamente, sus amigas se apartaron.

No pude ver sus palabras, pero sí que oí sus gestos: mientras ellas crecían, la niña menguaba. Silencio fue todo lo que vi salir de su boca. Todo acabó con un empujón y unas risas de las mismas tres niñas que, con el trofeo de la humillación, se alejaban.

—¡Hola, Alicia! —me sorprendió una voz.

—¡Carolina, qué susto me has dado!

—¿Qué haces aquí tan sola?

—Vigilando a aquella niña de allí, ¿sabes algo de ella?

—¿Quién, la rubia con pinta de Barbie?

—Sí, esa.

—Bueno, lo normal: ha entrado este año en primero, se llama Marta, es muy guapa y bastante inteligente, vamos, que lo tiene todo.

—Quizás tiene demasiado —le dije.

—¿Demasiado?

—Sí, creo que la están acosando.

—¿Qué? —Y entonces le conté la forma en que conocí a aquella niña en un callejón de la ciudad.

—Vaya, no sabía nada, no te preocupes, miraré a ver qué puedo hacer. Estos casos hay que tratarlos con mucho cuidado. Hay que evitar a toda costa que se vuelva a repetir lo que pasó aquí hace un tiempo.

—¿Aquí?

—Bueno, aquí no, pero sí cerca, en otro colegio.

—¿Qué ocurrió?

—Murió una niña, ¿sabes?

—¡¿Qué?!

—Lo que oyes, además la mató otra niña, que es lo más, lo más… no sé cómo decirlo.

—¿En serio?

—Y tan en serio. No recuerdo los detalles, pero…

Sonó el timbre y la vida de una fábrica en miniatura continuó.

—Bueno, ya seguiremos hablando.

—Vale, pero infórmame de lo que sea, ¿vale?

—Sí, sí, claro, no te preocupes, que me encargo del tema.

—Gracias.

—A ti.

Ya no pude quitarme en toda la mañana la cara de aquella niña que, por fin, ya tenía un nombre: Marta.

Sonó de nuevo el timbre, esta vez el definitivo.

Salí de clase, me despedí rápidamente de Carolina y, cuando apenas había dado unos pasos, se me acercó un chico de unos doce años.

—¿Eres Alicia?

—Sí —le contesté extrañada.

—Pues esto es para ti. —Y desapareció con la misma inmediatez con la que había llegado.

Abrí el papel y sonreí.

Fui a recoger a mi hija de la guardería y comimos con mi tía, que hacía apenas una hora que había vuelto de trabajar. Su marido ese día no llegaba hasta las siete.

Pasé la tarde junto a mi niña en uno de esos lugares que sustituyen a calles y descampados de infancia. Entramos, la descalcé y la abandoné en un desierto de colores.

Mientras ella jugaba allí dentro, saqué el papel que me había hecho llegar aquel pequeño mensajero: «Mañana por la tarde te sigo enseñando Toledo. A las nueve en el beso. ¿Vale?».

¿Vale? O no. Dudé, quizás era el momento de parar, había sido un descuido, una aventura, ya está. Tenía todo lo seguro por perder y solo incertidumbre por ganar… e ilusión.

Me quedé mirando cómo mi hija se perdía entre todas aquellas bolas, luchando contra escaleras imposibles, bajando por toboganes de plástico… Me miraba y sonreía: era feliz. Me di cuenta de que, a esa edad, ella era incapaz de sentirse culpable por lo que hizo ayer, incapaz de preocuparse por lo que iba a hacer mañana, solo existía el presente. La inocencia de los niños.

¿Y yo?

Había tantas razones para no ir.

Había tantas razones para ir.

* * *

Martes.

Llegué pasadas las nueve y él ya estaba allí, sentado a los pies de una estatua que confirmaba que uno puede ser guerrero y poeta a la vez. Me acerqué nerviosa, sin saber muy bien cómo iniciar la conversación: si dándole dos besos o dejando que fuera él quien me diera solo uno, pero en el centro.

—¡Hola! —le dije.

—¡Hola! —Y me cogió la mano, no hubo besos—. Hoy te voy a llevar a una de mis zonas preferidas de la ciudad: los cobertizos.

—¿Cobertizos?

—Sí, vamos.

Y así, unidos por la mano y, al menos en mi caso, separados por la conciencia, recorrimos de nuevo aquellos muros que parecía que nos observaban.

A veces me sentía como una veleta que seguía la dirección de un viento disfrazado de ilusión. No me importaba el rumbo, ni el destino, ni el sentido. Era feliz paseando por aquella ciudad sin aditivos, sin colorantes. Me encantaba perderme en ella y rozar mis manos en sus muros, mis ojos en sus luces y mis labios en cualquiera de sus secretos.

Y así, como en una cabalgata en la que yo era la protagonista, llegamos a una calle con dos edificios enfrentados que se unían por su parte más alta, formando un pequeño túnel bajo que nos disponíamos a cruzar.

—Bueno, pues ya hemos llegado. Los cobertizos son unas construcciones muy típicas en Toledo. Son el resultado de unir dos edificios por arriba. Llegaron a ser muy populares porque era una forma de ganar espacio de vivienda y por la que no había que pagar impuestos. El problema es que llegó a haber tantos que la ciudad fue perdiendo luz y, claro, aprovechando la oscuridad que dejaban, se convirtieron en lugares poco higiénicos, donde se almacenaba basura y se producían delitos. Así que finalmente se prohibió construir más. Más adelante, tras algún que otro percance al pasar jinetes bajo ellos, se dijo que todos los cobertizos que no tuvieran la altura mínima de un hombre a caballo con una lanza en ristre serían derruidos.

—Vaya, entonces se destruirían muchos, ¿no?

—Sí, bastantes, pero también apareció la picaresca española y, en algunos casos, como en este que ves aquí, lo que se hizo fue, en lugar de subir el cobertizo para que cumpliera con la altura recomendada, cavar el suelo para bajar la calle, ¿qué te parece?

Ambos comenzamos a reír.

—Mira, si te fijas, a esta altura iba la calle antiguamente; aún están las marcas.

—Qué bueno...

Continuamos avanzando entre besos y miradas.

En apenas unos metros llegamos al final de una calle que dejaba a su izquierda un precioso y largo túnel. Un túnel en cuyo final iba a encontrarme una sorpresa; bueno, una sorpresa y algo más.

—Este —me dijo— es probablemente el cobertizo más bonito de Toledo, y seguramente del mundo. De hecho, esta zona ha sido fuente de inspiración de grandes artistas, el mismísimo Bécquer paseaba por aquí. Vamos a callar durante unos instantes y a escuchar el silencio…

Dejamos de hablar.

No se oía absolutamente nada, era como si ese silencio del que me hablaba Marcos lo ocupara todo. Cerré los ojos y sentí placer, un placer distinto: el placer del ahora. En ese instante supe que jamás iba a poder olvidar aquella ciudad, que todo lo que ocurriera allí iba a formar parte de mi otra vida… Me olvidé de mi marido, de mi hija, de la realidad, del mundo…

Y así, olvidándolo todo y cogidos de la mano, fuimos avanzando a través de aquel túnel que parecía ser el escenario de cualquier historia de amor, en unos minutos de la mía.

No sospeché que al llegar al final me iba a encontrar con un lugar que ya conocía: una plaza en la que hacía unos días había descubierto una inscripción extraña.

—Marcos —le dije mientras me separaba de él—. ¿Puedes venir un momento? Quiero enseñarte una cosa. —Y corriendo me acerqué a ver si aquella marca realmente existía o solo había sido fruto de un sueño.

—Dime —me contestó mientras se acercaba.

—Mira, mira aquí, hay una inscripción extraña.

—Sí, sí, ya sé, un reloj de arena un poco curioso, ¿verdad?

—me dijo. Noté cómo la alegría que traía hasta ese momento se le desdibujó del rostro.

—Sí —le contesté sorprendida—. ¿Cómo lo sabes?

—Bueno, he visto esa inscripción alguna que otra vez, al pasar por aquí, pero no puedo decirte mucho.

—Vaya, parece que nadie sabe nada sobre esto.

—¿Nadie? —me contestó interesado.

—Sí, aquel viernes, cuando me encontré a la niña cerca de aquí, ¿recuerdas?

—Sí.

—Aquel viernes fue la primera vez que vi esta marca y le pregunté sobre ella al guía.

—¿Y qué te contestó? —me preguntó, esta vez un poco más nervioso.

—Nada, casi nada, me dijo que seguramente sería obra de cualquier enamorado.

—Bueno, pues quizás solo sea eso —me contestó más tranquilo.

—No sé, algo no me cuadra.

—Dime…

Y me cogió la mano con suavidad, me abrazó y, lentamente, nos sentamos allí, en el suelo; él apoyado sobre la pared y yo apoyada sobre su pecho… mirando hacia la ciudad.

* * *

—¿Recuerdas la otra noche, cuando me llevaste en tu coche al parador...?

—Claro que sí, cómo olvidarla —me dijo, dándome un beso en el cuello.

—Sí, ya... —le contesté sonriendo—. ¿Recuerdas que nos cruzamos con un hombre que parecía perdido...?

—Sí.

—Bien, pues me dijiste algo sobre la lluvia. Me dijiste algo así como que la lluvia lo borra todo, que la lluvia difumina los recuerdos, las calles... y es curioso, porque eso mismo comentó el guía cuando le pregunté sobre esta marca. ¿Recuerdas lo de la lluvia?

—Pues ahora mismo no, la verdad. Pero sí recuerdo lo que te hice en el coche después.

Continuó besando mi cuello, mi mejilla, me dio la vuelta y me sentó sobre él. Durante minutos nuestras bocas se mantuvieron en contacto, mis labios contra su barba, mis dientes contra los suyos, mi lengua luchando con sus deseos.

Ambos nos agarramos con fuerza, con furia y, de pronto,

aún no me explico cómo, me levantó la falda, me rompió las medias, echó a un lado el tanga y me vi inundada de placer. Allí, en plena ciudad, a la vista de quien pudiera pasar, nos unimos. En silencio.

Oímos unos pasos y disimulamos la pasión abrazándonos. Dos adultos sentados en el suelo, apoyados sobre dos corazones en forma de reloj de arena.

Nos empujamos con suavidad: en cada movimiento me mordía la lengua mientras cerraba los ojos, suspiraba lento mientras su sexo me ataba al suelo, me inundaba por dentro haciéndome desear que aquello fuera eterno…

Y acabó, lo noté porque sus ojos se quedaron sin aliento. Y yo lo hice al instante, aprovechando sus últimos movimientos.

Me di cuenta de dónde estaba, de con quién estaba y, sobre todo, me di cuenta de lo que acababa de hacer. Creo que por momentos dejé de ser yo.

Me arreglé la falda y nos levantamos en silencio.

Suspiré.

Suspiramos.

Me cogió la mano.

—¡Vamos! —dijo—, que aquí, al girar la esquina, sí que hay una extraña leyenda.

Comenzamos a caminar.

—Toledo ha sido una ciudad en la que, a lo largo de la historia, se han producido numerosas muertes, muchas de ellas injustas, otras merecidas, otras rápidas, otras lentas y dolorosas…, por lo que no es de extrañar que haya tantos fantasmas vagando por sus calles.

Me miró y sonrió.

Y tras unos pocos metros nos detuvimos.

—Bien, te voy a contar una historia que ocurre en esta zona en la que estamos, es probable que aquí mismo, sobre nuestros pies.

Y comenzó allí, en la soledad compartida de una calle, uno de esos momentos maravillosos en los que olvidas dónde estás, en los que te dispones únicamente a disfrutar de la compañía y de las palabras.

—Se cuenta que un día, hace unos muchos años, en uno de estos patios que nos rodean pero que no vemos, se celebraba una fiesta por todo lo alto, una de esas fiestas exclusivas para nobles y gente de alta categoría. La noche fue pasando entre risas, bebidas y conversaciones mientras los invitados iban entrando y saliendo, conversando y quizás algo más, ya me comprendes...

»Pero hacia medianoche, poco después de las campanadas, entró una dama con un vestido totalmente blanco que dejaba al descubierto sus hombros. Una dama que pasó desapercibida entre todos los allí presentes, excepto para un noble que se había fijado en ella desde que había aparecido.

»Al cabo de un rato, se acercó y la invitó a bailar. La chica no habló, pero asintió con la mirada y, mientras bailaban, a él le daba la sensación de que aquella mujer no pesaba, sino que flotaba en el aire. Después del baile continuaron un rato hablando y riendo, pero, de repente, la dama dijo que debía irse, que se le había hecho muy tarde. Salió hacia la calle, y él tras ella.

Silencio.

Me cogió la mano, el cuerpo y los labios.

—Fuera, mientras ambos paseaban, al juntar sus manos, él se dio cuenta de que la dama estaba helada, así que se quitó su capa roja y se la cedió. Ambos continuaron caminando esta misma calle como dos sombras en la noche. Quizás como tú y yo. —Y me guiñó un ojo—. Pero en el momento de entrar en un callejón, la mujer se despidió con prisa, diciéndole que era mejor que la dejara marchar allí mismo. Él le preguntó si podía acompañarla a casa, pero le respondió que no, que adónde iba no necesitaba compañía. Él, extrañado, quiso saber si volvería a verla. La dama simplemente contestó: «Mañana podrás venir a recoger tu capa. Pregunta por la casa de los condes de Orsino». Y mientras se alejaba, hubo un momento en el que se giró y ambas miradas se encontraron... Fue entonces cuando el noble vio algo extraño en su rostro...

* * *

En ese mismo instante, mientras Marcos habla de fantasmas del pasado con Alicia, una sombra se arrastra bajo un largo cobertizo en dirección a la misma plaza que ellos acaban de dejar.

Se acerca justo al mismo lugar en el que ambos estuvieron sentados y se dedica a observar esos corazones en forma de reloj. Los acaricia suavemente con unas manos que parecen tener un siglo en cada dedo. Separa despacio su tacto de la piedra para acariciar también la inscripción que lleva grabada en una pulsera.

Y a la velocidad del viento que no sopla se sienta junto a los corazones. Allí permanecerá unos minutos o quizás toda la noche. Eso no le importa, pues justamente es tiempo lo que le sobra.

* * *

—¿Qué? —pregunté, muerta de curiosidad.

—Los ojos de aquella dama no tenían brillo. Aun así, al día siguiente, el noble se despertó entusiasmado con la idea de volver a verla. Y nada más levantarse fue a visitarla al palacio.

»Llamó y le abrió un anciano, pero al preguntar por ella, obtuvo una respuesta que no esperaba. Aquel anciano, tras dejarle pasar, le explicó que allí no vivía ninguna dama, que era probable que le hubieran gastado alguna broma, pues la única dama que había vivido alguna vez era su hija, que, lamentablemente, había muerto hacía unas semanas.

»Así que el noble, pensando que aquella chica le había tomado el pelo, pidió disculpas y se dispuso a irse. Pero en el mismo instante en que se giró, vio un gran retrato sobre el marco de la puerta. Un retrato que representaba a una chica exactamente igual a la que él había visto.

»—¡Esta es! —gritó—. Esta es la dama que conocí anoche y a la que dejé mi capa.

»—Amigo —le contestó de nuevo el anciano—, creo que

la broma ya se está volviendo pesada. Esta es mi hija, la que faltó hace ya un mes, ¿acaso no veis que voy de luto?

»El noble salió de allí avergonzado, triste y, sobre todo, confundido.

»Se cuenta que las siguientes dos o tres noches las pasó en cama con terribles fiebres y dolores. Dolores cuya causa nadie pudo averiguar. Se sentía como si alguien le hubiese quitado toda la energía.

»Tras unos cuantos días, cuando se repuso y reanudó su vida normal, un hombre se presentó en su casa con la capa roja que le había dejado a la dama aquella noche, pues había reconocido al dueño por el escudo que llevaba bordado.

»—¿Dónde encontraste esto? —preguntó nervioso el noble.

»—En el camposanto, sobre una tumba.

»—Vamos —le dijo—, llévame allí.

»Cuando llegaron, el noble descubrió que aquella era la tumba de la condesita de Orsino.

Silencio.

Suspiré.

Aquella historia había tenido lugar allí mismo, justo en la misma calle en la que estábamos. Noté que algo me rozaba el pelo, quizás el viento, quizás imaginaciones mías, quizás el cuerpo de una dama… Me agarré a su brazo.

—Bueno, y ahora que te he hablado de estos fantasmas, vamos a conocer a los de verdad, a los de carne y hueso. Hoy te voy a llevar a un restaurante que a estas horas se suele llenar de ellos.

Caminamos de regreso, o de ida, quién sabe, pues aquella ciudad me parecía un laberinto en continuo movimiento. Y así, como una pareja que seguía sin serlo, entramos en un restaurante en el que, según él, encontraríamos a todos esos delincuentes que no pisarán nunca la cárcel.

—¡Qué sitio más bonito! —le susurré.

Nos acompañaron a una preciosa mesa decorada con flores de esas que no huelen y con dos velas de esas que nunca se encienden.

Miré la carta y mi expresión lo dijo todo.

—No te preocupes, hoy pago yo. He elegido el sitio, así que invito. Mañana lo recupero con creces. —Sonrió de nuevo con esa mirada que me dejaba indefensa—. De todas formas, no te sorprendas, si yo tuviera un restaurante y quisiera traer aquí a todos estos, también pondría los mismos precios. ¿No sabes que no hay persona más fácil de timar que a un rico? Mira —me dijo. Y señaló el precio de una ensalada: treinta y cinco euros—. ¿Ves? Una ensalada en un mundo normal no puede valer esto, por más lechuga que lleve, y más aún cuando el problema es que apenas lleva.

Reímos.

—Bueno, qué, ¿ya te has decidido por algo?

—No, prefiero que elijas tú, me da hasta cargo de conciencia saber que estás gastando esta cantidad de dinero solo en comida.

—Vale, perfecto, no te preocupes. Ya elijo yo.

Y finalmente pidió, entre otras cosas, aquella ensalada. Nos trajeron la bebida y brindamos.

—Por Toledo —dijo.

—Por Toledo.

—Verás, en esta ciudad, como en cualquier otra, hay mucha gente que tiene cosas que esconder… Yo entre ellos. Un día te dije que vivía de secretos. Pues mira, ahora mismo estás rodeada de ellos. Tú no los conoces, pero son casi todos políticos y empresarios, personas de esas a las que gente de la calle incluso les llama de usted. Es algo que nunca he podido entender. Alicia —y me miró a los ojos—, a un político jamás hay que llamarle de usted, pues en el mejor de los casos es un trabajador a tus órdenes, y en el peor, un delincuente. Si lo piensas bien, deberían ser ellos los que se dirigieran a nosotros en esos términos, pues somos quienes les pagamos el sueldo.

—Y tú, como policía —le pregunté—, ¿no deberías denunciar a todos esos «delincuentes»?

—Sí, debería, pero las cosas no funcionan así en el mundo real. En un mundo normal, un policía no debería revender la droga incautada; un político debería estar al servicio de los ciudadanos y no al servicio de su bolsillo; los fármacos deberían curar y no paliar; los sindicatos deberían ayudar al trabajador y no a las empresas; los médicos deberían atender en la seguridad social y no desviar enfermos a sus consultas privadas… pero, desgraciadamente, no vivimos en ese mundo.

Se acercó el camarero para servirnos la bebida.

—Verás… aunque te parezca extraño, cuando entré en la policía, hace ya muchos años, lo hice por vocación. De verdad, detrás de esta fachada, hay una persona a la que le gusta ayudar a la gente.

—¿Y qué paso?

—Bueno, lo que suele pasar siempre. Yo quería comerme el mundo pero acabé castigado. Comencé a denunciar esas pequeñas cosas que nadie denuncia: denunciaba a los políticos o gente importante que dejaban sus coches mal aparcados, políticos o altos funcionarios a los que pillábamos en controles de alcohol totalmente borrachos o de coca hasta arriba… en fin, lo que se suele dejar pasar para que no te busquen problemas. Y claro, todo eso hizo que comenzase a incomodar. La gota que colmó el vaso fue cuando empecé a investigar un caso de pederastia que implicaba a varios altos cargos. Me obligaron a irme.

—Vaya... ¿Y adónde fuiste?

—Bueno, he estado varios años rodando por muchos ayuntamientos, y te aseguro que la mayoría, a un nivel u otro, están corruptos, da igual el partido que gobierne. Y es que no tenemos una crisis económica, eso solo es la consecuencia de una clase política corrupta hasta donde no puedes ni imaginarte. Todo está podrido, y no únicamente a nivel político, es a nivel de sociedad.

Y nos quedamos en silencio.

—Te has quedado callada.

—Sí, no sé, estaba pensando en eso que has dicho.

—¿En qué? ¿En lo de que, al final, todos somos corruptos a un nivel?

—Sí, y me estaba acordando de una cosa que me ocurrió en mi ciudad, poco antes de venir aquí, hace apenas unos meses.

—Dime.

—¿Me guardarás el secreto?

—Depende de lo que valga —me contestó sonriendo.

* * *

—Bueno, pues resulta que lo nuestro —continué— son oposiciones concurso, es decir, que aparte del examen, necesitas puntos para poder competir con el resto. Y la mejor forma de conseguir esos puntos es haciendo cursos de formación, y cuanto más largos mejor. Cursos que, en muchas ocasiones, ofrecen los sindicatos a través de fundaciones u otros medios.

—Sí, te sigo.

—Pues bien, un sindicato organizaba un curso de unas trescientas horas que nos daba muchos puntos, pero que suponía estar yendo a clase cinco mañanas a la semana durante varios meses, con el tiempo que eso nos quitaba para estudiar.

—Y...

—Total, que llegamos allí y, después de explicarnos un poco el temario, nos comentaron que, en realidad, no era necesario que fuéramos al curso, que podíamos firmar todas las hojas de control aquel mismo día.

—Ufff, qué bueno. Y así, lo que iba a durar meses, duraba unas horas.

—Exacto —contesté.

—¿Y nadie dijo nada? —me preguntó.

—No —admití con vergüenza—, y yo tampoco. Nos venía genial, conseguíamos todos los puntos y, además, teníamos tiempo para estudiar.

—Y ellos —continuó Marcos— conseguían el dinero de la subvención sin haber contratado ni siquiera a un profesor, ¿verdad?

—Verdad.

—Ves, y ahora viene la pregunta, ¿quién es más corrupto? ¿Ellos o vosotros? ¿Ellos o tú?

—Todos.

—La verdad es que lo de los cursos formativos es un tema tan podrido… Es un modo de subvencionar a los sindicatos de forma encubierta, da igual el partido o el gobierno. Es una manera de sacar dinero. Muchos cursos no se dan, y si se dan, la mayoría de las firmas son falsas. Así dicen que las «acciones formativas» —rio— se han completado para que al año siguiente les den más dinero. En realidad, si lo piensas, es una forma oculta de subvencionar a los sindicatos, pues de cara a la galería queda mejor decir que se han dado tantos millones para cursos que para subvencionarles.

—Vaya, no lo había visto así.

—Pues sí, vivimos en un país donde si un vecino defrauda a Hacienda en lugar de denunciarle le aplaudimos. Donde el que exige la factura es el tonto de turno. Un país donde si puedo tener a alguien sin contrato, eso que me ahorro. Pero eso sí, poniendo verde al gobierno soy el primero, aunque el día de las votaciones me lo haya pasado en la playa. Un país donde uno se queja a gritos, pero a la hora de hacerlo por escrito parece que le den alergia los formularios…

En ese preciso momento apareció el camarero con un plato gigante en cuyo interior había una pequeña ensalada rodeada de una salsa oscura se expandía por todo el plato, como si aquello fuera un lienzo en blanco.

—Así —afirmó Marcos— no parece tan ridículo, ¿verdad? —Y ambos sonreímos—. En realidad la situación de este país se puede resumir viendo este plato: todo es una mentira, eso sí, muy bien decorada, pero cuando te pones de verdad a comer, te das cuenta de que falta comida. Esto podría ser una, a ver… —cogió un menú de la mesa contigua—, una ensalada verde con ventresca al toque italiano o, en el mundo real, una mierda de ensalada con dos trozos de lechuga y un poco de atún.

Me puse seria, aguanté el aire en la boca… y comencé a reír como hacía tiempo no reía, comencé a reír en voz alta, con las lágrimas cayéndome por las mejillas. Y ambos estuvimos riendo un buen rato. La gente no dejaba de mirarnos.

No era capaz de apartar los ojos de aquella sonrisa. Me di cuenta de que, en ese momento, allí, era feliz. Me encantaba estar con aquel hombre, no solo por sus ojos verdes o su físico, me encantaba por la fuerza que imprimía en cada palabra, por la pasión que acompañaba cada una de sus conversaciones. Dijera lo que dijera, me tenía embobada.

—Mira allí, por ejemplo. Ves aquel joven con pinta de no haber trabajado en su vida y poder estar cenando aquí con la que debe ser su enésima novia.

—Sí.

—Es un bohemio de la ciudad, un bohemio con la tarjeta

de papá. Eso, a fin de cuentas, es lo de menos; cada uno hace con su dinero y sus hijos lo que quiere. El problema es que, agárrate, el nene quería un local para reunirse con sus amigos y estar allí armando jaleo todos los fines de semana. Pues bien, su papá, empresario renombrado de la ciudad, le aconsejó que creara una asociación, de lo que fuera, y que pidiera un local y ya le llegarían las subvenciones. Y le llegaron: tienen un local y es la asociación a la que más dinero le entra cada mes.

—¿En serio?

—Y tan en serio. Pero aún hay más, resulta que encima de ese local hay un piso en el que vive una mujer ya mayor, una persona incapaz de dormir los fines de semana.

—Ufff.

—La mujer lo ha denunciado miles de veces, pero, por una cosa u otra, siempre que van a hacer una medición los decibelios son los mismos que el ruido que se hace al freír un huevo, o mejor aún, en ese justo momento están en silencio.

—¿Les avisan?

—Claro.

Comenzó a sonar mi móvil. Era mi marido.

—Perdona un momento, ahora vengo.

Salí a la calle sin cogerlo, me temblaban las manos, el cuerpo y los labios. No quise contestar porque supuse que me iban a temblar hasta las palabras.

Suspiré, busqué un lugar donde no se oyera casi ningún sonido y comencé a marcar el número… Normalmente eran conversaciones cortas, pero ahora mismo tenía miedo de que sonara un coche, el ruido de una moto, ¿cómo justificar que estaba en ese momento en la calle? Ante la indecisión decidí apagarlo. Ya le daría mañana una excusa, por ejemplo, que me había quedado durmiendo con la niña y se me había acabado la batería, cualquier cosa.

Intenté tranquilizarme paseando unos minutos.

Respiré hondo y volví a entrar.

* * *

Y mientras Alicia se sienta de nuevo junto a Marcos, a unas cuatro mesas de distancia, en un pequeño reservado del restaurante, se reúnen dos personas: un concejal y un artista de una ciudad de la otra punta del país. Hablan de la vida, del arte y de política, pero, sobre todo, hablan de negocios.

Uno quiere dar a conocer su obra al precio que sea, el otro quiere un porcentaje de ese precio.

—Bueno, ¿entonces de acuerdo?

—Por mí, si tú dices que es tan fácil.

—Claro, por los concursos no te preocupes. Ahora mismo se van a hacer tres rotondas nuevas y hay que decorarlas de algún modo, y qué mejor forma que con tus esculturas, así te vas dando a conocer. Tú te presentas al concurso e inflas un poco el precio, quien dice un poco dice un cincuenta por ciento, por ejemplo. Y después, ya me pasas ese porcentaje a mí de alguna forma. Y los dos ganamos.

—¿Y los otros candidatos que se presenten al concurso?

—¿Los otros? —El concejal se echa a reír—. Si por cada

vez que se amaña un concurso en un ayuntamiento nos dieran cien euros, muchos ya no estaríamos trabajando.

Y brindan.

En ese mismo instante, a varios restaurantes de distancia, tres parejas de amigos han quedado a cenar, hace ya muchas semanas que no se ven y hay alguien que quiere dar una buena noticia.

—¡¿En serio?!

—Síííí. —Y todos se levantan para felicitar a los futuros padres.

—Hace unos días que lo supimos, aún es muy pronto, pero oye, teníamos tanta ilusión.

—Pues claro, ya verás como todo va bien.

La conversación en la cena pasa del tema de los niños al fútbol, de ahí a la política, a la crisis, de nuevo al fútbol, a alguna noticia reciente y otra vez a la corrupción política. Todos comentan la cantidad de noticias que aparecen en la televisión, se indignan porque nadie va a la cárcel, y ni siquiera devuelven el dinero.

Eso es lo que dicen, pero también callan cosas. Una de las chicas, por ejemplo, esconde que se va a presentar a una oposición que ya tiene aprobada. Otra, la futura mamá, oculta que va a saltarse muchas listas de espera, que le harán más pruebas de las habituales y que tendrá una habitación con una cama individual en un hospital público porque la jefa de la planta es amiga de su madre. Y uno de los chicos, el que más ha criticado la corrupción política, no dice que su pequeña empresa ha regalado un caro portátil a un funcionario para poder conseguir un contrato.

—Marcos, ¿sabes que he encontrado a la niña?

—¿A la del callejón?

—Sí, se llama Marta, va a mi instituto y siguen acosándola. Se siguen metiendo con ella…

—Ufff, parece mentira, pero es un tema muy complicado. En muchos colegios nadie quiere tomar parte, el director se lava las manos, los profesores se lavan las manos… y, al final, dicen que no ocurre nada, que son cosas de críos. Críos que al final mueren, ¿sabes?

—Pero ¿qué puedo hacer? ¿Hablar con los padres?

—¿Con los padres? —Se echó a reír—. Bueno… puedes intentarlo…

—Pues no sé, pero algo tengo que hacer.

—Bueno, déjame que lo mire y te digo algo.

Y así, entre conversaciones, podría decir que acabamos de cenar, aunque en realidad solo probamos algo de comida. Salimos, me abrigué entre sus brazos y fuimos hacia el coche.

—¿Me acompañas? —me susurró al oído.

—¿Adónde?

—Adonde quieras.

Sabía que me estaba enamorando de nuevo. Aquello solo me había ocurrido en dos ocasiones en mi vida: a los trece y, la definitiva, a los diecisiete, y ahora otra vez, pero de una forma menos correcta.

Aquella noche se nos hizo larga, mucho más larga que cualquiera de las noches que había vivido en los últimos años… y al mismo tiempo fue tan corta. Me sorprendí a mí misma, pues todo el desinterés que tenía con mi marido se convertía en pasión cuando estaba junto a él. Ahí descubrí que no hay nada comparable a hacerlo todo como la primera vez.

* * *

El miércoles amaneció justo después de que yo llegara a casa. Entré en silencio, me cambié en la penumbra y me sumergí en la cama junto a mi hija y la culpa. Culpable por no haber pasado la noche con ella, culpable por no haberla pasado con su padre, culpable por estar viviendo una vida a escondidas. Me di cuenta de que, día a día, me iba convirtiendo en cómplice de mi propia conciencia.

En apenas una hora sonó el despertador.

Me duché, me vestí, vestí a la niña, desayunamos, la llevé a la guardería y me dirigí al instituto.

Fue una mañana horrible, sobre todo porque, cada cierto tiempo, venían a visitarme los remordimientos.

Aproveché el recreo para ir al baño de los profesores y sacar todo ese dolor que parecía tener raíces en cada parte de mi cuerpo. Me miré al espejo y no me reconocí. Allí, frente a mí, había otra mujer, una mujer distinta a esa persona que un día llegó a Toledo, una mujer rehén de sus propios remordimientos. ¿Tenía yo la culpa de que sus miradas me hicieran cosquillas en el corazón? ¿Tenía yo la culpa de sentirme tan viva cuando estaba a su lado? ¿Cómo se esconde eso? ¿Cómo se tapan las emociones?

Me rendí.

Me apoyé en el lavabo y miré cómo a esa chica del espejo le comenzaban a caer las lágrimas por las mejillas, vi cómo se le desdibujaba la cara a través de los pensamientos… y empecé a llorar con fuerza, con tanta intensidad que, de vez en cuando, se me olvidaba respirar.

En ese momento se abrió la puerta y entró Carolina.

—Alicia, te estaba buscando… —Se quedó callada, observando a una mujer a punto de perder el equilibrio, no el físico, sino el de las emociones.

—¡Alicia! ¿Qué ocurre?

—Carolina… —le susurré—, que se me deshace la vida.

Y la abracé con fuerza, con tanta fuerza que le clavé las uñas en la espalda. Y allí, en sus brazos, continué llorando, sin hablar, dejando que el dolor se fuera diluyendo en el llanto. Lloré hasta agotar las lágrimas; prefería derrumbarme allí que hacerlo en clase, delante de todos los alumnos.

—Alicia, hoy te vienes a comer a mi casa y hablamos, ¿vale?

—Y la niña…

—La niña, llamas a la guardería y les dices que la recogerás más tarde, ¿vale?

—Pero no quiero molestarte…

—¡Alicia!

—Vale, vale…

—Yo hoy salgo una hora antes, pero te dejo en la sala mi dirección. Mi piso está aquí al lado, así que en cuanto salgas de clase te vienes para allá, ¿te parece?

—Vale.

—Si lo que te pasa es lo que me imagino, tal vez te pueda ayudar contándote mi experiencia.

—Vale.

Sonó el timbre y, tras lavarme la cara con agua fría e intentar simular sonrisas frente al espejo, salí de allí para continuar las clases. Los alumnos notaron que mis ojos no eran los mismos. Se dieron cuenta de que había estado llorado y me preguntaron.

—No os preocupéis, no es nada —les dije.

Y no insistieron.

Ese día se portaron bien, muy bien.

Sonó de nuevo el timbre y todas aquellas vidas se levantaron a la vez, recogieron sus cosas y salieron huyendo. Y yo, tras ellos.

Comencé a caminar en dirección a casa de Carolina pensando de nuevo en aquella niña, no en Marta, sino en la que había visto hace un rato en el espejo del baño.

Doblé una esquina y en un suspiro me encontré apoyada en la pared interior de un garaje, con una mano tapándome los ojos y una boca ocultándome los labios. Me dejé hacer porque a veces no es necesaria la vista para descubrir con quien compartes tacto.

Me besó con fuerza, me abrazó con daño, con el impulso comprimido en nuestros cuerpos, como si todo el cariño del mundo se concentrara en unas mismas manos.

Nos despedimos con la misma inmediatez con la que nos encontramos. Me dio un beso en la frente y salió corriendo hacia el coche patrulla.

Apenas hubo palabras, las justas para decirme que hasta el sábado no nos podríamos ver.

Nada más.

Fue tan rápido que ni siquiera se dio cuenta del color de mis ojos.

Sonó el móvil.

Un mensaje de mi marido.

«Te echo de menos, amor.»

* * *

Llamé al timbre.

—¿Quién?

—¿Carolina? Soy yo, Alicia.

—Sí, sube, sube.

Abrió la puerta y me recibió con un abrazo.

—¿Ya estás mejor?

—Sí, sí, siento molestarte.

—Pero qué molestia, si hoy justamente como sola, mi marido no vendrá hasta las cinco o las seis. Además, he pedido al chino y ya tengo la comida en la cocina. —Reímos—. Así que vamos, ¡que tengo un hambre!

Durante la comida le conté todo, absolutamente todo. Lo que había hecho y lo que sentía por dentro, la pasión y los remordimientos, la tentación y el veneno, el pasado que no quería perder y el futuro que no sabía evitar, la voluntad confundida ante aquellos ojos… Carolina y yo nos conocíamos de apenas unas semanas y en cambio ya sabía más secretos de mí que la mayoría de mis amigas.

Me estuvo escuchando en silencio, sin intervenir, dejando que me desahogara allí, en su casa.

Tras mil lágrimas y varios suspiros, acabé de hablar, y ella de comer. Yo apenas había probado nada.

—Bueno, pues ya está —me dijo.

—¿Ya está? —le contesté.

—Sí, ya lo has soltado, ya te has liberado. Sabes, Alicia, todo lo que te está ocurriendo, me refiero al sufrimiento, es problema de la sociedad en la que vivimos. Arrastramos tantas culpas, por los demás, por el qué dirán… que eso a veces nos impide ser felices. De hecho, la culpa es útil en bastantes ocasiones.

—¿Útil?

—Sí, claro, por ejemplo, si no existiera la culpa seguramente no quedaría ninguna religión. Las religiones se sustentan en hacerte sentir culpable para que hagas lo que te ordenan. En la Antigüedad era la mejor forma de controlar a la gente. Si no hacías lo que te decían, eras culpable. Culpa, culpa, culpa.

—Vaya.

—De todas formas, por si te sirve de algo, a mí me pasó algo parecido.

—¿Algo parecido?

—Bueno, lo mío fue más de película.

—¿De película?

—Sí, de esas en las que la novia escapa de su propia boda.

—¡¿Qué?!

—Cómo lo oyes. Ven, vamos al sofá y te sigo contando. ¿Qué quieres, café o infusión?

—Infusión.

—Pues tila entonces. —Nos echamos a reír.

Nos sentamos con la taza en la mano.

—Pues sí, Alicia, yo ya tenía todo el paquete contratado:

el fotógrafo, el restaurante, la fecha en el ayuntamiento, el vídeo, las flores... Habíamos ido incluso a esa prueba de comida. Ya estaba todo preparado, apenas quedaban tres semanas para casarnos. Y entre los nervios, la rutina, el agobio y todos los sentimientos que te quieras inventar, se coló el amor, pero el amor por otra persona. No lo busqué, te lo juro, simplemente surgió.

»Surgió porque es probable que el anterior ya se estuviese agotando, pero al movernos siempre por los mismos carriles no lo notábamos. El problema siempre viene cuando una vida se agita: entonces descubres que tenías en el armario ese albornoz que nunca habías usado... no sé si me entiendes. ¡Imagínate el panorama! En tres semanas me casaba con mi novio de toda la vida... con todas las invitaciones enviadas, con la ilusión de mis padres, la ilusión de mis suegros, la de mis abuelos, la de mis dos hermanas...

—Vaya...

—Ufff, ni te imaginas, aquellos días fueron los peores de mi vida. Adelgacé más de seis kilos en apenas dos semanas. La gente pensaba que estaba enferma, yo les decía que estaba haciendo dieta para poder entrar en el traje.

—¿Y qué hiciste?

—Bueno, tenía dos opciones. La primera, intentar olvidarme de ese nuevo amor que brotaba y seguir adelante prostituyendo mis propios sentimientos. Puede parecer la decisión más fácil a corto plazo, pero te aseguro que con el paso del tiempo es la que más te destroza por dentro. Llega un día en el que la frase «¿Cómo podría haber sido?» se te graba en la mente como un mantra. Y lo peor de todo es que buscas cada momento difícil en la relación para recriminarte por no haber dado el paso. Lo sé porque yo, aparte del trabajo en el colegio, colaboro por las tardes en una consulta privada intentando ayudar a parejas.

»La segunda opción consiste en asumir que los sentimientos también mueren, e intentar despedirte de ellos sin hacer demasiado daño a los que te rodean. Ser capaz de liberar la sinceridad y asumir las consecuencias. Bien, pues en mi caso, me armé de valor, reuní a mis padres y a mis dos hermanas, y les conté que no me casaba, y las razones…

»Imagínate la situación: mi madre llorando, dando puñetazos contra la mesa; mis hermanas llorando pero rodeándome con un abrazo, y mi padre, ay… creo que hubo una generación de padres que nacieron sin sentimientos… Alicia, aquello se convirtió en una bacanal de emociones y reproches, en un interrogatorio sin sentido, en un intentar convencerme de que no sabía lo que hacía… Y ¿sabes qué? Era cierto, en ese momento no sabía lo que hacía.

»Tras la noticia a la familia, vino lo más duro, decírselo a mi ex futuro marido. Aquello fue terrible, aquel día descubrí el dolor en estado puro. Quizás lo que más intensificó el sufrimiento fue que no se lo esperaba, que le pilló totalmente por sorpresa. ¿Sabes, Alicia…? Se quedó mudo, blanco, inmóvil, creo que aquel día, por unos instantes, murió. Tras gritos, reproches, lágrimas y dolor, mucho dolor, se levantó y se marchó.

»Durante los siguientes días todo fue muy confuso, intentamos volver, intentó hacerme cambiar de opinión, intenté cambiar de opinión… pero nada, al final vimos que aquello se había acabado. A partir de entonces fuimos ventrílocuos de nuestros abogados. Es triste tener que comunicarte así con una persona con la que has compartido tantos años, tantas situaciones y tanta vida.

»Pero, bueno, Alicia, ha pasado el tiempo y aquí sigo. Casada con otra persona y feliz. Tengo que reconocer que, con el tiempo, mi expareja se ha portado muy bien. Estuvo varios meses sin hablarme, pero un día me llamó por teléfono para decirme que quería quedar conmigo. Vino a casa, y aquí, en este mismo sofá en el que estamos sentadas, me felicitó por ser tan valiente. Me confesó todo lo que me había querido y comenzó a llorar, y yo comencé a llorar. Nos fundimos en un abrazo porque aquellas lágrimas significaban que entre nosotros quizás ya no había amor, pero permanecía el cariño. "Con el tiempo he comprendido que hiciste lo correcto. Es mejor sufrir unos meses por lo que pudo ser, a estar toda una vida viviendo una mentira, a estar toda una vida preguntándome quién ocupa tus pensamientos", me dijo. Me dio un pequeño beso en la boca, se levantó y se fue. Y yo me quedé aquí, llorando, llorando, llorando…

—Vaya, Carolina, qué historia tan dura.

—Sí, pero la vida sigue adelante. Alicia, la gente cambia; tú no eres la misma de hace tantos años; todo cambia. Es imposible continuar siendo siempre la misma persona, ¿sabes por qué? Porque vivimos. Mira, en mi consulta he visto tanto sufrimiento, tantas parejas que permanecen juntas simplemente por no estar separadas, porque se han acomodado a esa vida. Parejas que no se aguantan, parejas que de cara a la galería son perfectas y en casa duermen y viven en habitaciones separadas, parejas que en la intimidad ni se hablan…

»Y es que, Alicia, ¿dónde pone que tengas que estar toda la vida con la misma pareja? ¿Dónde pone que no puedas querer a otras personas? ¿Quién es más infiel? ¿Quien piensa continuamente en la posibilidad de estar con otro o quien, en un descuido, la convierte en realidad una noche? ¿Es mejor decirlo u ocultarlo para siempre? Cuantas preguntas, ¿verdad? Todo esto no nos lo enseñan en la escuela, ¿a que no? Pero, afortunadamente, ahora todo eso está cambiando.

—¿Ah, sí?

—Sí, estoy en un grupo de educadores en el que nos dedicamos a dar charlas a los chavales por los colegios sobre las relaciones, sobre los sentimientos…, y ¿sabes qué les explicamos? Les explicamos que las relaciones no son necesariamente para siempre, que todo eso que ven en las películas de declararse amor eterno suele pasar solo en el cine. En la vida real, hay relaciones que duran y otras que no. Porque después de la pasión y el enamoramiento, vienen los ronquidos por la noche, la mala leche de las mañanas, las broncas por cualquier tontería y, lo peor de todo, la pérdida de la ilusión y, con ella, el aburrimiento. Y decir eso hasta ahora parecía un tabú. Pero te aseguro que es mucho más efectivo explicarlo que dejar que una relación vaya agonizando.

Y así, hablando de vidas ajenas, fueron pasando los minutos y las horas.

—¡Vaya! Mi hija, tengo que ir a recogerla.

—Es verdad. ¡Cómo ha pasado el tiempo!

—Gracias por todo, Carolina, muchas gracias.

—No es nada, aquí me tienes. Sé que no te he ayudado a decidir nada, pero eso te toca hacerlo a ti.

—Sí —le contesté con una pequeña sonrisa.

Aquel día, como en la charla con mi tía, descubrí que en el reverso de las personas se esconden miles de historias que en raras ocasiones salen a la luz. Miles de historias en las que podría incluir también la mía.

* * *

Recogí a mi hija de la guardería y nos marchamos a casa.

La tarde pasó tranquila en los alrededores de una mente que ardía por dentro, la mía.

Tras la cena, recogimos la mesa, y yo, como cada noche, fui a la habitación para acostar a la niña. Solía leerle algún cuento, de esos con grandes dibujos y apenas tres o cuatro frases; de esos en los que los protagonistas casi siempre son animales y no personas; de esos en los que nunca aparecen infidelidades ni padres separados.

Cuando acabé, su cuerpo ya se había acurrucado junto al mío, rodeándome con sus pequeñas manos. Era un abrazo que no pedía nada a cambio, un simple abrazo, espontáneo, sincero, de esos que se van perdiendo con la edad.

Poco a poco, con el mismo pulso con el que se desactiva una bomba, me fui separando de ella. La tapé, cerré un poco la puerta y salí de la habitación para reunirme con mi tía, que ya estaba en el sofá con dos tazas de té. Su marido dormía —o veía la tele— en la habitación de matrimonio…

Me senté junto a ella y me sonrió como solo sonríen las amigas con las que has compartido secretos.

—Te has dado cuenta —me dijo— de que cada dos o tres anuncios, hay uno de medicamentos.

—No, la verdad es que no, es que veo muy poco la tele.

—Pues sí, llevo ya un tiempo fijándome y es cierto, si te molesta la garganta, medicamento; si lo que tienes son mocos, medicamento; si te duele la cabeza, medicamento; si no cagas, medicamento... o yogur. —Y consiguió sacarme una pequeña sonrisa.

—Es como si nos quisieran medicar a todos —me dijo mientras abría un pequeño bote y sacaba cuatro pastillas de colores.

—La roja para la tensión, la amarilla para las jaquecas, esta otra ahora mismo no sé ni para qué, y la blanca alargada para aliviarme el dolor de estómago que las otras me generan. —Y las dos volvimos a reír.

—¡Mi marido! —exclamé.

—¿Qué?

—¡Que no le he llamado en todo el día!

Me fui a la habitación y marqué su número.

Me disculpé e inventé varias excusas, que si me había olvidado el móvil en casa, que si el trabajo, que si la niña... Hablamos de ella, un poco de mis clases, un poco de su trabajo, de cómo me iba con mi tía, de cómo le iba a él a solas en casa... Hablamos, a veces incluso sin escucharnos, de las mismas cosas que hablábamos cada día, cada semana, cada mes... Comparé esas conversaciones y las que tenía con Marcos.

Colgamos a la primera, con un simple te quiero, lejos quedaban aquellos «Tú primero».

Volví al sofá.

Pasamos un buen rato viendo anuncios que se interrumpían de vez en cuando por algún programa. En ese momento, mirábamos uno de esos donde hienas con disfraz de periodista luchan por carnaza.

Ella callaba, totalmente atrapada por aquellas discusiones donde lo más interesante era quién gritaba más fuerte. En cambio, yo tenía ganas de huir de allí, pero no a mi habitación, sino huir de verdad, huir hacia esa ciudad que me llamaba con la fuerza de la curiosidad.

Me acabé el té.

—Tía, ¿te importa si me voy a dar un paseo?

—¿A estas horas? —se sorprendió.

—Bueno, son las diez y media, tampoco es tan tarde.

—Has quedado otra vez, ¿eh? —Sonrió.

—No, no, hoy no, pero creo que me he acostumbrado a caminar por esta ciudad. No te preocupes por la niña, que nunca se despierta, además, cualquier cosa me llamas, que tampoco andaré muy lejos.

—Vale, pero ten cuidado.

—No te preocupes, en un rato estoy aquí.

Pero al final tardé más, bastante más.

Dejé las tazas en la cocina, cogí el abrigo y salí a buscarme.

* * *

A esas horas aún había gente por las calles: personas que salían de algún restaurante, personas que bajaban la basura y aprovechaban para fumarse ese cigarro a solas lejos de la cotidianidad que les esperaba arriba, vidas perdidas que regresaban a alguna casa, con suerte a la propia…

Comencé a caminar sabiendo muy bien adónde quería llegar. Aquella plaza… aquellos dos corazones, aquel túnel precioso… aquella forma tan espontánea de hacer el amor. Me dirigí allí sin saber muy bien qué buscaba, pero, sin duda, nada parecido a lo que me encontré.

Me perdí varias veces, pero finalmente llegué hasta los cobertizos. Crucé aquel precioso pasillo de piedra y al llegar a la plaza me di cuenta de que no estaba sola.

Había un hombre agachado acariciando con sus dedos aquella misma marca. Un hombre vestido totalmente de negro, con el rostro cubierto por una capucha. Pasé con disimulo por delante de él y seguí caminando hasta la siguiente esquina, allí me paré y me puse a temblar.

Por alguna extraña razón comencé a tener miedo de aquella figura oscura que permanecía encogida a ras de suelo.

Pasó por mi cabeza salir corriendo de allí y volver a casa, pero al final la curiosidad le pudo el miedo.

Me mantuve en la esquina, observando sus nulos movimientos. Y así, realidad y —quizás— fantasía compartían un mismo lugar y un mismo momento.

Estuvimos allí más de veinte minutos. Un hombre que no se movía y una mujer que en los últimos días lo había hecho demasiado.

Lentamente, como si llevara el peso de varios siglos de vida encima, comenzó a levantarse. Se puso en pie y, sin girar la cabeza, miró hacia ningún lado... Empezó a andar... y yo me dediqué a seguir a una sombra que se movía despacio, a veces incluso más que el cuerpo al que pertenecía.

La imagen de aquel hombre me recordó a la luz que deja una estrella que desapareció hace años. Dobló varias esquinas, cruzó callejones y, en unos minutos, aparecimos en la calle del Hombre de Palo. Al menos, ya me había ubicado.

Seguimos caminando hasta llegar frente al alcázar, en su parte más alta. De ahí continuó calle abajo, dejando el edificio a la izquierda. Yo le seguía a cierta distancia, intentando pasar desapercibida.

Y de pronto, desapareció.

No era posible, la pared se lo había tragado. La calle continuaba pero él ya no estaba allí. Aceleré el paso y eché a correr sin que me importara ser descubierta. Cuando llegué al punto exacto donde lo había visto por última vez, lo comprendí todo.

La pared se abría dejando paso a una esquina que parecía perdida en la ciudad. Me asomé y aún llegué a verlo mientras bajaba unas escaleras.

Comencé a creer que me mantenía en el interior de un

cuento, no solo por la situación sino por el escenario. Observé, desde arriba, cómo hombre y sombras descendían por unas escaleras que parecían llevar a otro mundo. Unas sombras que, debido a las pequeñas farolas que rodeaban el momento, iban atrasando y adelantando al cuerpo al que pertenecían.

Giraron a la derecha, y yo tras ellas.

Y allí, frente a una extraña cruz que ocupaba toda una fachada, me detuve.

Me asomé a lo que parecía un amasijo de calles; un ovillo de casas, farolas y balcones. Era como si algún gigante hubiera zarandeado aquella ciudad para convertirla en una maraña.

Miré el reloj: era ya muy tarde, pero… después de tantos años viviendo en la superficie de un lago, cómo dejar de lado una aventura.

Me adentré en aquellos callejones que parecían organizarse en nudos. Al doblar la primera esquina lo vi de nuevo. Un cuerpo que se arrastraba lentamente, tanto que me dio la impresión de que, durante todo mi dudar, me había estado esperando.

Inicié una persecución a cámara lenta. Nos adentramos por calles torcidas, oscuras, frías… como dos vagabundos sin norte que seguir. Caminamos y caminamos. El cuerpo —o la sombra— delante y yo detrás, tras sus pasos, a su ritmo. Estuvimos así durante más de una hora hasta que… me di cuenta de la trampa.

Me detuve.

Comencé a temblar.

Me di cuenta de que habíamos pasado ya varias veces por el mismo sitio. Me di cuenta de que aquella sombra estaba jugando conmigo, de que habíamos estando dando vueltas a los mismos lugares. Aquella maldita sombra y su cuerpo se habían estado riendo de mí. Me detuve y abandoné la partida. Me sentí tan avergonzada, tan idiota.

Aquel cuerpo me esperó durante unos instantes, pero, finalmente, al ver que ya no le seguía el juego se marchó calle arriba. Me lo imaginé sonriendo.

Con el paso de las horas, se había ido acumulando una pequeña capa de niebla que, seguramente, al igual que yo, tampoco sabía muy bien cómo escapar de aquel laberinto.

Anduve sin rumbo: una calle, y otra, y otra… hasta que llegué a una intersección en la que había una especie de banco de piedra. Me senté en él para descansar un poco.

En ese momento apareció un pequeño gato negro que, lentamente, se fue acercando a mí. Jugó entre mis piernas con el rabo erguido mientras rozaba su cabeza contra mis zapatos. Comenzó a ronronear suavemente entre el silencio.

Permanecimos allí —gato y Alicia— durante varios minutos. Yo observándolo y él sabiendo que le observaba. Estuve a punto de iniciar una conversación imposible. Estuve a punto de decirle que estaba perdida, que no sabía qué camino coger para salir de allí, y no me refería solo a las calles.

Finalmente, el gato se separó de mí y se marchó calle arriba.

Y le seguí.

Y de ahí pasamos a otra calle, y a otra, y a otra… todas ellas en sentido ascendente. Fue cuando me di cuenta de que esa era la dirección correcta para llegar hasta el alcázar.

Llegué, respiré e inicié el regreso a casa.

El gato salió corriendo hacia la noche.

Creo que pude verle una sonrisa.

* * *

El jueves por la tarde, después de la siesta, abrigué a mi hija y me la llevé a pasear aprovechando un sol que se colaba por las calles.

A la luz del día todo parecía distinto, era como si en la noche la ciudad volviera al pasado.

Llegué a casa para comenzar con la rutina de siempre. Pablo permanecía allí, sentado en el sofá, sin saber que su mujer, seguramente en ese mismo momento, podía estar pensando en otra persona.

Después de cenar y acostar a mi hija, como ya iba siendo habitual, nos quedamos mi tía y yo en el sofá mirando un poco la tele mientras nos tomábamos el té.

Aquel día apenas hablamos, pero nos sentíamos bien así, una al lado de la otra, ambas con nuestros propios secretos.

Al cabo de un rato, cogí las dos tazas, ya vacías, las dejé en la cocina y me puse la chaqueta.

Le di a mi tía un beso, que le supo a gloria, y salí de nuevo a la ciudad.

Me dirigí hacia aquel mismo lugar a hacer lo que el día

anterior no pude: acariciar aquella marca de la que aún no sabía prácticamente nada.

Llegué directa a los cobertizos, y es que poco a poco me iba conociendo la ciudad. Atravesé el precioso túnel y… y lo vi allí de nuevo… En el mismo lugar, agachado, tocando el muro con sus manos. Me dio rabia.

Pero ese día hubo una diferencia: en el mismo instante en que aparecí por la calle, aquella sombra se levantó. Era como, si de alguna manera, me estuviera esperando para iniciar una nueva partida.

Y la acepté.

Se puso a andar e hizo, más o menos, la misma ruta del día anterior, y yo tras él. Hombre de Palo, alcázar, atajo hacia esas escaleras, laberinto de calles…, y allí cambió todo. Como si ya se hubiera cansado de jugar conmigo, se fue directo a una casa, abrió la puerta y entró.

Y yo me quedé en el extremo de la calle sin saber qué hacer: si volver a casa o aceptar la invitación.

Al instante, la sombra volvió a salir otra vez, dejando la puerta abierta…

Esperé a que se alejara y, cuando lo vi desaparecer por la esquina, me acerqué a una puerta en la que descubrí una gran marca roja pintada en la parte derecha del muro que la rodeaba.

La empujé levemente.

Tuve la tentación de entrar, pero oí un ruido y me asusté, y hui.

Al menos ahora ya sabía dónde encontrarlo.

* * *

Y llega el viernes.

Un viernes que dos niñas van a tardar en olvidar.

Ha sonado el timbre y montañas de energía escapan hacia el fin de semana. La misma energía que le falta a una niña que vive una vida que cada día es menos suya.

Sale a la calle sin despedirse de nadie. Simplemente siguiendo su camino a casa.

Apenas ha avanzado unos metros cuando lo ve: él.

Opta por cambiar de acera, se saca el móvil e intenta disimular tocando con sus dedos una pantalla que está apagada. Aun así, el destino la encuentra.

Dani también cruza la calle para situarse frente a ella, a esa distancia desde la que ya no se pueden esquivar los suspiros.

Y ahí, en el exterior del colegio, a la vista de todos y —lo más importante— de todas, ambos continúan hablando mucho más de lo esperado. Es su mente, convertida en alfil, la que intenta apartar a un corazón transformado en peón. Y aun así, a pesar de la desigualdad de las consecuencias, es el segundo el que parece estar ganando la partida. Tanto que, sin esperarlo, unen sus manos.

Allí.

Delante de todos.

Delante de todas.

En la acera, frente a su instituto, un viernes, bajo unas nubes que se van apartando para que el sol pueda observarlo todo...

Y ahí, justo en ese momento, Marta siente el amor, pero no el que se intuye a solas en el interior de una habitación, sino el otro, el real, el que te hace flotar solo con el tacto.

Deja de pensar en todo para concentrarse únicamente en los sentimientos. No es momento para plantearse si esos segundos van a poder compensar la posterior condena. Se mantiene ahí sabiendo que está actuando con la inconsciencia de un kamikaze.

A escasos metros, apoyada sobre uno de los muros exteriores del instituto, otra niña mira la misma escena con la venganza afilada. Como una mercenaria de los sentimientos que va a trabajar simplemente por orgullo.

Si por ella fuera, saldría a por Marta en ese mismo instante, la cogería del cuello y la golpearía con rabia, con odio, con violencia... Pero no puede porque Dani también está ahí.

Y ve cómo se van juntos, y ella les persigue. Ve cómo cruzan una calle, y otra, y otra... y llegan hasta la puerta de su casa. Y ahí, con sus manos aún unidas... se dan un beso en los labios.

El mismo beso que entra como un aguijón en las entrañas de quien en ese momento, a unos pocos metros, hierve de odio.

Marta sube a casa entre nubes. Saluda a su padre, le da un beso a su madre y se mete en la habitación.

Es tras la comida, en la siesta, tumbada sobre su cama cuando comienza a ser consciente de que las mismas nubes sobre las que ha volado son víspera de una tormenta. Sabe que a partir de ahora va a ser el miedo quien tutele sus movimientos.

Piensa en el lunes y se echa a temblar.

Y tiene razones para hacerlo, pues será un lunes que no podrá olvidar.

* * *

Durante el fin de semana que se acercaba tenía que corregir unos cuantos trabajos para el lunes; entre eso y que mi marido iba a estar en la oficina prácticamente todo el sábado, decidimos que la niña y yo nos quedábamos en Toledo.

El viernes, tras la siesta, pasé toda la tarde con mi hija, yendo de parque en parque, disfrutando de una vida que crecía minuto a minuto, de una infancia que se le —me— escapaba por momentos. Acabamos sobre las siete, yo agotada y ella con ganas de mucho más.

A las nueve había quedado con varias profesoras del colegio para tomarnos una caña y cenar algo por ahí. Era la primera vez que salía con ellas, en realidad era la primera vez que salía por Toledo con alguien que no fuera Marcos.

Estuvimos tomando copas y hablando de varias cosas hasta que una de ellas, la más joven, al ver a un camarero se metió en el terreno sexual.

—Y hablando de tíos, ¿os habéis fijado en el policía que últimamente está en la puerta del colegio?

—¡Que si me he fijado! —contestó otra—, a mí me chorrea todo cada vez que lo veo.

—¡Hala, pero qué bestia eres! —Todas comenzamos a reír.

—No, en serio, qué buen polvo tiene, ¿eh?

—Sí —contestó una chica pelirroja que yo no conocía de nada—. ¿Y dónde se encuentran hombres así?

—¿Hombres cómo? —preguntó Carolina, mirándome de reojo.

—Así, que a esa edad, porque ese tío debe pasar ya de los cuarenta, se conserven tan tan bien.

—Bueno, pues ahí, en la puerta del colegio —contestó una chica rubia, amiga de Carolina.

Y todas continuamos riendo.

—No, en serio, porque yo no sé vuestros maridos, pero el mío, el pobre lo intenta, pero esa barriga ya no hay quien se la quite, y de músculos, poco, poco, poco… —replicó, haciendo un gesto con los bíceps—. Pero eso sí, lo quiero tanto.

—Sí, sí, tú mucho hablar, pero si se te presentara la ocasión con el policía ese, ¿qué?

—Bueno, algo rapidito…

Y todas continuamos riendo. Carolina y yo incluidas.

* * *

A esa misma hora, mientras en Toledo un grupo de amigas imaginan situaciones íntimas, a unos trescientos kilómetros de allí, en la habitación de una peluquería de un pequeño pueblo, queda poco espacio para la imaginación.

La dueña, Sonia, ha avisado a su marido de que llegaría un poco más tarde, que hoy tenía un cliente con cita a última hora.

Entran en silencio, nerviosos, como si a pesar de todos sus juegos anteriores, no se conocieran. Él se quita los pantalones y se coloca en la misma camilla sobre la que tantas veces ha estado. Pero esta vez se baja también los calzoncillos a la espera de que ella, también desnuda, se le acerque.

Las sensaciones comienzan a ocupar las dos mentes, sensaciones que, de momento, no dejan espacio para nada más. Porque los remordimientos no brotarán hasta mucho más tarde, justo cuando el placer desaparezca.

Y así, en un disfrute moralmente prohibido, consiguen parar el tiempo y el alrededor. Recorren desconocidos cuerpos con sus miradas, sus dedos y sus labios.

Cada sensación se amplifica por la propia situación: el roce de piel con piel, los dientes clavados en el cuerpo de ella, las uñas clavadas en el cuerpo de él, los besos que se regalan con los dedos... y todos esos movimientos nuevos.

Ambos se desplazan en el interior de una pequeña camilla sin saber la reacción ante cualquier nueva postura: ¿le gustará? ¿Lo estaré haciendo bien? ¿Se fijará en mi cuerpo? ¿Se notará que me estoy fijando en el suyo?

Ambos se tocan con fuerza y respeto, con vergüenza a lo desconocido, con esas ganas por lo no permitido.

Acaban, ella dos veces.

Él lo gesticula, ella no lo disimula.

Y el intenso desorden de cuerpos deja paso a un silencio en cuyo interior ambos se visten lentamente, se miran y se despiden como si acabaran de conocerse, como si fueran dos extraños que, de pronto, han coincidido.

Dos besos y un hasta luego.

No ha sido para tanto, piensa ella mientras regresa a casa en el coche. Ha estado bien como placer, como desahogo, como experiencia, pero no lo cambia por la comodidad de su hogar, de su marido, de sus hijos, de las cenas de familia en Navidades... No lo cambia, pero eso no significa que no vaya a repetirlo. Y es que asume que por más veces que lo haga con su marido, jamás volverá a ser como al principio, jamás llegarán a tener esa pasión que acaba de experimentar.

* * *

Tras mil sonrisas, anécdotas y pequeñas confesiones, acabamos de cenar. Después, sobre las doce, decidimos ir a tomar algo por ahí. Estuvimos charlando y riendo hasta que, en el local en cuestión, decidieron poner la música tan alta que ni por señas nos entendíamos.

Tras la última copa, pasada ya la una de la madrugada, nos despedimos. Supongo que ellas se fueron hacia sus casas, pero yo no, yo tenía algo pendiente.

Saqué fuerzas y valor —quizás gracias al alcohol—, y decidí que ya era hora de entrar en aquella casa, ya era hora de averiguar de qué iba toda aquella historia.

Fui recorriendo calles a través de un Toledo escondido en la noche, haciendo ruido con unos tacones que parecían pedir perdón en cada paso. Caminé con la esperanza de que aquella puerta permaneciera abierta.

Y llegué.

Y lo estaba.

Miré a ambos lados de la calle: nadie.

Asomé la cabeza al interior de la casa: nada.

Empujé lentamente.

—¡Hola! ¿Hay alguien? —pregunté mientras accedía.

No hubo respuesta.

—¿Hola?

Nada.

Entré de puntillas, intentando no hacer ruido, y descubrí un precioso patio iluminado con mil velas, rodeado de columnas, sillones de mimbre y decenas de plantas. Un patio a cuyo alrededor se disponían puertas y ventanas que, sin duda, conducían a varias habitaciones.

También descubrí dos escaleras: una que bajaba y otra que subía a tres pisos de altura.

Y en el centro de todo aquello reposaba, sobre el suelo, un ramo de flores. Me acerqué y noté, por el olor, que eran flores frescas, seguramente de ese mismo día.

Miré de nuevo aquella preciosa estancia, reconozco que asustada, y comencé a oír un extraño sonido que subía a través de unas escaleras que parecían conducir a un sótano.

Me acerqué en silencio.

Cada vez el ruido era más nítido, más intenso.

Puse el pie en el primer escalón y comencé a bajar por una estrecha escalera que se iba curvando hacia la izquierda.

Respiré hondo. Paré. Volví a dar otro paso, otro escalón, y otro, y otro más…

Llegué al último y, mientras mis pupilas intentaban acostumbrarse a la intensa oscuridad, eran mis oídos los que no acababan de adaptarse a un ruido parecido al de mil corazones.

Una única vela, situada sobre una mesa de madera, iluminaba la estancia.

Miré alrededor y me encontré con un vivero de tiempo:

miles de varillas de cientos de relojes funcionaban a la vez. Me fijé y casi todos tenían la misma hora en sus cuerpos.

Tras la sorpresa inicial, me detuve a inspeccionar la pequeña sala: tres de las cuatro paredes estaban repletas de relojes. La otra, en cambio, estaba cubierta por un corcho gigante. Un corcho en el que había clavados siete trozos de papel. Me acerqué y descubrí que cada uno de ellos tenía una frase escrita. Comencé a leerlas.

Bajo el reloj sin minutos.
En el doble arco del tiempo.
Te encontré a tiempo para escribir la tercera fecha.
En la cara oculta del hombre de palo.
Donde acabó su vida y empezó tu muerte.
Fuiste una estatua cuando aún podías moverte.
Bajo el símbolo del agua encerrada.

Todas estaban escritas a mano, con tinta negra y una letra delicada, como si para hacer cada una de aquellas frases, el autor hubiera invertido un trozo de su vida. Y bajo cada una de ellas… los dos mismos corazones que yo ya había visto.

Saqué el móvil para fotografiarlas, pues al leer la tercera supuse que aquello tenía relación con la marca de la plaza. Quizás el resto eran pistas para encontrar otras.

Tras las fotos, me fijé en lo que había sobre la mesa: un reloj abierto, quizás a la espera de ser reparado, dos que parecían ya arreglados y, en una esquina, un precioso reloj de bolsillo con el cristal roto, en una pequeña urna.

Y junto a la urna, una carta escrita con la misma delicada letra.

Siete fechas, siete lugares donde nos unimos.
Siete fechas, pero, en realidad, han sido...
Siete mil besos,
Siete mil caricias,
Siete mil formas de amarnos,
Siete mil palabras dichas,
Siete mil sonrisas,
Siete fechas repartidas por Toledo,
Siete fechas que al pasear por esta ciudad me recuerdan
que sigue estando viva.

Saqué de nuevo el móvil y le hice una foto también a aquella carta.

No me di cuenta de que había estado casi una hora dentro de una casa a la que no había sido invitada. No me di cuenta de que en aquel sótano el tiempo pasaba demasiado rápido. No me di cuenta —y eso lo supe más adelante— de que no estaba sola.

* * *

Y el sol inaugura la mañana de un sábado.

En una casa cualquiera, una niña se despierta asustada porque acaba de descubrir que ha dejado de serlo: se queda mirando unas gotas de sangre entre sus sábanas. Dos pisos más arriba, en el mismo edificio, una chica tres años mayor que ella, se despierta preocupada al descubrir todo lo contrario: ya lleva demasiados días de retraso.

En esa misma calle, a unos tres portales, un hombre de mediana edad se despierta abrazado a su almohada preferida: ella. Sabe que llegará tarde al trabajo, pero prefiere disfrutar unos minutos más de ese cuello con sabor a alegría. Mientras ambos permanecen abrazados, justo en la pared de al lado, una mujer se ducha mientras su pareja le hace el desayuno, mientras su pareja le dibuja un corazón con chocolate en la tostada… y las dos se preguntan cómo se pueden querer tanto.

A unas cinco casas de distancia, se despierta un niño que la noche anterior dejó de serlo. Después de varios días intentándolo por fin le salió. Se mareó durante varios minutos pensando que aquello era la sensación de placer más grande que había sentido en su vida. Se mantiene ahora, en el inicio de una mañana, tumbado en la cama pensando en lo ocurrido y sabiendo que hoy volverá a repetirlo, y mañana, y pasado…

A muchas calles de allí, en las afueras de la ciudad, un hombre en paro, con un simpático bigote blanco, desayuna junto a un televisor que informa de otro nuevo suicidio a causa de los desahucios. «No lo entiendo», exclama en voz alta para sí mismo. No acaba de entender que el fallecido se haya suicidado sin llevarse a alguien antes por delante, sin haber disparado primero contra alguno de esos tipos que, en lugar de ir a la cárcel, se llevan indemnizaciones millonarias. Él, que está en su misma situación, también va a despedirse pronto de este mundo, porque sin familia, sin dinero y, en unos días, sin casa, no tiene demasiadas ganas de seguir viviendo. Eso sí, sabe que no se irá solo.

A trescientos kilómetros de allí, en un pequeño pueblo, una mujer apenas ha dormido en toda la noche. Recuerda los momentos de sexo vividos con ese chico de cuerpo perfecto. Suspira, se da la vuelta en la cama y abraza a su marido, le besa, se acurruca a junto a él y le dice al oído que le quiere.

En ese mismo pueblo, en otra casa, un hombre se despierta sin nadie a su lado, es una sensación a la que no acaba de acostumbrarse. Su mujer y su hija se quedarán el fin de semana en Toledo, y la casa se le hace demasiado grande.

Y así, entre miles de vidas e historias, entre verdades y secretos, entre rutinas y sorpresas... llega la tarde.

Una tarde que envuelve a una chica que mira desde la parte de arriba de una barandilla. Una chica que esa misma tarde ha mentido dos veces: les ha dicho a sus padres que se iba a pasear con las amigas, y a las amigas que se quedaba en casa.

Coge una pequeña piedra, la lanza con fuerza contra el agua y ve cómo desaparece al instante. Mira río arriba y se imagina así a ella misma el resto de sus días, siempre luchando para mantenerse en pie, para no caer, para no derrumbarse... piensa si, ante tanto esfuerzo, no es mejor que se la lleve la corriente.

Suspira.

Sabe que ayer, al darle ese beso, arrojó sal sobre una llaga. Hasta ahora habían sido pequeñas gotas: un empujón, unas risas, algún objeto que impacta contra su cuerpo: una cáscara de plátano, un escupitajo, la tinta de un boli... unas amigas que, poco a poco —por miedo a salir salpicadas—, se van alejando de ella. O quizás es ella, quien, por la vergüenza, va aumentando la distancia. Pero ahora, tras el beso de ayer, tras ese coger de manos y de miradas...

Tiene miedo de que llegue el lunes y tiembla solo de imaginarlo.

Coge otra piedra y la deja caer.

Abandona el parque y continúa paseando en dirección a un puente que ya conoce de memoria, el mismo puente al que suele venir cada vez que sufre una agresión.

Se detiene.

Se asoma. Un poco más, un poco más… ya es la mitad de su cuerpo la que está en vilo, un pequeño impulso sería suficiente… con eso acabaría todo el sufrimiento que lleva dentro, todo el miedo por lo ocurrido y por lo que puede ocurrir. Se asoma un poco más y… pierde momentáneamente el equilibrio.

Con todo su cuerpo temblando, vuelve de nuevo a su posición inicial: sus zapatillas aterrizan contra el suelo. Suspira e intenta calmar a un corazón que late con demasiada fuerza, quizás porque ha visto cerca el fin de sus latidos.

Aunque parezca contradictorio, a Marta estos puentes también le dan ánimos para seguir aguantando, pues sabe que en el momento en que no pueda resistir más hay una solución rápida.

Pero hay otra causa que hace que, cada día, quiera seguir adelante, la fuerza contraria: él. Se mete la mano en el bolsillo, saca un rotulador negro y allí, sobre la barandilla, dibuja un corazón con su inicial y la de Dani. Es tal el miedo que tiene, que ni siquiera se atreve a poner los dos nombres completos.

* * *

Y mientras Marta dibuja sus ilusiones, a unas pocas calles de allí, dos hombres están a punto de encontrarse en uno de los bares de moda para tomar un café. Uno, un policía que vive muy por encima de sus posibilidades y que se dedica a guardar secretos; el otro, un concejal de un pueblo de la provincia que también vive muy por encima de sus posibilidades y que se dedica a crearlos.

Este último está a punto de cerrar una operación que le va a dejar un buen pellizco, aunque sea a costa de unos ancianos. Hace años, cuando aún no se dedicaba a la política, estuvo trabajando durante mucho tiempo en la construcción, en una empresa que conseguía prácticamente todas las obras del ayuntamiento, hasta que todo aquello se hundió. Se quedó en la ruina, pero, por fortuna, tenía un familiar cercano bien colocado en la Diputación, esos lugares donde se cuelan —quizás producto de la genética— familias enteras. Y de la noche a la mañana, se puso de segundo de lista retirando a todos aquellos que habían estado trabajando desde cero para medrar en el partido.

A partir de entonces, utilizando las mismas artes que había aprendido en su empresa, comenzó a ganar mucho dinero. Las comisiones y favores eran lo habitual en su relación con las empresas. Un coche nuevo, otro para su mujer, un chalé, varias cuentas abultadas... Afortunadamente, encontró una buena excusa para justificar todo ese dinero: él no tenía la culpa de que le hubiese tocado la lotería tantas veces.

Ahora está a punto de dar otro buen pelotazo, no para retirarse de la política, pues apenas da golpe, sino para tener un poco más de dinero —y poder—, pues, en definitiva, de eso se trata.

Lo que no esperaba es que parte de esa ganancia tuviera que compartirla con un policía con tan pocos escrúpulos como los suyos.

—¡Hola!

—Hola —le contesta, dándole la mano, simulando interés.

—Veo que ya has pedido...

—Sí, un café.

—Muy bien, pues yo tomaré lo mismo. Ahora que vamos a compartir cosas...

—¿Ah, sí?

—Claro, he estado oyendo que te vas a dedicar al mundo de la energía.

Y el café casi se le cae encima.

—No sé de qué hablas. —Intenta mantener la calma.

—Sí, seguro que sí, ya verás cómo te refresco la memoria. Me han comentado por ahí, un pajarito, ya sabes, que has hecho una oferta a unos viejecillos sobre un terreno que no vale absolutamente nada. De hecho, por eso les pagas casi nada, ¿verdad?

—No sé de qué me hablas.

—Venga, no me hagas perder el tiempo, que los dos somos mayorcitos. El caso es que he estado investigando, y ¿sabes qué? Ellos son viejos pero tienen familia, creo que tres hijos de esos con dedos gordos y manos capaces de reventar caras, ¿sabes? Y seguramente con ganas de pegar a un político, pues en estos tiempos que corren vuestras jetas están muy solicitadas.

—¿Qué quieres? —Se da por vencido.

—Pues una parte del pastel, como siempre.

—Dime. —Y lo dice con la tranquilidad de quien ya está acostumbrado a tratar con porcentajes, pellizcos y mil tipos de comisiones.

—Quiero que a ellos les pagues el triple de lo que les vas a dar y a mí, pues ya puestos, también.

—¡Sí, hombre! —dice mientras deja el café en la mesa y sonríe—. No tienes ni idea de lo que estás pidiendo. Aquí hay gente gorda detrás.

—Más que los hijos de esos ancianos te aseguro que no —le contesta riendo.

—Venga, Marcos, no me jodas.

—Bueno, tú mismo. A mí me da igual, si quieres repartimos y si no, les cuento que un político corrupto les va a pagar a sus padres cuatro duros por un terreno que valdrá una pasta en uno o dos años. Tú eliges: el dinero o te quedas sin molinos.

—Sabes que al final acabarás mal, ¿verdad?

—Bueno, de eso ya me encargaré yo; de momento lo único seguro es que tienes dos opciones.

—No eres consciente de dónde te estás metiendo —dice mientras se levanta.

—Bueno, lo dicho. Ya sabes cómo hacerme llegar el dinero, y ya averiguaré si les has pagado el triple a los viejos.

El concejal deja el dinero de su café en la mesa y se levanta con rabia.

Marcos, en cambio, se queda allí, a la espera de que se haga un poco más tarde, pues ha quedado con una mujer para pasar la noche en su casa.

Coge el móvil y escribe un mensaje: «Hola, Alicia, esta noche al final no podre quedar contigo. Nos vemos mañana x la noche, a las 21.00 en Zocodover. 1 beso».

* * *

Aquella tarde de sábado, mientras estaba paseando con mi hija por las calles de Toledo, sonó el móvil. Miré el mensaje, era de Marcos: «Hola, Alicia, esta noche al final no podre quedar contigo. Nos vemos mañana x la noche, a las 21.00 en Zocodover. 1 beso». «Vale, hasta mañana», le contesté.

Por una parte, suspiré de alivio, como si el destino me hubiera dado un día más de tregua, pero, por otra, y esta es la que más pesaba, me quedé desilusionada.

Aún tenía el móvil en la mano y mis dedos fueron directos al álbum de fotos. Pasé unas cuantas hasta que llegué a una en la que aparecían siete frases que parecían ser siete pistas.

Miré la primera: «Bajo el reloj sin minutos», era sencilla, sobre todo después de la explicación de Marcos. Así que, con mi niña de la mano, me fui en dirección a aquel reloj que solo tenía una aguja.

Atravesamos calles repletas de gente, sobre todo de turistas. Nos acercamos a la catedral y comencé a oír una preciosa melodía.

Siguiendo la estela de aquella música me encontré, junto a

uno de los muros principales de la catedral, a una mujer vestida de blanco que, sentada sobre una pequeña silla, tocaba un extraño instrumento como si sus dedos fueran ángeles, como si sus brazos fueran viento.

Alrededor de ella se congregaban personas anónimas que disfrutaban, al igual que yo, de un sonido que parecía la banda sonora de la propia ciudad. Cerré los ojos durante unos instantes, con mi hija de la mano, y me trasladé a mis paseos nocturnos entre aquellos muros.

La miré mientras tocaba, nos miramos, y con una sonrisa nos despedimos.

Cogí a mi niña en brazos y seguí mi camino hacia el reloj, dejando atrás aquella melodía que iba desapareciendo en el aire, pero continuaba sonando en mi mente.

Giré a la derecha para recorrer la misma calle por la que, hacía unos días me había perseguido un hombre de palo. Había muchísima gente alrededor, y ahí me di cuenta de que aquella ciudad estaba más viva que nunca.

Llegué a las mismas rejas en las que, solo unas noches antes, el límite entre nosotros fue el tacto. Miré arriba y lo vi: el reloj con una sola aguja, debía de ser allí.

Cruzamos la verja y me puse a mirar la parte inferior del muro que rodeaba el acceso a la catedral, incluidas las puertas, por si acaso las marcas estaban en la madera. Nada.

Utilicé a mi niña de excusa para justificar un comportamiento que se salía un poco de lo común. Simulé que, junto a ella, andábamos buscando algo en las paredes, como un juego infantil entre madre e hija. Ella me seguía sin saber qué estábamos haciendo y yo continuaba sin saber muy bien qué estaba buscando.

Y así recorrimos, poco a poco, con pasos de niña, la parte

izquierda, desde la puerta principal hasta la oscura verja. Nada.

Volví a hacer el mismo recorrido, pero esta vez por la parte derecha, desde el final de la verja, hasta el principio de la puerta. Nada.

Miré arriba, en la parte alta, entre los arcos, entre los dibujos, incluso entre las piedras. Miré alrededor de la verja, fuera de la misma… Nada.

Cuando mi hija comenzó a protestar de aburrimiento, la cogí en brazos y fuimos a los columpios de un pequeño parque.

¿Nada? ¿Cómo era posible? La pista parecía muy clara, muy sencilla. A no ser que hubiera otro reloj igual en Toledo, a no ser que, con las prisas, se me hubiera pasado mirar algo.

Tuvieron que pasar unos días más para conseguir entenderlo, y es que toda realidad tiene dos caras. El problema es que nos suele bastar con conocer una.

* * *

En ese mismo instante, a unos trescientos kilómetros de distancia, un hombre acaba de llegar a su casa, una casa que durante el fin de semana va a tener para él solo, pues su mujer y su hija están fuera.

Ha pasado por el supermercado y ha comprado de todo para hacer una cena distinta. Pasará la noche acompañado.

* * *

Y la tarde de un sábado va dejando su último aliento a la espera de que llegue la noche.

Marcos cena en casa, se ducha tranquilamente, se viste y busca su cartera para consultar la dirección. Conoce la calle, lo que no recuerda es el número de portal ni el timbre.

Se mira al espejo y sonríe. Sabe que esa noche va a ser distinta, no está muy acostumbrado a hacer ese tipo de cosas, pero, bueno, es lo que le da chispa a la vida, piensa.

Coge la chaqueta y un pequeño objeto que guarda en una bolsa negra. Baja al garaje, se sube al coche y se dirige hacia allí.

Aparca lo más cerca posible y comienza a caminar a través de unas calles que conoce de memoria. En apenas unos minutos encuentra la dirección. Inspecciona la fachada y, sobre todo, los alrededores del edificio.

Pulsa el timbre.

—¿Quién? —se oye por el interfono.

—Soy yo, Marcos.

—Ah, sí, sí. —Y le abre la puerta.

Marcos entra en un portal antiguo, bastante descuidado, de esos en los que por el día nunca entra la luz suficiente para alumbrar todos sus rincones, de esos en los que por la noche la luz artificial apenas te deja ver las paredes. No hay ascensor, así que sube andando hasta el primer piso; se fija en los desgastados escalones de un mármol que, seguramente, algún día fue blanco. En todo aquel decorado, lo único que parece tener menos de cien años es una reluciente barandilla de metal anclada a la pared. Marcos siempre se ha fijado en las barandillas.

Llega al rellano, pulsa un pequeño timbre de tacto pegajoso y, tras demasiados segundos, una mujer le abre.

Le recibe con un hola y dos besos.

Apenas le conoce, pero aun así le invita a pasar.

—Ponte cómodo —le susurra.

—¿Dónde?

—Ahí mismo, en el sofá.

—Gracias —le contesta mientras se quita la chaqueta y deja el pequeño paquete en una mesita que preside un cuidado salón.

—¿Empezamos ya? —pregunta un Marcos que continúa nervioso.

—No, espera un poco —le contesta ella.

—Vale, vale…

—¿Quieres algo de beber?

—No, no, muchas gracias.

—Bueno, pues yo sí que me estaba preparando algo, ahora mismo salgo.

* * *

Laura recoge la mesa mientras su marido se acaba, de un solo trago, un café que por supuesto no ha preparado. Murmura un hasta mañana y escapa hacia su habitación.

Alicia se lleva a su hija a la cama, le pone el pijama y la esconde entre las sábanas. Allí, sentada a su lado, mano con mano, le leerá algún cuento hasta que, poco a poco, se la lleve el sueño.

Y tras esas rutinas, vendrá la otra, la que dos mujeres realizan cada noche sobre un mismo sofá, con una taza de té.

—¡Qué extraño!

—¿Qué ocurre?

—Nada, que he llamado a mi marido y no me lo coge, a estas horas.

—Bueno, igual se estaba duchando, ¿quién sabe?

—Sí, puede ser, después le vuelvo a llamar, pero es extraño.

Me di cuenta de que allí estaba yo, hablando de mi marido como si nada hubiera pasado, como si mis encuentros con Marcos fueran simplemente parte de otra realidad, de un mundo que no era el mío, como si todo lo que pasara por las noches en aquella ciudad le estuviera ocurriendo a otra persona y no a mí.

—Me encanta este programa —me sorprendió mi tía.

—¿Cuál?

—Este que va a empezar ahora, ese donde cada uno de los invitados cuenta su historia, hay cada cosa más increíble. —Sonrió.

—Ah, ya... pero sabrás que en la tele no todo es cierto, ¿verdad?

—A qué te refieres

—Por ejemplo, el otro día hicieron un reportaje sobre actores cuyo trabajo consistía en ir saliendo en varios programas de esos de tertulias.

—¿Ah, sí?

—Sí, y me hizo mucha gracia una mujer que había aparecido en un programa como ninfómana, en otro como una esposa celosa, en otro como una madre que ya no podía más con sus hijos... y lo mejor de todo es que ni está casada, ni tiene hijos, ni nada de nada...

—Cómo nos engañan...

—No, tía, cómo nos dejamos engañar.

En ese momento sonó mi móvil.

Me levanté corriendo.

—¿Hola?

—¿Estás ahí?

—¿Hola?

—¿Alicia?

—Sí, sí...

—Sí, espera un momento que vaya a la cocina.

—¿Qué es todo ese jaleo?

—Nada, que he invitado a unos amigos a ver el fútbol y justo en el momento en que te he llamado han metido un gol.

—¡Ah, vale!

—Bueno, y ¿qué tal todo por ahí, qué tal la niña…?

Fue una conversación más breve de lo normal, pues noté que, a pesar de tener su oreja en el móvil, sus oídos estaban en el partido. Nos despedimos como siempre: con un beso y un te quiero.

Colgamos y volví al sofá junto a mi tía que se reía al ver el estado en que estaba la cocina del restaurante que iban a intentar salvar esa noche.

Estuve con ella un rato, hasta que llegaron los anuncios.

—Tía…

—Dime.

—Me voy a dar una vuelta, ¿vale?

—Te gusta la ciudad, ¿eh?

—Me encanta.

—Disfruta.

Me puse la chaqueta, miré a mi tía y le di las gracias en voz baja. Le di las gracias por pasar de puntillas sobre mi intimidad sin preguntarme nada de esa otra vida que llevaba.

* * *

Salí a la calle y el frío fue el primero en saludarme.

Me quedé unos instantes apoyada en la pared, pensando en lo extraño que era estar un sábado a solas, rodeada únicamente por la noche de una ciudad a la que ya amaba.

Me abroché la chaqueta, metí las manos en los bolsillos y comencé a caminar en dirección al reloj. La pista era muy clara.

Llegué y me desilusioné al ver que la reja ya estaba cerrada. Miré alrededor, pero nada. Recordé aquella primera noche...

Saqué el móvil y busqué otra pista: «Fuiste una estatua cuando aún podías moverte».

No estaba muy segura, pero aquello me sonaba a la leyenda de *El beso*. Ese fue mi siguiente objetivo.

Y caminé sin saber que aquella noche lo hacía con los papeles intercambiados: yo seguía una pista y a mí me perseguía una sombra.

* * *

—Bueno, pues ya está.

—¿Ya está? —contestó la mujer extrañada.

—Sí, no se preocupe que con esto tengo suficiente.

—Pues muchas gracias, a ver si conseguimos algo.

—Seguro —dice mientras mete el aparato en la bolsa negra—. Bueno, pues yo me voy, que he quedado con unos amigos.

—Muchas gracias.

—De nada, un placer.

Marcos abre la puerta y sale de aquella casa en dirección a la suya, en apenas media hora ha quedado con tres compañeros y amigos.

* * *

Caminé hacia aquella plaza rodeada de iglesias, y allí recordé su tacto, sus palabras, su forma de abrazarme mientras me contaba historias.

Una vez allí, me di cuenta de que había mil sitios donde mirar, demasiados edificios alrededor. De todas formas, tenía toda la noche.

Estuve casi una hora analizando la parte baja de los muros, la madera de las puertas, los distintos componentes de cada arco... nada. Me puse entonces a buscarla por los edificios que rodeaban a la iglesia. Y así pasé casi dos horas.

Finalmente, cansada, me senté en un banco durante un buen rato. Y desde allí, ya sin esperanzas, continué mirando alrededor en busca de una inscripción que de momento solo existía en mis suposiciones.

¿Y si aquellas frases no tenían nada que ver con las marcas?

Desde aquel banco comencé a revisar la parte alta de los edificios, nada. Fue al bajar la vista hacia uno de los muros cuando descubrí que la luz de una farola parecía crear una sombra extraña sobre la pared.

Me levanté, me acerqué y, desde abajo pude distinguir aquellos dos corazones inscritos a una altura complicada de ver.

Dos corazones y una fecha: 22-X-1984.

La misma que la anterior.

Sonreí.

Y con la misión cumplida, me dirigí de nuevo al banco en el que estaba sentada.

Busqué la foto en el móvil y leí otra frase: «En el doble arco del tiempo».

* * *

Aparca el coche, entra en casa y en apenas diez minutos llaman al timbre.

Sus tres amigos pasan, le saludan y se sientan cómodamente en los sofás.

—Bueno, ¿queréis algo? ¿Una cerveza?

—Sí, vale —dicen casi al unísono.

Marcos va a la cocina, coge las cervezas y vuelve al comedor. Uno de ellos juega ya con el mando de la tele.

—Bueno, pues, ¿qué es eso tan urgente de lo que teníais que hablarme?

—Que van a por ti, Marcos, que te quieren fuera.

—¿Qué?

—Sí, no te podemos decir mucho más, pero alguien nos ha contado que ya están pensando en cómo deshacerse de ti.

—¿Quién? ¿Algún concejal?

—Si solo fuera alguno —contesta uno de ellos riendo—. Marcos, que les estás tocando las pelotas a todos.

—Bueno, sí, ¿y qué?

—Nada, nada, por nosotros, perfecto, ya sabes que te admiramos por intentar equilibrar un poco la balanza. —Se ríen—. Pero, claro, al final, tanto sembrar...

—Lo mejor es que desaparezcas una temporada, pues quizás no sea solo un expediente, quizás sea algo más.

—¿Algo más? No te sigo. ¿Qué? ¿Pegarme un tiro? —dice Marcos, riendo.

—No, no, hay formas más fáciles de quitarte de en medio, y tú ya lo sabes. Algo de coca en tu taquilla, una denuncia falsa de violación, quién sabe... pero algo que te haga acabar en la cárcel.

—¡Joder...! —exclama Marcos mientras bebe un trago de la botella—. Les ha dado fuerte. Pero no creo que se atrevan, tengo muchos secretos guardados.

—Bueno, Marcos, tú sabrás, nosotros solo hemos venido a avisarte. No sé, cógete un mes de vacaciones o vete durante un tiempo, a ver si se calma todo...

—Sí, que últimamente está todo bastante revuelto —interviene otro de los amigos—. ¿Os habéis enterado de lo del ministro ese al que le han dado un puñetazo en la calle?

—Sí, sí, yo lo he oído en la radio, qué fuerte.

—Joder, esto cada día va a más.

—Pero es normal, si es que se están pasando, si es que... no tienen vergüenza, al final, un día u otro se cargarán a alguno —dice Marcos.

—Lo que no entiendo es por qué, tal y como están las cosas, la gente no ha explotado ya.

—¿La gente? ¿Qué gente?

—La gente, esas personas a las que los políticos tratan como idiotas: los parados, los mileuristas, los pensionistas, los profesores, los médicos... Los mismos ciudadanos que se están dando cuenta de que todo el dinero —su dinero— que entra en los ayuntamientos se reparte entre unos cuantos chorizos; que los concejales de su ciudad utilizan coches oficiales para sus viajes privados; que meten a familiares y colegas a dedo en la administración; que utilizan funcionarios públicos para su propio beneficio; que tienen un nivel de vida mucho más alto que el que les correspondería de acuerdo con su sueldo; que firman acuerdos con determinadas empresas para, al día siguiente, tener un Audi en su garaje…

—Demasiados gusanos para tan poca manzana.

—Y lo peor de todo es que a nosotros nos toca defenderlos, encima eso. ¿No sentís impotencia? —maldice uno de ellos.

Y en ese momento a Marcos se le ocurre una idea, una idea que de vez en cuando se le ha pasado por la cabeza. Una idea que nunca se ha atrevido a poner en práctica, pero que ahora, sabiendo que tiene que irse, puede que la haga realidad.

—Bueno, sí —contesta otro de ellos—, todo eso que decís queda muy bien, pero también me gustaría hablar sobre la otra cara de la moneda, porque no todo es blanco o negro. ¿O acaso esos mismos ciudadanos no son los que les han votado aun sabiendo que muchos de ellos eran corruptos? Si os fijáis, la mayoría de los políticos corruptos han vuelto a salir reelegidos. ¿Por qué? Pues es muy fácil, porque la sociedad es tan corrupta como ellos. Se nos olvida que vivimos en un país en el que nos cuesta levantarnos de la silla para ir a una manifestación, pero lo hacemos encantados si hay que celebrar un título de liga. Y claro, en un país así, ¿cómo queremos sacar políticos mejores? ¿Quién no ha visto a compañeros de trabajo, conocidos, familiares que trabajan como autónomos recolectando facturas en restaurantes y bares para pagar menos IVA? ¿Qué fontanero, mecánico, albañil no pregunta si vas a querer pagar con factura o en negro? ¿Quién no tiene a un amigo o pariente en el ayuntamiento al que acude para ver si le puede quitar una multa?

Se echan a reír.

—¿Queréis reíros de verdad? Esperad, que os voy a enseñar una carpeta… —Marcos se dirige hacia un cajón, lo abre y saca una carpeta llena de recortes de periódicos. Coge un puñado al azar y los comienza a leer en voz alta:

—«Una concejala cobró dietas por reunirse consigo misma», «La primera medida tras la moción de censura: triplicarse los sueldos», «Un ayuntamiento destina sesenta mil euros para defender a su propio alcalde por corrupción», «Una ministra dice que la fuga de jóvenes al extranjero es motivo de orgullo», «Suspenden a una concejala por decir que su partido está lleno de corruptos», «España deja escapar a algunos de los mejores científicos por un tercio de lo que cobra un concejal en Madrid», «Se gastan siete millones de euros para contratar a azafatas que informarán a los pacientes que ingresen en urgencias en lugar de invertirlo en médicos». ¿Qué os parece?

—¡Brutal! —Y todos comienzan a reír.

Y allí terminarán la noche esos cuatro amigos que, aunque aún no lo saben, en poco más de una semana harán algo que no será demasiado correcto pero de lo que se sentirán orgullosos.

* * *

Otro domingo menos amanece.

Un hombre se despierta sabiendo que no hay nadie más en casa. Cierra los ojos con fuerza intentando paliar un fuerte dolor de cabeza, quizás anoche bebió mucho más de lo necesario. Se dirige al baño a buscar alguna pastilla y se sorprende al ver restos de cocaína sobre un pequeño espejo.

En ese mismo pueblo, a varias casas de distancia, una mujer se despierta abrazada a su marido, abre los ojos, mira cómo duerme y le dice en voz baja un te quiero, quizás también en minúsculas. Porque mientras sus palabras atraviesan boca, dientes y labios, su mente se ha trasladado a un futuro cercano en el que se imagina de nuevo con ese chico en la camilla.

Tres calles más al sur, una mujer ya entrada en años, carnes y aburrimiento, hace horas que se ha levantado; espera nerviosa a que sean las doce para ir a la plaza y contarles a sus amigas el último rumor del pueblo: Sandra, la hija mayor del carnicero, se va a separar. Una mujer que disfruta siendo la primera en difundir ese tipo de noticias. Ella y sus compañeras de carroña pasarán la mañana, el día y seguramente las próximas semanas, inventando historias sobre las causas de dicha separación. Inventarán —y lo peor de todo, difundirán— que ella le ha engañado con otro, que ha dejado de atender a sus dos hijos para acostarse con algún fulano o quizás, quién sabe, que era su marido el que, según se comentaba, cada fin de semana se iba con furcias. Juzgarán además la irresponsabilidad de una pareja por no seguir unidos, aunque solo sea por sus hijos… Mujeres que son felices asomándose a las mirillas de otras vidas.

La realidad es, sin embargo, que Sandra y su marido hace mucho tiempo que ya no se aman como pareja, conviven juntos pero viven separados. Saben que su matrimonio ya no va hacia ningún sitio porque cuando se despiertan evitan el contacto, porque cuando se miran intentan no hacerlo a los ojos y porque cuando se acuestan sus pensamientos están aún más lejos que sus cuerpos. Ambos descubrieron todo esto por separado, pero hasta hace poco ninguno quiso reconocerlo en voz alta. Quizás porque una relación varada en el tiempo no se hunde mientras no haya olas, ni tormentas, ni reproches, ni palabras que obliguen a achicar sentimientos escondidos.

Y a pesar de la verdad, esas mujeres continuarán germinando las mentiras. De lo que nunca hablarán será de sus propias vidas en pareja, de esas noches a solas frente a un televisor, de esas personas con las que lo único que comparten es techo, de esas relaciones en las que la conversación más larga suele ser un buenos días. No, de eso nunca hablarán.

Aquel domingo desperté con mil mariposas en el cuerpo, mariposas que se me escapaban en cada sonrisa, desperté con la misma ilusión que un niño en la mañana de Reyes. Aquel domingo había quedado con él de nuevo.

Ahora que vuelvo a recordarlo todo, me doy cuenta de que en aquellos días mis deseos madrugaban mucho más que mis arrepentimientos.

Y llegó la hora de la cena, la hora de acostar a mi niña, la hora de hablar con mi marido y la hora de arreglarme.

Llegué unos minutos antes a la plaza, nerviosa. Me senté en un banco a la espera de que llegara, nerviosa, y respiré profundamente, nerviosa.

Me levanté, nerviosa.

Marcos tardaba demasiado, o quizás era yo, que ya no sabía esperar. Comencé a caminar por la plaza, a observar todo aquel alrededor en el que hasta ahora ni siquiera me había fijado. Y es que cuando tienes delante unos ojos tan verdes, los contornos no suelen ser importantes.

Me fijé en el reloj que había en la plaza: aún faltaban cinco minutos. Bajé la mirada y, justo debajo, descubrí algo que me puso aún más nerviosa. Bajo aquel reloj había dos arcos muy distintos: un doble arco. Saqué el móvil, abrí las fotos y leí la segunda frase: «En el doble arco del tiempo».

Fui hacia allí con ese tipo de ilusión que tan pocas veces aparece cuando uno ya es adulto. Crucé la calle sin mirar, pasé bajo ellos y… no encontré nada. Estuve revisando el espacio que había bajo esos dos arcos: paredes, suelo, techo…

nada. Atravesé los dos arcos y descubrí unas escaleras que bajaban hacia una calle paralela; nada. Rodeé una estatua, miré a ambos lados, arriba, abajo, izquierda, derecha… nada. Pero al subir de vuelta, los vi: dos corazones enfrentados y una fecha… 22-X-1984.

La observé nerviosa.

La acaricié con las manos…

Y sonaron las campanas. Era la hora.

Le hice una foto y subí corriendo las escaleras. Crucé de nuevo la calle y él ya estaba allí, sentado en el mismo banco del que yo me había levantado.

No hubo besos, me cogió la mano y con los párpados me dijo: ven.

* * *

Salimos de la plaza para adentrarnos una vez más en aquellos laberintos. Estuvimos moviéndonos de calle en calle, de historia en historia, hasta que se paró frente a una casa.

—Mira —me dijo en voz baja—, ¿ves ese símbolo que hay ahí, en la esquina?

—¿Esa bola?

—Sí, ¿sabes qué significa?

—No —contesté mientras miraba aquella pequeña bola de piedra situada en la esquina de la casa.

—Bueno —me sonrió—, intenta al menos adivinarlo…

—Pues… no sé, algún tipo de señal para los habitantes, alguna forma de distinguir una casa de otra… Quizás porque dentro vive alguien importante.

—No, no, nada de eso. Resulta que Toledo, a pesar de estar rodeado por un río, siempre ha tenido grandes problemas con el agua. Si lo piensas, no es nada fácil subir el agua hasta aquí.

Dejó que pasara el silencio.

—Imagina por un momento que estás viviendo en aquella

época y que se produce un incendio en esta misma casa. ¿Qué crees que pasaría?

—Bueno, pues de alguna forma encontrarían agua para apagarlo, ¿no?

—¿Cómo? Cada casa tenía una cantidad de agua para su consumo, pero nada más. Para conseguir agua había que bajar al río. Además, no sé si te habrás fijado, pero en Toledo no hay manzanas como tal, sino que aquí todas las casas están pegadas unas con otras. Por lo que, si se quemase una de ellas, a través de las paredes podría llegar a incendiarse toda la ciudad.

—Vaya, entonces...

—Bueno, pues entre otras cosas, de ahí la utilidad de estos símbolos con forma de bola. Se ponían estas señales en las casas en cuyo interior había un aljibe del que coger agua. Sería como las piscinas que hoy en día buscan los helicópteros sedientos ante un incendio.

—Vaya, qué curioso. ¿Y tan pegadas están las casas?

—¿Aquí? Aquí serías incapaz de dar la vuelta completa a una manzana y llegar al mismo lugar en el que empezaste. ¿Quieres probarlo? —me retó.

Y sin esperar mi respuesta, me cogió de la mano y comenzamos a correr intentando no bajar de la acera, yo intentando no bajar de las nubes.

Tras muchos muchos metros, varios jadeos y alguna que otra queja, me rendí. Tenía razón, no había forma de volver al punto de origen sin bajar. Paramos, él entero y yo agachada, apoyando mis manos sobre las rodillas, escupiendo vaho en el frío de la noche. Me miró, le miré y sonreímos.

—Me lo creo —le dije.

Y tal y como estaba, en esa posición casi agachada, me cogió y me subió a su espalda como si fuera un saco, y yo me dejé subir como si fuera un sueño. Así me estuvo llevando varios minutos por aquellas calles que parecían perdernos.

Ya cogidos de la mano, fuimos paseando hasta llegar a un precioso mirador desde donde pudimos disfrutar de una de las vistas más bonitas de una ciudad que a esas horas ya comenzaba a cerrar los ojos.

Se sentó junto a mí.

Me abrazó.

Nos abrazamos.

Silencio, oscuridad y tacto.

Y pasó el tiempo…

—Bueno, sigamos —me susurró mientras me cogía de nuevo la mano—, que nos espera la ciudad. ¿Sabes? Hay mil puertas en el mundo, pero ninguna como la que vamos a ver ahora.

Y así, de un salto, me levantó y comenzamos a caminar de nuevo.

Hubo un momento en el que intuí que nos seguía alguien. No vi nada, pero oí lo que pudieron ser unos pasos a unos metros de nosotros. Algo me decía que no estábamos solos. Quizás aquello me hizo pensar en mi marido, en la posibilidad de que hubiera venido a Toledo a verme, en la posibilidad de que hubiera ido a casa de mi tía y esta no le hubiera podido explicar mi ausencia, en la posibilidad de que hubiera salido por la ciudad a buscarme, en la posibilidad de que finalmente me hubiera encontrado…

No, pensé, el amor que nos quedaba no era tan fuerte como para hacer algo así. Pero olvidé que había otra fuerza tan intensa como el amor: los celos. No conté con eso.

—Mira —me dijo.

Y allí, entre sus brazos, me sorprendió una preciosa puerta con dos torres gigantes a los lados, casi tan grandes como el escudo que la presidía. Y arriba, sobre toda la construcción, un ángel de piedra.

—Un día, la peste se acercó a Toledo con la intención de entrar por esta misma puerta. Pero, justo en el momento en que se disponía a pasar, el ángel que ves ahí arriba le dio el alto.

»—¿Qué quieres? —le preguntó.

»—Vengo porque tengo permiso para matar a siete en esta ciudad.

»El ángel, tras ver que aquello no constituía una gran amenaza, le dejó entrar. Pero con el paso del tiempo, el brote de peste se fue llevando más y más vidas. Quizás al principio fueron siete, luego veinte, luego cien, doscientos, mil… y así murieron más de siete mil toledanos.

»Tras muchos meses y muchas muertes, llegó el día en que la peste se decidió a abandonar la ciudad por esta misma puerta. En el momento que la atravesaba, el ángel volvió a darle el alto.

»—Oye —le gritó—, te dejé pasar porque me dijiste que solo ibas a matar a siete, y han muerto siete mil, no has cumplido tu trato.

»—No —contestó la peste—, yo he cumplido mi parte del trato. Yo solo maté a siete, a los otros los mató el miedo.

Silencio. Como tantas otras veces cuando me contaba una historia. «A los otros los mató el miedo», y justamente eso era lo que me estaba matando a mí por dentro, el miedo y no los remordimientos, y aquella era una diferencia importante.

Siete mil, pensé. ¿De qué me sonaba ese número? Siete mil besos, siete mil sonrisas… Sonreí.

—En realidad —continuó—, muchas veces nos pasa eso, lo que nos paraliza no es que ocurra algo, sino el miedo a que pueda ocurrir.

Me abrazó y me acurruqué en sus brazos.

Y así, abrazados, nos dirigimos hacia esa misma puerta, bajo la mirada del ángel.

Llegamos a una preciosa plaza de armas. Allí me arrinconó contra una pared, me cogió las manos y mientras me besaba con los dedos, eran sus labios los que me abrazaban.

* * *

Y pasa la noche, y los sentimientos, y los deseos y seguramente también los arrepentimientos.

Marcos vuelve a casa sospechando que durante la ruta nocturna no han estado solos. Lo notó cuando ambos se sentaron en el mirador; allí vio desaparecer una sombra tras una esquina. Después, mientras contaba la historia del ángel, vio de nuevo a la sombra esconderse tras una torre.

A partir de ese momento estuvo atento y supo oír pasos tras de sí en varias ocasiones. No quiso decirle nada a Alicia para no asustarla.

Desde la conversación del sábado ha comenzado a vigilar mucho más sus espaldas.

Entra en casa, cierra la puerta y pone la alarma.

* * *

Un lunes puede pasar desapercibido, o dejar huella y quedarse para siempre en el recuerdo.

Cuando Marta abre los ojos, ya sabe que es el miedo quien la ha despertado. Se levanta tratando de encontrar cualquier excusa para no ir a clase, para no encontrarse con esa otra chica que un día prometió clavarle una navaja en la cara si volvía a hablar con Dani. Eso solo por hablar, ¿y por un beso?

Todos los instantes anteriores a su salida a la calle pasan a cámara lenta, como si estuviera viviendo una película de la que quiere escapar por cualquiera de sus fotogramas.

Camina esperando el choque contra las represalias en cualquier momento, pero no ocurre nada.

Llega a la puerta del instituto, se mezcla con sus amigas y entra junto a ellas en clase. No ocurre nada.

Y así, con una tranquilidad disfrazada de lobo, va pasando una mañana que parece la antesala de un combate que no hay forma de evitar.

Y suena el timbre del recreo.

Y Marta sale.

Y comienza a sentirse como una de esas máquinas de boxeo que aún sobreviven en las ferias de pueblos y ciudades. A la espera de que alguien eche una moneda para poner la cabeza y recibir el golpe.

Y si solo fuera eso. Si solo fuera eso, no tendría demasiada importancia, porque lo que a ella de verdad le duele no es el impacto, sino tener que medir la fuerza del mismo ante el resto de los testigos mudos sin poder hacer nada, sin otra alternativa que continuar ahí esperando al siguiente, y al siguiente, y al siguiente...

Y el combate se inicia.

En un principio solo con miradas.

Ambas se observan desde sus respectivos rincones. Una, a la espera de dar una sucesión de golpes definitivos. La otra, con la esperanza de que se suspenda el enfrentamiento.

Bailan sin tocarse.

Y los asaltos van pasando entre el tiempo; de momento, no hay golpes, solo gestos y miradas.

Pero todo eso va a cambiar en unos instantes, porque llega un momento en que Marta ya no puede aguantar más y tiene que ir al baño.

Aprovecha un despiste de su contrincante para escabullirse y escapar corriendo.

Abre la puerta.

Entra nerviosa en un cubículo vacío, cierra el pestillo, se sienta y comienza a orinar con prisa.

Y oye cómo se abre la puerta.

Y tiembla.

Y oye cómo vuelve a cerrarse, sin saber si la persona que ha entrado ha vuelto a salir o se ha quedado allí dentro.

Silencio.

Suena el timbre que indica el fin del recreo pero no el del combate.

Silencio.

Allí parece no hay nadie.

Se limpia, tira de la cadena y… silencio.

Quita el pestillo y abre la puerta.

* * *

Nadie. Allí no hay nadie.

Suspira mientras su cuerpo tiembla.

Ni siquiera se lava las manos, lo único que quiere es salir de allí cuanto antes.

Se dirige a la puerta, la abre, y en ese momento, desde fuera le empujan con una fuerza tan brutal que acaba en el suelo.

Y aquella chica que la arrinconó en un callejón días atrás lo hace ahora en un baño. Ella y dos más.

—Te voy a matar, ¿lo sabes?, te voy a matar —le dice, escupiéndole en la cara—. Te voy a matar —grita clavándole las manos en el cuello—. Te lo dije, te lo advertí, te dije que si te volvías a acercar a él, te iba destrozar esa carita que tienes.

Le aprieta aún más el cuello, la levanta y le golpea con fuerza en la cara… y otra vez al suelo. La sangre comienza a brotar de una nariz que podría estar rota.

La agarran del pelo y…

* * *

—¿Qué hacéis? —grité.

Cogí a la niña que estaba de pie, sobre la cabeza de Marta y, agarrándola del jersey, tiré de ella hacia afuera, contra los lavabos. Se oyó un golpe seco, gritó y se llevó la mano a los dientes. Recé para que no se hubiese hecho nada, no por ella, sino por mí. Inmediatamente, las otras dos, al oír los gritos, salieron huyendo.

Me acerqué a Marta y por un momento no me pareció una niña. Observé lo que parecía el chasis de una vida, una vida que se iba deshaciendo por todas sus costuras.

Lágrimas, sangre y saliva se mezclaban en un rostro formando el perfecto retrato de una derrota.

Continué mirándola sin atreverme a abrazarla, pues por un momento temí romperla.

Finalmente, no pude aguantar esa mirada que suplicaba refugio y la abracé, la envolví con mis brazos y yo también comencé a llorar. No imaginé que lo más duro estaba aún por llegar.

Porque lo peor no fueron los golpes, o la sangre, o esos ojos sin esperanza, lo peor fue lo que estaba a punto de escuchar.

* * *

—Me lo he buscado —me dijo en voz baja.

—¡No, no! —le grité, y grité con fuerza, con odio, me separé de ella—. ¡No te has buscado nada, esto no se busca! ¡Me oyes! ¡Me oyes! ¡Esto no se busca! —Reconozco que perdí el control.

—Sí, sí —me contestó, bajando la voz y la mirada—. Ella me dijo que no me acercara, pero yo me quedé hablando con él, y... y, y yo le di un beso... bueno, me lo dio él... pero yo me dejé, fue en la salida del colegio pero yo no quería. —Y comenzó a llorar de nuevo—. Crucé la calle para no encontrármelo, porque sabía que pasaría... y me dio la mano, y yo también se la di... Me lo he buscado, sabía que me pegaría...

—¡No, no, no...! —le respondí gritando de nuevo, sin saber muy bien de lo que me estaba hablando. No podía aguantar aquello.

En ese instante, tras unos gritos —los míos— que supuse se habrían oído en todo el colegio, entraron varios profesores en el cuarto de baño.

La ayudamos a limpiarse la cara, cogí un poco de papel e

hice dos pequeñas bolas para intentar contener una sangre que no paraba de salir de su nariz.

Y como una marioneta, nos la llevamos a la enfermería y de ahí al despacho del director.

Allí, Marta apenas dijo nada. No dijo que le habían pegado, no dijo que la llevaban acosando durante muchos días, no dijo que cada mañana le costaba más ir al colegio... Tenía demasiado miedo.

Finalmente, tras insistirle, admitió que había discutido con unas chicas, que le habían empujado y poca cosa más.

Llamamos a unos padres que llegaron asustados, nerviosos y, sobre todo, sorprendidos porque no habían sospechado nada. Durante las últimas semanas la habían visto un poco más rara, sin ganas de salir, pero pensaban que era por los exámenes. No se habían dado cuenta de que mientras ellos vivían sus vidas, la de su hija se derrumbaba.

Se iniciará una investigación, les dijeron, de esas que nunca se inician... Se tomarán las medidas adecuadas, les dijeron, de esas que nunca se toman...

Y mientras los adultos expresan todo lo que no van a hacer, es Marta la única que piensa en tomar una medida definitiva: piensa en el puente.

* * *

Martes.

Nada más llegar al colegio, cuando estaba dejando mis cosas en la sala de profesores, se acercó Carolina para decirme que el director quería que fuera a su despacho.

—¿Problemas? —le pregunté.

—Ha venido la madre de la niña.

—¿De Marta?

—No, de la otra.

—¿De la otra?

—Sí, de la que empujaste sobre los lavabos.

—Ufff, bueno, pues vamos allá.

—Te acompaño.

Abrimos la puerta y comenzamos a caminar por un pasillo que a esas horas estaba totalmente desierto.

—Alicia —me dijo mientras se detenía.

—Sí...

—Mira, como profesional tendría que aconsejarte que

confesaras toda la verdad, pero como amiga que me considero, te recomiendo que lo niegues todo. Recuerda que no había cámaras y que será tu palabra contra la suya. Si dices que la empujaste, despídete. Vivimos en un país donde la ley está hecha para los delincuentes, así que no vayas de víctima…

Llamé a la puerta y entramos.

Y allí, junto al director, la niña y su madre.

—¿Es esta? —le preguntó.

—Sí, esta es mamá, esta es la que me empujó contra el lavabo.

—¡Se te va a caer el pelo, hija de puta! —me gritó una madre enfurecida.

—Bueno, bueno, calma —dijo el director—, vamos a ver qué ha ocurrido.

Y allí, en aquel despacho, me convertí en fajador de insultos y amenazas. No se llegó a las manos, pero estuvimos a punto cuando les dije que yo no había tocado a su hija. Les dije que cuando yo entré en el baño, ella y dos más estaban agrediendo a una niña.

—¿Y este diente roto? —gritó la madre mientras le abría la boca a su hija.

—Pues no lo sé, ya les digo que cuando entré se estaban peleando.

—Mi hija no miente, zorra, más que zorra —gritó también la madre—. Mi hija no miente.

Zorra, ahí estaba, aquello lo explicaba todo, aquella simple y a la vez triste palabra explicaba todo lo que aquella niña vivía y oía en casa. Zorra, y las sombras en un callejón oscuro.

Estuvimos más de veinte minutos inmersos en una discusión estéril. Fue significativo que en ningún momento se preocuparon por el estado de la otra niña, de la que de verdad había sido agredida, eso no le importaba a nadie.

Finalmente, viendo que aquello no iba a ningún lado, el director dijo que la reunión había acabado.

—Esto no quedará así, te denunciaremos, y al colegio también. —Y se fueron mientras la niña, a pesar de faltarle medio diente, sonreía.

* * *

—Vamos, te invito a un café.

—¿Aquí?

—No, vamos fuera, y así te calmas.

Salimos, cruzamos la calle y nos metimos en una cafetería cercana.

—Lo has hecho muy bien, Alicia.

—¿Muy bien? ¿Está bien mentir?

—Sí, si quieres seguir trabajando aquí. Es así de triste, pero hemos llegado a un punto en que los niños tienen demasiado poder. Hemos ido de un extremo al otro.

—Ya, pero lo único que hice fue defender a una niña.

—Sí, agrediendo a otra.

—¿Qué? Si solo la aparté.

—Sí, esa era tu intención, pero el resultado fue un diente roto. Mira, Alicia, llevo aquí ya varios años, conozco a esa niña desde que iba a cursos anteriores, y te puedo asegurar que a su madre no la había visto hasta hoy. Eso ya dice mucho.

—Vaya…

—Hay padres que no se preocupan por sus hijos en todo el año, que les da exactamente igual si estudian o no, si aprenden algo o vienen a pasar el rato. Padres para los que su mayor preocupación es que el niño no esté molestando en casa, que haya un lugar donde dejarlos, pues suponen una molestia en su vida, en sus trabajos, en sus hobbies... Padres que ven esto como una guardería en donde poder aparcarlos.

—Ufff, qué triste.

—Sí, Alicia, y es que al igual que tener un piano no te convierte en pianista, tener un hijo no te convierte en padre. Ah, y lo peor de todo es cuando intentamos hacer alguna huelga o manifestación porque la educación se va al garete. ¿Cuántos crees que nos apoyan? ¿Cuántos padres crees que vienen a las manifestaciones?

—¿Pocos...?

—Menos aún, dicen que es cosa de los maestros, ¿qué te parece? Cuando la mayoría de las veces lo que pedimos son cosas para mejorar la educación de sus hijos. Es increíble.

* * *

En la tarde de un martes acaba de caer una piedra desde un puente; a los pocos segundos caerá una lágrima y, quizás, en breve, caiga también un cuerpo.

Marta se asoma sabiendo que podría acabar con todo el dolor tan solo saltando, como lo hace un gimnasta desde un trampolín, tal vez no de una manera tan elegante, pero seguro que mucho más efectiva.

Mira hacia abajo, buscando la zona donde ya no hay agua, esa zona donde el final es más seguro.

Se asoma un poco más y consigue dejar medio cuerpo fuera. En ese momento, el único contacto con el suelo —y con la realidad— es la punta de sus zapatillas.

Respira hondo y se prepara para impulsarse y saltar.

Segundos antes de hacerlo mira alrededor y ve a dos mujeres que la observan desde la sorpresa.

Y, afortunadamente, aparece una vergüenza que puede con la desesperación. «Mejor lo hago por la noche», se dice a sí misma. Como si importara algo el qué dirán cuando ya no hay a quien decírselo…

Se balancea hacia atrás, se agarra a la barandilla y respira en el interior de un cuerpo que continúa temblando, un cuerpo que ha estado a punto de dejar de ser.

Mira ese corazón que pintó hace unos días. Piensa en él, en Dani, en ese beso y en todo lo que aún no ha hecho en su vida: no ha realizado ese viaje con sus amigas, no se ha puesto ese *piercing* en el ombligo, no ha hecho el amor, no ha conducido una moto, aún no ha ido al concierto del cantante que tanto le gusta…

Y de pronto, como una posibilidad que siempre ha estado ahí pero a la que nunca ha prestado atención, se da cuenta de que hay otra opción: antes de acabar con su vida así, sin presentar batalla, podría intentar salir a la lona y realizar el combate de su vida.

Podría intentar plantarle cara, ser por una vez ella la fuerte. Se da la vuelta y mira de espaldas al puente, y de frente a la vida.

* * *

Mientras Marta regresa a casa, en otra parte de la ciudad, una niña con el orgullo —y un diente— roto sigue obsesionada con la venganza.

No puede quitarse de la cabeza la imagen de ese beso en plena calle. Cada vez que lo piensa aprieta los puños y, con un odio cercano a la demencia, jura darle su merecido.

No lo hará en el colegio porque allí ya no es tan fácil, lo hará a solas, como aquella primera vez en el callejón.

Piensa de nuevo en ese beso y se muerde la lengua, y se muerde la rabia, y se muerde hasta las encías.

* * *

Aquel miércoles habíamos quedado de nuevo en la plaza. Me senté en el mismo banco de siempre pensando en que apenas me quedaba una semana en aquella ciudad. Unos días más y todo se habría acabado, entonces tendría que tomar una decisión.

—Hola. —Me sorprendió tapándome los ojos por detrás—. ¿Te gusta el té? —me susurró. Noté cómo con sus palabras acariciándome me acariciaban la oreja.

—Sí —contesté, dándome la vuelta, poniéndome de rodillas en el banco y besándole en la boca.

—Bueno, pues hoy te voy a llevar a un rincón mágico donde lo hacen perfecto. ¡Vamos!

Y así, cogidos de la mano, una pareja ambulante se va sumergiendo en una ciudad de cuento. Tras ellos, a varios metros de distancia, una sombra les persigue. Ha estado un tiempo escondida en un extremo de la plaza viendo todo lo sucedido hasta el momento.

La pareja continúa, entre besos y abrazos, navegando por unos canales que sustituyen el agua por el viento. Y así, casi volando, llegan a la calle del Ángel y se internan en una travesía que los deja justo delante de una pequeña puerta.

—Aquí es —me dijo mientras abría.

Me cogió la mano y me llevó a un rincón. Desde allí, sentados en el suelo, disfruté de un precioso lugar rodeado de velas y aromas.

Justo en ese momento, se abrió la puerta y apareció la silueta de un hombre que parecía estar buscando algo. Miró alrededor, cerró y se fue. Yo no le di importancia, pero noté que para Marcos había significado algo.

—Espera un momento —me dijo mientras se levantaba con prisa y se dirigía a la puerta.

Abrió y salió.

Y al cabo de dos o tres minutos volvió a entrar.

—¿Pasa algo?

—No, no, nada, es que me parecía haber visto a un conocido, pero no, no era él.

Pedimos dos tés y con los dedos entrecruzados, comenzamos a besarnos.

—¿Qué te apetece ver hoy? —me preguntó.

—No sé, lo que tú quieras.

—Bueno, estamos en la zona de la judería, así que solo recorrerla ya es un placer.

Nos trajeron las infusiones y estuvimos allí sentados hablando de leyendas, de la historia, de la vida… y entre todas aquellas conversaciones le conté lo sucedido con Marta.

—Lo que debe de estar sufriendo esa niña —me dijo.

—Sí, y no lo entiendo. Nadie hace nada. Todos parecen restarle importancia, dicen que son cosas de niños.

—Sí, son cosas de niños, hasta que algún niño muere. Entonces todos comienzan a buscar y a quitarse de encima responsabilidades. Sabes, Alicia, conozco el caso de una niña, hija de una conocida, que un día le dijo a su madre «Ahora vuelvo», y ya no volvió más. —Tomó un sorbo de té y continuó—: Ambas, madre e hija, se despidieron momentáneamente porque en apenas dos horas pensaban volver a encontrarse. Ninguna de las dos imaginó que aquella despedida iba a ser definitiva. Ni siquiera la niña sabía que tenía una cita con la muerte. A veces pienso que, en el mismo instante en que sus padres comenzaron a preocuparse, aquella niña ya había dejado de existir. Trece años de vida, esfumados en un momento.

Intentó disimular el dolor tomando otro sorbo de té; aquella fue la primera vez que vi llorar a Marcos.

—Estuvimos buscándola durante varios días —continuó—, vecinos, policía, familia... Y cada hora que pasaba veías que el ánimo de la gente iba decayendo, todos hablaban de esperanzas, pero en realidad pensaban en desgracias. Finalmente encontramos su cuerpo en el fondo de un pozo, ¿sabes? Una niña muerta en el fondo de un pozo, junto a un móvil que seguramente había estado sonando sin descanso hasta que su batería también murió. Aquel pequeño cuerpo estaba bajo unas piedras que intentaban esconder el envase de un alma, que intentaban esconder las miserias del ser humano. —Marcos ya no pudo disimular más y, sin apartar la vista del té, dejó que cayeran unas lágrimas. Inspiró varias veces, se limpió con la manga del jersey y continuó—: A aquella niña la mató otra niña. Quedaron para discutir algo sobre un chico y, tras la pelea, su asesina la lanzó a un pozo... y la abandonó allí, dejó que muriera desangrada. Simplemente con que hubiera avisado a alguien… pero no, esa otra niña tuvo la sangre fría de continuar su vida sabiendo que en un pozo estaba desapareciendo otra.

»Aquella niña murió, y con ella la posibilidad de cambiar el mundo, quizás no el de todos, sino el más importante, el suyo propio. Desapareció sin tener la oportunidad de darle un beso a ese chico que tanto le gustaba, sin regalarle a sus padres todos los abrazos que llevaba dentro, sin haber realizado ese viaje con sus amigas… Todo eso desapareció en un solo momento, después de un "Ahora vuelvo".

»Y tras la muerte aparecen las dos justicias. La primera, la de nuestra legislación, la que pone castigo de saldo a una muerte: su asesina, al ser menor, seguro que en estos momentos está jugando ya por la calle. La segunda, la propia, la que surge del odio, la del ojo por ojo, la que aparece cuando uno ya no tiene nada más que perder. Una justicia, esta última, que no suele salir adelante porque el dolor de la pérdida es siempre mayor que la fuerza de la venganza. Y entre esas dos justicias y un ahora vuelvo, sobreviven ahora unos padres que van a tener un cilicio de por vida: pensar si podrían haber hecho algo.

Respiró de nuevo.

—El problema, Alicia, es que la gente va olvidando estas cosas, es la diferencia entre que algo así te toque directamente o le ocurra a un vecino. En cambio, sus padres lo recordarán hasta el mismo día en que mueran, y eso es mucho tiempo. La verán en cada pensamiento, en cada parte de la casa, en cada palabra y, sobre todo, la verán cuando, en medio de la noche, se despierten entre lágrimas con la esperanza de que todo haya sido un sueño.

Y aunque no lo creas, lo mejor será que siempre sigan viéndola, porque de lo contrario... de lo contrario, el día que no recuerden su cara sabrán que de verdad la han perdido.

Nos acabamos el té, dejó el dinero en la mesa y ambos salimos de allí entre lágrimas.

* * *

—Bueno, pero ya vale de llorar —me dijo mientras me cogía la mano—. Ven, vamos.

Y como tantas otras veces, nos perdimos por unas calles por las que no podíamos pasar uno al lado del otro, como si los edificios quisieran, bajo el frío del invierno, acercarse unos con otros para darse calor.

Desde ahí fuimos hasta esa barandilla desde la que se podía ver el río, la misma desde la que nos habíamos asomado hacía ya muchos días; cruzamos la calle y subimos unos metros hasta un pequeño mirador. Nos apoyamos en el muro y comenzó otra de esas historias que son distintas si te la cuentan unos ojos verdes.

—Bueno, hemos llegado al paseo de San Cristóbal. ¿Te suena el dicho de pasar una noche toledana? —me preguntó.

—No —negué con la cabeza.

—Pues aquí, donde estamos ahora mismo, ocurrió uno de los episodios más sangrientos de la historia de Toledo. Lo suelen llamar «una noche toledana» o «la Jornada del Foso».

»A finales del siglo VIII, hubo un gobernador en Toledo

con fama de ser muy cruel. El tipo cometía todo tipo de crímenes con total impunidad. Decían que raptaba a jóvenes, las violaba, mataba a todo aquel que no estuviera de acuerdo con él… y barbaridades parecidas. Como es normal, poco a poco el pueblo fue hartándose, hasta que un día los toledanos tomaron la ciudad para hacer justicia. En vista del panorama, los propios nobles tuvieron miedo de que esa violencia se volviera contra ellos, así que capturaron al gobernador y ellos mismos lo ejecutaron.

»Después de esto, los nobles de la ciudad se dirigieron al califa para comentarle lo que había ocurrido con el injusto gobernador, le contaron las barbaridades que había hecho con los ciudadanos y que necesitaban un nuevo gobernador para la ciudad. El problema es que el califa llamó a uno de sus más fieles servidores, Jusuf, que casualmente era el padre del gobernador asesinado. Le contó lo que había ocurrido en Toledo debido a lo mal que se había comportado su hijo.

»Jusuf le pidió al califa que lo nombrara nuevo gobernador de Toledo. Era una forma, dijo, de compensar todo el daño producido y devolver el honor a la familia. Imagínate el miedo que pasaron los toledanos al enterarse de que el nuevo gobernador iba a ser el padre del anterior. El caso es que al final no ocurrió nada, y Jusuf gobernó de una forma justa, escuchando a los ciudadanos, intentando contentar a todos… Y así fue pasando el tiempo.

Yo estaba embobada, en el interior de sus brazos, en el interior de la noche, escuchando aquella historia narrada en el mismo escenario.

—Un buen día, aprovechando que el hijo del califa pasaba por Toledo, el nuevo gobernador organizó un gran banquete al que invitó a todos los nobles de la ciudad. El festejo se preparó en un edificio que él tenía aquí, en esta zona, pues para evitar los malos recuerdos de su hijo nunca había querido vivir en el alcázar.

»Aquella noche, todos los nobles se pusieron sus mejores galas, iba a ser una velada memorable a la que asistiría lo mejor de la sociedad toledana. Pues bien, el caso es que, conforme los invitados iban acudiendo al edificio, la guardia del gobernador los acompañaba a un lugar donde, tal como entraban, les iban cortando la cabeza.

—¿Qué? —le dije sorprendida.

—Sí, y se cuenta que cuando cayó la última, el gobernador se asomó a este mismo lugar en el que estamos y exclamó: «Hijo mío, ya te he vengado». Al día siguiente, cuando amaneció, cientos de cuerpos y cabezas se amontonaban por todos lados, algunas de ellas, las más importantes, colgaban de los lugares más altos del palacio para que todos los toledanos pudieran verlas. Y bueno, eso significa pasar una noche toledana.

Se me erizó la piel de todo el cuerpo solo de imaginar aquellas muertes, aquellos cuerpos, aquella historia...

Me abrazó y comenzamos a bajar; pasamos otra vez por los jardines y continuamos descendiendo hasta una preciosa puerta. La atravesamos y nos encontramos fuera de las murallas, en un paseo ajardinado con preciosas vistas a la otra ciudad, la que estaba fuera.

Me cogió la mano y me llevó a un muro apartado, al resguardo del viento y de miradas. Él, apoyado contra la pared y yo, de espaldas, apoyada en su pecho. Notaba su respiración en mi cuello mientras mirábamos aquel baile de luces.

—La historia que te he contado antes... —me dijo.

—Sí, la de la noche toledana...

—Sí, esa. Si lo piensas, es una historia que podría repetirse ahora mismo. Ha llegado un momento en que los ciudadanos estamos tan hartos de nuestros dirigentes.

—Ya, pero…

—Sí, no es exactamente la misma situación, ni la misma época, pero si lo piensas, es algo que se ha repetido a lo largo de la historia: la Revolución francesa, las revueltas árabes… y quién sabe si algún día pasará algo parecido aquí, donde las personas se están matando porque no pueden ni pagar sus casas.

Nos quedamos en silencio.

Me abrazó y allí, mirando hacia el horizonte, dejamos pasar la noche. Me di cuenta de lo bonito que es el silencio cuando tienes con quien compartirlo.

Tras muchos minutos comenzó a rondarme por la cabeza el tema de esas marcas en forma de reloj de arena. No le había contado a Marcos que en los últimos días había localizado dos nuevas.

Y es que, aquella noche, cuando se lo pregunté por primera vez, me dio la impresión de que sabía mucho más de lo que decía.

Lo intenté de nuevo.

* * *

—Marcos —le susurré—. ¿Puedo hacerte una pregunta?

—Sí, claro. Dime.

—Verás, hace unos días encontré dos marcas idénticas a la que te enseñé en aquella plaza, ¿recuerdas?

—Sí, ¿y?

—Pues que me da la impresión de que hay una historia detrás que, por alguna razón, no me quieres contar.

Silencio.

Más silencio.

—Es cierto, Alicia, no te lo he contado todo, bueno, en realidad, no te he contado nada —me contestó mientras me apretaba, ligeramente con sus brazos.

—Pero, ¿por qué? —le dije, agarrando sus manos.

—Porque es fácil hablar de los muertos, pero no tanto de los que, de alguna forma, aún están vivos…

Silencio.

Noté cómo tragaba saliva.

—Pero, bueno… ahora ya qué más da. Desde que se descubrieron esas marcas, mucha gente se ha inventado su propia historia sobre ellas. Podría decirte que hay cuatro o cinco leyendas distintas, te voy a contar la que, posiblemente, más se acerque a la realidad.

»Se dice que, hace ya muchos años, había un hombre en la ciudad famoso porque era capaz de arreglar cualquier reloj, por muy estropeado que estuviera. El caso es que cada vez fue adquiriendo más y más fama, y más y más trabajo. Tanto que empezó a olvidarse de todo lo demás: de sus amigos, de su mujer, de sus hijos… —Inspiró profundamente—. Aquel hombre pasaba días enteros encerrado en una pequeña habitación repleta de relojes. Únicamente salía de vez en cuando para comer o beber algo. Pasaba tanto tiempo allí que comenzó a enloquecer; por ejemplo, se le metió en la cabeza que cuando un cliente le llevaba su reloj, este determinaba su tiempo de vida. Así, si el reloj se adelantaba, eso significaba que su propietario quería vivir la vida demasiado deprisa; si el reloj se atrasaba, eso significaba que su propietario estaba perdiendo el tiempo o que realmente ya no quería utilizarlo, y si un reloj se paraba… Llegó a pensar que, de tanto arreglar tiempo, era él quien se iba quedando con las sobras, con los minutos que se perdían mientras un reloj permanecía parado.

»Y así, con una locura creciente, fueron pasando los meses y los años, sin ser consciente de que a su alrededor la vida iba cambiando. Cada día estaba más obsesionado, más perdido en su mundo, apenas hablaba con nadie, decía que su misión era acumular y acumular tiempo, quería acumular tiempo para vivir eternamente. Pero todo eso cambió el día que su mujer murió.

»Aquel día despertó. Aquel día se dio cuenta de que había estado almacenando un tiempo que ahora no tenía con quien compartir. Aquello marcó un antes y un después en su vida.

Dejó de trabajar y se dedicó solo a ella, haciéndole todo el caso que no le había hecho en vida. Se prometió dedicar el resto de sus días a mantener vivo su recuerdo.

»Se dice que una de las primeras cosas que hizo fue grabar esas marcas en varios puntos de la ciudad, seguramente en lugares que habían significado algo especial para ellos. Se dice que a partir de entonces pasó sus días recorriendo las calles, intentando gastar un tiempo que parecía interminable.

Silencio de nuevo.

—Nunca se supo si aquel hombre murió o no. Pero aún hay gente que asegura haberlo visto vagando por la ciudad disfrazado de sombra. A la espera, quizás, de que algún día se le acabe todo este tiempo que fue acumulando.

Silencio.

—Marcos…

—Dime.

—Has empezado la historia diciendo que me ibas a contar la que más se parecía a la realidad, ¿cuál es la realidad?

—Alicia, créeme si te digo que es mejor que te quedes con la leyenda que con la verdad. De la primera aún puedes sacar alguna moraleja, de la segunda solo tristeza. Te lo aseguro.

No hubo más palabras.

Aquella noche no sospeché que nos estábamos despidiendo.

* * *

Jueves.

Marcos acaba de llegar a comisaría y le avisan de que el director quiere verle.

Se quita la chaqueta, deja las llaves en un cajón y va hacia allí. Entra en el despacho y ve a dos hombres que le están esperando con cara de pocos amigos. Uno es el director de la policía; el otro, un concejal al que ya esperaba.

—Marcos —le pregunta el director—, ¿tienes idea de cómo ha llegado esta denuncia hasta la casa del señor Rodríguez?

—Señor, ¿qué señor? —responde con una sonrisa.

—Va, Marcos, no me jodas y contesta.

—A ver. —Coge la denuncia y la lee en voz alta—. «… Según la medición realizada en el domicilio de la señora tal, se concluye que el sonido del bajo adyacente a la vivienda superaba los decibelios permitidos por lo que… bla, bla, bla».

—¿Y bien?

—¿Y bien, qué?

—Pues que la has firmado tú, ¿no?

—Sí, claro, había varias denuncias y el sábado me pasé por allí a ver qué ocurría. Por cierto, la mujer hace unas galletas para chuparse los dedos...

—Déjate de gilipolleces, ya hablaremos...

—Muy bien, pues nada, yo me despido. Ah, Rodríguez, sabe usted que por reincidencia la multa ya es bastante más alta, ¿verdad? Saludos a su hijo.

※ ※ ※

Viernes por la tarde en una calle de Toledo

Viernes, piensa, qué coincidencia, también fue viernes la primera vez. Lo ha estado planeando todo durante los últimos días: la hora, el lugar, las tijeras…

Se apoya sobre la fría pared a la espera de que llegue. Y allí, a la sombra de una noche que se acerca, deja pasar el tiempo; no tiene ninguna prisa. Transcurren los minutos, muchos, ya casi una hora… hasta que oye unos pequeños pasos que vuelven a casa. Se asoma y confirma que es ella. Y está sola.

En unos segundos esa niña recibirá una lección que no olvidará en la vida. Va a intentar no dejar demasiadas señales físicas, pues lo que realmente le importa es que el miedo se le quede impreso de tal forma que, de mayor, cuando piense en su infancia no pueda olvidar este momento.

Los pequeños pasos se acercan.

Se prepara.

Mira alrededor para confirmar que no hay testigos.
Los pasos, ya casi a su lado.
Tres, dos, uno.

* * *

La agarra del cuerpo arrastrándola hacia el interior del callejón como si fuera un simple muñeco, con violencia, con una rabia que lleva acumulada desde el pasado. Por un momento se le olvida de que es poco más que una niña.

La tira contra el muro, le sujeta el cuello con una sola mano mientras con la otra saca unas tijeras que se quedan a unos centímetros de su rostro.

—Intentar mantener la cabeza quieta, no te muevas, no vaya a ser que estas tijeras acaricien tu cara —le susurra a una chica que permanece inmóvil.

Las abre y, con un movimiento rápido, le corta un trozo de su melena, y después otro, y después otro… Y los cabellos van cayendo al suelo a la misma velocidad que el valor que se le escapa por dentro.

Acaba, observa el grotesco resultado, guarda las tijeras y la mira con unos ojos verdes que ella no olvidará en la vida.

Silencio.

La agarra de nuevo del cuello y, con la otra mano, le introduce la punta de la pistola en la boca.

Y ella comienza a temblar como nunca antes lo ha hecho, como un sonajero zarandeado por el miedo. No sabe qué hacer frente a una situación así, quizás porque hasta ahora ella nunca ha estado a ese lado del enfrentamiento.

—Sabes… —le susurra al oído—. Esto no está pasando. Esto no está pasando porque nadie se creerá que ha pasado, será un secreto entre tú y yo, ¿de acuerdo…? ¿De acuerdo? —Ella asiente con la cabeza—. ¿Te das cuenta de lo que ocurre cuando las fuerzas se descompensan? Mira, hay momentos en los que el diálogo, la mano izquierda, los puntos de encuentro y todas esas cosas están muy bien, pero hay otros en los que hay que actuar de esta manera —le dice mientras juega con el cañón de la pistola entre sus dientes.

Silencio.

—Verás, hay una chica, Marta creo que se llama, que está perdiendo las ganas de vivir, y eso me pone triste. ¿Y sabes qué? No me gusta estar triste.

Silencio.

—Tengo la esperanza de que, a partir de ahora, esa chica recupere las ganas de vivir, que pueda ser feliz sin tener que estar temiendo a cada momento que alguien le haga daño. Por eso he querido tener esta charla contigo, para asegurarme de que, a partir de ahora, va a poder vivir tranquila. ¿Me entiendes?

Ella asiente de nuevo.

—Perfecto —contesta el policía.

Y con calma, retira la pistola de su boca y la mano de su cuello. Un cuello que comienza a sangrar por los mismos lugares en los que Marcos tenía clavadas sus uñas.

—Bueno, pues ya está, recuerda que es importante saber guardar un secreto.

Y la niña sale del callejón lentamente, con los miembros rígidos, con una mano sujetándose el cuello y con la otra palpando su cabeza. Comienza a correr, quizás como nunca lo ha hecho en su vida.

Marcos se aleja, arrepintiéndose al momento de haberla tratado así. Pero sabe que hay ocasiones en que la violencia, bien administrada, es la forma más rápida de arreglar las cosas.

Marcos se aleja con el recuerdo de aquel pequeño cuerpo que encontraron en el fondo de un pozo... Desde entonces se ha estado preguntando si sus padres, si los profesores, si él, si la policía, si sus amigas... si alguien podría haber hecho algo más para salvarle la vida. En esta ocasión no quiere volver a preguntárselo, por eso ha actuado.

* * *

Una mañana toledana

Pasé el fin de semana en casa... en la nuestra.

Durante aquellos días, mi marido y yo apenas hablamos, quizás porque yo intuía en cada uno de sus comportamientos la sospecha, no de que sabía algo, sino de que lo sabía todo. Quizás porque él, aun no sabiendo nada, se estaba dando cuenta de que los sentimientos que antes eran joyas ahora parecían abalorios.

El viernes, nada más llegar, el cansancio del viaje me sirvió de excusa para irme pronto a la cama. Él se quedó con la niña, le contó un cuento y estuvo con ella hasta que se durmió. Después, oí cómo se alejaba hacia el comedor y encendía la tele. En ese momento pensé en Laura y Pablo, mi tía y su marido.

La noche.

Silencio.

La mañana de un sábado.

Me desperté con la sensación de que mi marido también lo estaba, y aun así no dije nada. Allí permanecimos, espalda contra espalda, en silencio, a la espera de que ese vínculo que nos unía viniera corriendo y nos diera una razón para iniciar alguna conversación.

Llegó la niña y comenzó el día.

Un día que pasó como cualquier otro sábado.

Y así, con las horas arrastrándose entre unas vidas que se esquivaban, llegó el momento más duro del día: la noche. Habíamos cenado, la niña ya estaba acostada y mi marido y yo nos quedamos a solas en el sofá. A solas, porque en lugar de sentarnos juntos, lo hicimos uno al lado del otro; porque en lugar de abrazar nuestras manos, luchamos por, en un espacio tan reducido, no molestarnos demasiado; porque en lugar de contar nuestras vidas, preferimos mantenerlas en silencio; en mi caso, en secreto.

Recordé aquellos días en los que deseábamos que la niña se durmiera para ir a ese mismo sofá en el que ahora estábamos sentados y arrancarnos la ropa a besos, clavarnos las uñas y unirnos hasta con los huesos.

Y en mis pensamientos, mi mano, sin el permiso de mi mente, se deslizó hacia su cuerpo. Él la cogió, me miró a los ojos, me dio un pequeño beso en la boca y me acurrucó entre su pecho.

¿Y si allí solo quedaba cariño? Aquella era una pregunta que arrastraba muchas otras más. ¿Era suficiente el afecto para mantener una relación en el tiempo? ¿Se podía convivir con una persona solo con cariño? ¿Y el deseo? ¿Y la pasión? ¿Y el sexo? El sexo… no el programado, no el de «hoy toca», sino el otro, el espontáneo, el que te encuentra sin buscarlo.

Aprovechamos una pausa en la tele para hacer también una pausa en nuestras otras vidas.

—¿Cambio? —le dije sin sacar mi cabeza de su abrazo.

—Vale, el mando está ahí…

Tres mandos que hacían las veces de brazos invisibles en unos cuerpos acomodados. Tres mandos suficientes para manejar un alrededor en el que ya no había sorpresas.

Cogí el más grande, el negro y gris, el de la tele, el que pulsé para ver un pasar de canales que me sirvió de excusa para, a la vez, dejar pasar el tiempo.

En ese momento eché de menos mis conversaciones con mi tía, nuestras risas, nuestras lágrimas, ese dejar el té, coger el abrigo y salir a visitar la ciudad.

Acabamos dormidos en el sofá.

De allí a la cama; a dormir.

Desperté el domingo pensando en Toledo, apenas quedaba una semana para finalizar mi vida en aquella ciudad que se había convertido en una isla de secretos en mitad del mar de lo correcto.

Me sentía como en esos días al final del verano que de pronto acaban dejando amigos, vivencias y, sobre todo, amores sin terminar, amores en los que la distancia es la encargada de acabar con lo que se sabía insalvable.

Fuimos a casa de mis padres. Comimos. Volvimos a casa. Me eché una siesta mientras ellos jugaban. Desperté. Hice las maletas y me despedí de él con un te quiero.

* * *

Fue un lunes extraño porque al despertar no tuve en el móvil ningún mensaje suyo. Y aquella ausencia me hizo darme cuenta de que necesitaba saber de él, de que, de alguna forma, ya formaba parte de mi vida. En breve sabría que ya de mi pasado.

Es también un lunes extraño para Marta.

Una chica, la misma que hace ya unas semanas la había acorralado en un callejón, ha aparecido con unas heridas en el cuello y un corte de pelo ridículo, aun así nadie se atreve a reírse. Pero lo más extraño de todo no es su aspecto, sino su conducta: por primera vez es ella la que parece asustada. Llega al colegio tarde —cuando las puertas ya están casi cerradas—, caminando de forma intranquila, mirando de un lado a otro, girándose de vez en cuando, con la postura de quien teme encontrarse con su enemigo.

Primer asalto.

Marta sale al patio con la expectativa de ser golpeada en

cualquier momento; pero no, no hay contrincante sentado en la otra esquina: nadie le empuja, nadie intenta quitarle el poco dinero que suele llevar encima, nadie le escupe en la espalda, nadie le insulta…

Pasa el recreo, suena el timbre y vuelve, sorprendida, a clase. Es como si se hubiera iniciado una extraña veda.

Suena el timbre otra vez —el definitivo—, recoge para ser de las primeras en salir y se despide de sus amigas. Sin mirar atrás camina hacia casa. Llega a su portal, y no, nadie le sigue.

* * *

Llegó la noche y continué sin tener noticias suyas. Había llevado todo el día el teléfono en el bolsillo y a él, en mi cabeza. Tal había sido mi obsesión que hubo momentos en los que miraba el móvil cada diez minutos, para comprobar si aún tenía batería, para comprobar si el sonido estaba activado, para ver si me había dejado algún mensaje... pero no, el problema no estaba en el móvil.

Intuí que no volvería a verlo, que quizás aquella relación se había ido con la misma rapidez con la que había venido.

Me fue invadiendo una tristeza capaz de apagar los restos de esperanza que aún me quedaban en los bolsillos —sobre todo en uno de ellos—, de la misma forma en que se apaga la ilusión al saber que no hay estrellas perseguidas por reyes, ni hombres en trineo, ni siquiera ratones que coleccionan monedas.

Tras el baño, la cena y esos pequeños cuentos en los que nunca se habla de niñas cuyas madres tienen secretos, mi hija se quedó dormida junto a mi hombro.

Salí, dejé entrecerrada la puerta y me acerqué a un sofá en

el que ya me esperaba mi tía. Abandoné el móvil a la vista, sobre la mesa, y me senté junto a ella.

—¿Ya se ha dormido? —me preguntó, acercándome la taza.

—Sí, hoy ha caído rápido. —Cogí el té—. Gracias.

Silencio.

Más silencio.

Un silencio que comenzó a incomodar.

«¡No! Ahora no, en unos minutos, que nos tenemos que ir a publicidad», y el presentador, con una sonrisa forzada, dio paso a los anuncios.

Mi tía cogió el mando, le quitó voz a la tele y se giró.

—Alicia, ¿qué te pasa? Hoy estás muy callada.

—Nada…

—Alicia…

Se acercó un poco más a mí, me cogió las manos como solo te las puede coger quien de verdad te quiere y me miró a los ojos.

—Me pasa que no he sabido nada de él en todo el día, me pasa que me he sentido una extraña este fin de semana en mi casa, me pasa…

Me apretó fuerte las manos sin decir nada.

—Tía, esto me está matando. No sé cómo salir de aquí. Cada día me levanto sabiendo que lo estoy haciendo mal, que cada pensamiento que atraviesa mi cabeza pone en peligro todo, que estoy viviendo una vida que no es mía…

—A mí me lo vas a decir…

—Y además, esta es mi última semana ¿Qué voy a hacer? ¿Qué voy a hacer?… Me lo he estado preguntando a todas horas… Me he planteado incluso dejar a mi marido, dejarlo todo y venirme a vivir aquí, con él… ¡Qué estupidez! Ya ves, tía, he pensado en vivir con un hombre que de la noche a la mañana ha desaparecido... ¿Cuándo comencé a perderme?

—Quizás cuando ya no te encontrabas en tu propia casa —me contestó, mirándome a los ojos.

—Sí, quizás... pero, y mi marido...

—Alicia, ¿eres feliz con él?

—¿Cómo se sabe eso?

—¿Cuándo fue la última vez que le besaste con los ojos cerrados?

Silencio.

—No sé qué más decirte, Alicia, me gustaría ayudarte, pero lo que te diga esta vieja cobarde tampoco te va a servir de mucho.

—Tía... no hables así.

—Sí, Alicia, sí. Cobarde.

Mantuvo sus manos sobre las mías.

—¿Por qué no te das uno de esos paseos por Toledo? Quién sabe, a lo mejor hasta te lo encuentras por ahí.

—No, hoy no me apetece salir, hoy no me apetece hacer nada ¿Por qué las cosas son tan complicadas?

—Ay, hija mía, las cosas son sencillas, nosotros las complicamos.

Silencio.

Me fui a dormir.

* * *

Cuando Alicia ya está metida en la cama, en una casa en las afueras de la ciudad, Marcos y tres amigos se reúnen de nuevo.

—Bueno, pues esta vez tú dirás.

—En realidad, he quedado con vosotros para despedirme.

—¿Al final te vas?

—He estado investigando y teníais razón, la cosa va en serio, van a por mí, van a joderme de verdad.

—Ufff.

—Pero antes de irme, quería pediros un favor, un último favor. Sería algo así como mi fiesta de despedida. —Y sonríe.

—Venga, tú dirás.

—Sabéis que mañana hay un pleno bastante conflictivo, ¿verdad?

—Sí, sí, el tema de la jodida subida de impuestos. En principio, dicen que habrá bastante gente manifestándose en la plaza.

—Sí, bueno, pues solo os pido que, en un despiste, dejéis entrar a la gente.

—¿Qué? ¿En serio?

—Sí, solo eso, quiero ver por una vez la cara de todos esos corruptos cuando no nos tienen a nosotros como escudo, quiero ver sus caras cuando estén frente a frente con los ciudadanos.

Todos comenzaron a reír

—Joder, Marcos, que nos pueden expedientar a todos.

—No, no os preocupéis, que ya llevo varios días planeándolo, vamos a hacerlo bien. Solo os pido que finjáis un poco, nada más. Como mañana yo estoy al mando de nuestra unidad, ya me encargaré de colocaros justamente a vosotros en la puerta.

—Joder, Marcos...

—Bueno, solo os pido eso.

—Bueno, tampoco es tanto —dice uno de ellos mientras se levanta con la botella en alto—. ¡Brindemos!

* * *

Desparramadas por la ciudad, centenares de personas anónimas se levantan con la intención de acudir a la manifestación que se ha convocado ante el ayuntamiento como protesta por la brutal subida de impuestos que, justamente esa misma mañana, se va a aprobar en el pleno.

Todos ellos tienen, por desgracia, demasiadas situaciones en común: desempleo, escasez de recursos, merma en las ayudas sociales, desánimo y, sobre todo, rabia, mucha rabia acumulada.

Porque todas esas personas, cada día, mientras desayunan, comen, cenan o simplemente pasan la vida en sus, todavía, hogares, no dejan de ver una tele que, día tras día, vomita noticias sobre la corrupción política de un país que naufraga. Noticias sobre políticos con sueldos y sobre sueldos de escándalo, directivos de bancos rescatados con pensiones prohibitivas, individuos de la familia real que se llevan el dinero sin que pase nada, empresarios forrados a costa de sobres que repartían los mismos políticos que ahora piden austeridad. Y tras cada noticia, esa sensación de impotencia al ver que la impunidad es la regla en todos esos casos, al ver cómo las culpas —y los acusados— se van diluyendo en el tiempo... Quizás eso es lo que más rabia genera: ver cómo ningún culpable acaba en la cárcel.

En contraste con esas situaciones, ese mismo martes amanece de forma muy distinta en otras casas.

Una mujer regula la calefacción de su hogar mientras sus dos hijos duermen. Sabe que hoy será un día duro en el ayuntamiento, pero no le preocupa demasiado, ellos tienen mayoría absoluta y eso lo desproporciona todo. Su marido continúa en la cama con la tranquilidad que da saber que, al menos, las subvenciones para su empresa —esa que montó a instancias de su propia mujer— se van a llevar a trámite.

Otra mujer, del mismo partido político, cada día se va enterando de cosas más turbias, cosas de las que hubiera deseado no saber nada; entró en el partido con principios, pero poco a poco los ha ido perdiendo. Sabe que prácticamente todo el partido está podrido, pero no se atreve a decir nada porque eso supondría dos cosas: su expulsión inmediata del mismo y dejar de llevar ese nivel de vida. Sabe también que al hacerlo —al quedarse callada— es cómplice.

Un concejal se despierta y se ducha cantando. Desayuna tranquilo porque sabe que, pase lo que pase hoy en el pleno, su partida de cultura será aprobada. Han tenido que rebajar el presupuesto de las actividades culturales infantiles y se han eliminado los columpios que se iban a instalar en varios parques, pero eso es lo de menos, los niños no se manifiestan. Lo importante es que el acuerdo con el artista va a seguir adelante. Casi un millón de euros, dos tercios para el escultor y el resto para él. Se mira al espejo y sonríe.

En otra casa, un hombre de más edad, perteneciente a la oposición, sabe que, a pesar de todo, no debe meter demasiada presión, pues al final, todos están en el mismo barco, y todos, también, saben cómo desviar el dinero hacia sus bolsillos.

En el ático de un edificio de lujo, una mujer aprovecha para llamar a un chófer del ayuntamiento para que lleve a sus hijos al colegio, pues a ella, entre el pleno y otras cosas, se le va a hacer tarde. Su marido, un hombre cuya empresa pone publicidad regularmente en el principal periódico de la ciudad, se levanta sabiendo que va a conseguir colocar a su sobrino en el puesto de ingeniero. «No te preocupes, que el tío es capaz de eso y mucho más», le dijo hace unos días.

Y a unas calles de allí, otro concejal de la oposición mira a su hijo que aún duerme, y le sonríe. Sabe que este año los cinco mil euros del premio del cartel de las fiestas van a ir para él. Todo está hablado.

Lo que ninguno de ellos sabe es que el pleno de ese día va a ser un poco distinto a los demás: una de las piezas de la cadena, quizás la principal, va a fallar.

Lo que no saben es que, al menos dos de ellos, van a acabar el día en el hospital.

* * *

En una bonita casa en las afueras de la ciudad, un policía apenas ha podido dormir en toda la noche.

Se destapa, mira el reloj y se da cuenta de que ya se está haciendo tarde.

Se viste nervioso.

* * *

Queda casi una hora para las doce de la mañana, y en la plaza del ayuntamiento se comienzan a reunir un número considerable de personas que, entre pitos, pancartas e insultos, exigen la dimisión de los miembros del pleno. La subida de impuestos no es más que la punta del iceberg, pues hace unos días se ha destapado una trama de blanqueo de dinero en la que están involucrados la mayoría de los políticos que forman el gobierno del ayuntamiento, de todos los partidos. Y aun así nadie ha dimitido, nadie ha pedido perdón. Simplemente se han dedicado a echarse las culpas los unos a los otros.

* * *

Todo sucedió pasada la una del mediodía, aunque yo no me enteré hasta una hora más tarde, cuando salí de clase y me encontré a varios de mis compañeros mirando fijamente la televisión en la sala.

—¡Por fin, ya hacía falta algo así! Ya estamos hartos de corruptos… —exclamaba el profesor de literatura, famoso en el colegio porque cada vez que llegaba nuevo material: folios, cuadernos, bolis… se llevaba un poco de todo a casa. De hecho, se había comprado el mismo modelo de impresora que había en la sala para así poder coger los cartuchos de tinta del colegio.

Me acerqué y me senté junto a ellos.

En ese momento aparecía una imagen aérea de la plaza del ayuntamiento, en la que se distinguían varios furgones policiales y unas cuantas ambulancias.

—Pasamos a nuestra corresponsal —dijo la presentadora del informativo—. ¿Puedes darnos más detalles de lo que ha ocurrido?

—Hola, ¿me recibes?

—Sí, sí, se oye perfecto, adelante.

—Bien, pues lo que en principio parecía un pleno más, con las habituales protestas en el exterior del edificio, se ha convertido en una auténtica batalla campal en la que han resultado heridos varios concejales, uno de ellos en estado muy grave, tanto que incluso se teme por su vida.

—Pero... ¿qué ha pasado exactamente?

—En realidad, aún es todo muy confuso. Varios testigos han comentado que los manifestantes consiguieron romper el cordón policial y entraron en tromba en el interior. Pero de lo ocurrido dentro aún se sabe muy poco.

—Se supone que habrá grabaciones de las cámaras de seguridad del salón de plenos, pues según tengo entendido se retransmiten en directo.

—Sí, nos han comunicado que van a iniciar la revisión de las imágenes.

—Bien, muchas gracias, seguimos en contacto por si hay nuevas noticias. Como ven ustedes, la información es todavía muy confusa, pero en cuanto tengamos cualquier novedad volvemos a realizar la conexión.

Recogí mis cosas, me despedí de los compañeros y me dirigí a la guardería a por mi hija.

Pasé cerca del ayuntamiento y vi que allí comenzaba a acumularse muchísima gente.

—Tía, ya estoy aquí —le dije mientras entraba.

—¡Hola, Alicia! ¡Hola, pequeña! Vamos, la comida ya está lista. Te has enterado de lo que ha pasado, ¿verdad?

—Sí, algo he oído en el colegio, menuda se ha liado, ¿no?

—Sí, pero ya hacía falta algo así. Pon los platos y los cubiertos, que esto ya está.

Nos sentamos a la mesa, atentas a las nuevas noticias que seguían llegando a través de los informativos. En ese instante se podían ver las imágenes filmadas por un videoaficionado. En ellas se observaba cómo una multitud conseguía romper —quizás con demasiada facilidad— el cerco policial que hasta ese momento los retenía en el exterior del ayuntamiento.

Una multitud que, al grito «Corruptos, corruptos, devolvednos nuestro dinero» o «Sois la vergüenza del país», conseguía acceder al pleno justo minutos antes de que se aprobara el aumento de impuestos.

En un primer momento, los manifestantes, nada más entrar, se habían mantenido a un lado sin dejar de gritar e increpar a los políticos. La tensión crecía, a la espera de que saltara la chispa, y saltó.

Todo se descontroló cuando uno de los concejales les increpó diciéndoles una frase que seguramente pasará a la historia: «Iros a casa, vagos». Una frase que por si no se entendía bien, se mostraba subtitulada en el vídeo.

A partir de ese momento, las imágenes mostraban a una multitud descontrolada que comenzó a golpear a todos los allí presentes. En el vídeo se podían ver imágenes de auténtico pánico: golpes, gritos, lágrimas, peticiones de auxilio... Entraron los refuerzos policiales y se cortó la grabación.

—Tras los incidentes —continuaba el presentador—, nos indican que varias personas han sido detenidas y que seis concejales han sido heridos. Dos de ellos de gravedad.

Mi tía y yo permanecíamos calladas, sin poder apartar los ojos del televisor.

* * *

Después de comer, mientras mi tía recogía la mesa y preparaba un té, yo me fui con mi hija para que durmiera un poco la siesta. Cayó en unos minutos.

Mientras dormía, la miré, pensando qué futuro íbamos a dejarle, pensando en que algún día tenía que estar orgullosa de todas esas personas que estaban saliendo a la calle para intentar crear una sociedad mejor.

Me levanté y me dirigí al sofá. Allí, me senté junto a mi tía, para seguir viendo las noticias.

Fuimos cambiando de cadena y en prácticamente todos los informativos la noticia de cabecera era la misma.

—Alex —decía el presentador—, tenemos conexión de nuevo con Toledo. ¿Tienes algún testigo?

—Sí, aquí, a mi lado hay un hombre que esta mañana estaba en el pleno.

—¿Podría decirnos qué ha pasado?

—Bueno, ha ocurrido lo que ya tardaba en ocurrir, que les hemos dicho a esos sinvergüenzas que ya estamos hartos, pero no con pancartas y pitos. Esta vez lo hemos hecho de otra forma. Nos engañan, nos engañan siempre, incluso los que dicen que están al lado del pueblo, después se convierten en la misma casta que ellos criticaban, es vergonzoso.

—Sí, bueno... pero... —Se veía que el presentador lo estaba pasando mal, era en directo—. Pero hay varios heridos y dos concejales en estado muy grave, ¿sabía usted eso?

—¿Solo dos? Lo realmente grave es que tengamos a tantos políticos corruptos en los ayuntamientos y a ninguno en la cárcel.

—Bien, bueno... muchas gracias, devolvemos la conexión.

Me giré hacia mi tía, que se mantenía embobada mirando el televisor, y pude distinguir una pequeña sonrisa en sus labios.

—Esto tenía que ocurrir tarde o temprano —me dijo.

—Sí —contesté.

—De todas formas, es muy fácil siempre culpar a los demás, pero todos hemos contribuido un poco para llegar a esto, ¿eh?

—¿A qué te refieres?

—Mira, Alicia, yo, en mis tiempos... ya parezco la abuela Cebolleta. —Comenzamos a reír—. Bueno, cuando yo era más joven, recuerdo que íbamos ahorrando cada mes algo de dinero para cuando vinieran las vacas flacas, y si llegaba el verano y no había dinero para irnos de vacaciones, ¿sabes lo que hacíamos?

—¿Qué?

—Pues nos quedábamos en casa, ¡qué vulgaridad, ¿verdad?! Sí, Alicia, sé que eso ya no se lleva, que hoy en día, aunque no tengas un euro, hay empresas que te permiten pagar un crucero a plazos.

Tomó un sorbo de té.

—O si no, en Navidad. Aún recuerdo, y no hace tanto, que me parecía una barbaridad comprar un regalo de esos que venían con el temido letrerito de MÁS DE 5.000 PTS., en cambio ahora, con esto de la crisis, sale a la venta una de esas consolas de más de 300 euros y hay que hacer cola porque se agotan.

Tuve que asentir.

—Y no hablemos de los conciertos o los partidos de fútbol. A veces oigo cosas como que las 100.000 entradas, cuyo precio oscila entre 30 y 120 euros, se han agotado en pocas horas. ¿Pero cómo es posible?

En ese mismo instante, mientras las plazas y calles de varias ciudades se van llenando de gente, en miles de casas del país se palpa el susurro de una pequeña victoria.

Ningún informativo se atreve a decirlo claramente, pero es evidente que la policía ha sido, por primera vez, demasiado permisiva con los manifestantes. Quizás porque bajo esos uniformes hay personas hartas de defender a los corruptos y atacar a los inocentes.

Laura y Alicia continúan allí, a la espera de nuevas noticias, cuando, de pronto, la mayoría de las cadenas interrumpen su programación para emitir en directo la comparecencia del presidente del gobierno. Una comparecencia que, como comenzaba a ser habitual, en lugar de hacerla en persona, la emite a escondidas, tras un televisor de plasma que hace las veces de preservativo ante el arma más peligrosa de la democracia: las preguntas.

—Hoy hemos sufrido un grave ataque a las instituciones

de este país, es decir, hoy se ha cruzado un límite que no se debería cruzar nunca. Hoy se ha recurrido a la violencia, y eso no nos lleva a ningún lugar. Tenemos un balance de diez representantes de los ciudadanos que han resultado heridos de diversa consideración, es decir, varios de ellos han tenido que ser hospitalizados.

»Desde el gobierno damos ánimos a los heridos y a sus familias en estos momentos duros, con especial mención a uno de ellos, que permanece en cuidados intensivos.

»Aún no sabemos exactamente cómo ha ocurrido todo, es decir, estamos pendientes de las investigaciones que se están llevando a cabo. Pero no les quepa duda de que llegaremos hasta el fondo del asunto y de que encontraremos a los responsables...

En ese momento, en una casa de cualquier otra ciudad, un hombre ve la televisión y piensa que, a pesar de los heridos, esto es lo que le hacía falta al país, piensa que esos anónimos ciudadanos acaban de dar el primer golpe al que sin duda se ha convertido en el cáncer de esta democracia: los propios políticos.

En otra casa de otra ciudad, un jubilado recuerda otros tiempos, tiempos en que la gente salía a la calle a reclamar sus derechos, tiempos en los que finalmente ganaba el pueblo, tiempos en los que los políticos eran servidores de los ciudadanos y no al revés. Sonríe, le cae una lágrima y se siente de nuevo orgulloso de las personas.

En otra ciudad, tres chicas jóvenes que comparten piso miran las noticias y le hacen un gesto con sus dedos índices al televisor. Son tres de las mejores investigadoras de su promoción, tres mentes brillantes que trabajan en proyectos que podrían salvar vidas en un futuro, proyectos que se van a cancelar por falta de presupuesto. Un presupuesto que se podría cubrir simplemente con una parte del dinero robado por alguno de esos políticos corruptos que ni lo devuelve ni va a la cárcel.

En una gran casa de las afueras, una mujer no deja de llorar. Su marido, que esa misma mañana había salido sonriendo al ayuntamiento, está ahora debatiéndose entre la vida y la muerte en la cama de un hospital. Ha ido a casa a coger algo de ropa y ha abrazado a sus hijos diciéndoles que no pasa nada, que todo saldrá bien. Dos niños que no pueden dejar de lloran al oír noticias de que su padre se está muriendo. No acaban de entender eso de que unos hombres han entrado en el ayuntamiento y le han pegado.

Y esa tarde de martes, en varias partes del país se inicia un pequeño efecto llamada, haciendo que los ciudadanos salgan espontáneamente a las calles.

* * *

El miércoles amanece con miles de personas ocupando las plazas de varias ciudades.

Se producen también disturbios, en su mayoría agresiones a políticos, que se van repitiendo por todo el país. Muchas de ellas suceden en pequeños ayuntamientos, donde muchos ciudadanos, hartos ya del cacique de turno, ven la oportunidad para desahogarse por todo lo sufrido.

Pero, a pesar de toda la presión social, la noticia más importante ese miércoles es otra.

A las doce de la mañana, se celebra la junta de accionistas de uno de esos bancos que, tras ser rescatados con dinero público, continúa ejecutando desahucios. Entre los asistentes, un accionista, ahorrador y cliente de toda la vida en dicha entidad, un hombre con un gracioso bigote y una chaqueta blanca esconde una pistola. Un hombre que se ha quedado sin casa y no sabe muy bien dónde va a vivir ahora su familia.

En el turno de preguntas, levanta la mano y se muestra de lo más cordial con el director del banco. Este le responde también con amabilidad.

Finaliza la sesión y ese mismo hombre se acerca al director con la intención de preguntarle una última cosa. Este, que ya lo ha visto en la intervención y le ha caído simpático, se espera para atenderle.

Cuando apenas está a un metro, el hombre del gracioso bigote blanco saca una pistola y le dispara en el pecho. Inmediatamente después, se dispara a sí mismo.

La noticia abrirá todos los informativos.

* * *

Jueves.

Tras los dos días anteriores, todo vuelve a una relativa calma. Aun así, se siguen produciendo agresiones a distintos políticos, da igual el partido, da igual el color... Las manifestaciones también continúan en las principales plazas del país.

Mis últimos días en aquella ciudad.

Me hice a la idea de que seguramente ya no volvería a verlo. Sabía que, de una forma u otra, él había tenido algo que ver en todo aquello. Sabía que aquella historia de la noche toledana no había sido gratuita, me la había contado en el momento justo, en el lugar adecuado.

Estuve esperando su llamada durante aquellos días, pero nunca llegó. Por las noches no podía dejar de llorar, ¿le quería? Sí. Y es que aquello había acabado, pero me di cuenta de que seguiría en mi cabeza durante el resto de mi vida, no como recuerdo, sino en forma de secreto.

Ya no volví a saber nada de él, bueno sí, hubo un pequeño detalle…

* * *

Viernes.

Aquel fin de semana, el último, decidí quedarme allí. Le puse la excusa a mi marido de que quería despedirme de mis compañeros. Le dije que me iban a hacer una cena y que a partir del lunes ya tendría todo el tiempo del mundo, pues volvería a estar en el paro.

En realidad, lo de la cena era lo de menos, de quien quería despedirme era de él, pues aún tenía la esperanza de volver a verlo.

El viernes por la tarde, mis compañeros me llevaron a cenar a un restaurante, el mismo en el que había estado la primera vez con Marcos. Me sorprendieron con dos bonitos regalos y con un cariño que yo no esperaba. Fue una cena alegre y a la vez triste; alegre porque vi que, en tan poco tiempo, les había —y también me habían— cogido mucho aprecio; triste porque dejaba una parte de mi vida allí, en aquella ciudad en la que había vivido tanto.

Fuera llovía, y eso fue importante.

* * *

A esa misma hora, —mientras Alicia cena junto a sus compañeros— en el interior de un cine, una mano rodea unos hombros que parecen estar hechos de ilusión. Ella ni siquiera sabe el título de la película, pero aun así desea que nunca acabe. Y mientras, él se detiene mirando el brillo de esos ojos azules que aparecen y desaparecen al compás de las imágenes de la pantalla.

Ella piensa en cómo ha cambiado toda su vida en tan solo una semana. Cómo ha cambiado la situación con su acosadora. No sabe exactamente qué ha ocurrido, pero está segura de que las amenazas, los expedientes, las charlas con los tutores, las expulsiones... eso no ha servido para nada. Sabe que ha debido ocurrir otra cosa, algo relacionado con aquellas heridas en el cuello y el extraño corte de pelo, pero es incapaz de adivinar quién le pudo hacer eso.

Piensa también en aquellos días que miraba la muerte desde arriba, desde unos puentes que atravesaban un río que reflejaba el rostro de su tristeza. Piensa también en aquel valor repentino, en aquel arranque de valentía durante el que pensó enfrentarse a ella. Sabe que no habría sido capaz de hacerlo.

La película acaba y ellos hacen lo que nunca han hecho: se quedan allí sentados, mirando los créditos a la espera de que nunca vuelvan a encender las luces. Ella solo piensa en el ahora, como los niños. Y ese ahora está ocupado por él; por las caricias que sus manos dibujan en su cuello, por el suave aliento a menta que se le acerca en ese mismo instante, por los labios que rozan su boca mientras cierra los ojos...

Fuera llueve.

* * *

Llueve sobre una noche de vuelta a casa.

Llueve en el exterior de un coche cuyos cristales amenazan con convertirse en el tipo de ventana al que uno nunca desearía asomarse.

Llueve también sobre un hombre que camina por la orilla de una pequeña carretera, mirando hacia las luces que de pronto se acercan y de pronto también lo abandonan; a la espera de encontrar algún recuerdo que le ayude a distinguir la ruta perdida. A la espera, quizás, de recordar lo que ignora que ha olvidado.

Camina despacio, arrastrando los pies sobre un charco continuo, arrastrando la vida sobre un futuro ahogado en el olvido. Camina con las manos en los bolsillos sin saber si están huecos o solo vacíos. Camina entre luces y lluvia, entre frío y miedo, entre avisos de claxon que consiguen asustarlo aún más.

Unas luces se acercan, pasan y, tras un ruido amargo de frenos, se detienen sobre el asfalto mojado.

Un hombre ha parado de golpe, y aún le tiemblan las piernas sobre los pedales. Sus faros, que a la vez son los ojos del coche, acaban de iluminar una figura perdida en la noche que confirma sus peores miedos. Mira de nuevo, ahora ya por el retrovisor, el reverso de un hombre que continúa un camino, cualquiera.

Deja el coche en medio de la carretera, enciende las luces de emergencia y sale a una noche que no deja de llorar. Y corre, olvidando que hay más coches en la carretera, olvidando que ha dejado el suyo en marcha; corre hacia quien continúa caminando sin mirar atrás.

En apenas unos segundos consigue alcanzarlo.

Se detiene justo a su lado.

Ambos se miran, cara a cara, con el agua difuminando unos rostros que bajo la noche son difíciles de adivinar: solo uno de ellos es capaz de reconocer al otro.

—Me he perdido.

—No te preocupes —le tranquiliza mientras le pone su mano en el hombro.

Ambos caminan ahora juntos hacia el coche: uno con la mirada perdida en la lluvia, el otro con las lágrimas golpeando el suelo. Son pasos largos, porque, a pesar de que avanzan en metros, desandan en recuerdos.

Le abre la puerta y le ayuda a entrar; el hombre se deja hacer. Le coloca lentamente el cinturón, cierra y se queda fuera, apoyado sobre el coche, intentando reunir el coraje suficiente para volver a entrar y ponerse a su lado.

* * *

Tras la cena, mis compañeras insistieron en ir a algún otro sitio, a tomar la última copa. Abrimos nuestros paraguas y caminamos sobre un suelo que la lluvia había convertido en trampa hasta un pub cercano. Allí estuvimos una hora más.

Luego, tras brindar miles de veces, nos despedimos entre abrazos y alguna que otra lágrima. Abracé con una fuerza especial a Carolina, una de esas amigas que se encuentran en el lugar más inesperado de la vida.

—Vendrás a verme algún día, ¿verdad?

—Claro —le dije mientras me caían gotas por las mejillas.

—Venga, venga, que no estamos tan lejos, además, ahora con internet y todo eso… —Y ambas nos echamos a reír.

—Gracias —le dije.

—¿Gracias?

—Sí, gracias.

—De nada. —Y nos abrazamos.

—¿Te acompaño a casa?

—No, hoy no, aunque esté lloviendo me gustaría despedirme de la ciudad.

Y nos abrazamos de nuevo.

Salí a la calle, sola, bajo una lluvia que en ese momento apenas caía con fuerza, lo suficiente para mantener abiertos los paraguas y humedecer los corazones.

Miré alrededor entre lágrimas, miré la calle, el suelo de piedras mojadas, los muros con tantos años a sus espaldas, la estela de la luz de las farolas atravesada por pequeñas gotas de agua, el cielo tan tan oscuro…

Y por primera vez, bajo aquel escenario, me pregunté si todo había sido un sueño, si las calles de aquella ciudad me habían llevado a ese mundo al que solo accedemos por la noche, cuando dormimos. Pensé en todo lo ocurrido: en todo lo sufrido, en todo lo vivido, en todo lo disfrutado… en ese secreto que ahora llevaba en mi interior.

Y allí, sobre y bajo el agua, pensé que solo me quedaba una cosa por hacer: despedirme de aquella sombra a la que había estado persiguiendo por esas mismas calles y, de paso, averiguar la otra versión de la historia: la real, la que Marcos no me había contado.

Abrí el paraguas y me dirigí hacia unas calles que, después de tanto tiempo, ya me conocía de memoria.

Caminé como caminé aquel primer día, pero esta vez sin perseguir a nadie, bueno, sí, persiguiendo una respuesta. Me adentré en el laberinto a través de unas escaleras salpicadas de recuerdos…

Caminé sobre riachuelos de piedra y, en apenas unos minutos, me encontré frente a aquella puerta con su extraña marca roja, una puerta que, como siempre, estaba abierta.

La empujé lentamente: las mismas velas, las mismas macetas y el mismo ramo de flores en el suelo.

—¿Hay alguien? —pregunté.

Nadie respondió.

Aquella noche no tenía prisa por regresar: en casa pensaban que estaba con mis compañeras y mis compañeras pensaban que estaba en casa. Y yo, en realidad, aún no sabía muy bien dónde me encontraba.

Atravesé el patio y al llegar a la altura del ramo me di cuenta de algo. Lo aparté suavemente y allí, bajo las flores, apareció de nuevo el símbolo: esos dos corazones con forma de reloj de arena.

Me senté en uno de los sillones que había en la entrada y me quedé allí a la espera de que llegase alguien.

* * *

Deja que la lluvia golpeé su mirada, respira y, lentamente, se dirige hacia la otra puerta del coche. Abre, sube y arranca, evitando mirar a su derecha.

Comienzan a moverse.

—Vivo muy cerca, por la zona del alcázar... ¿Sabe usted dónde está? —Le sorprende una voz que, a pesar de estar a unos centímetros, le parece solo un eco del pasado.

—Sí, sí, no te preocupes —contesta.

—Gracias, joven. Es que estaba paseando y de pronto se ha puesto a llover... supongo que me he desorientado, y... todo es tan distinto cuando llueve...

—Sí, todo es tan distinto... tanto —contesta, respirando hondo. Y es que hay cosas a las que uno jamás llega a acostumbrarse.

Aprieta con fuerza el volante, como si eso fuera suficiente para descargar el dolor que lleva dentro. Mira hacia la carretera sin saber si las gotas que distingue están en el cristal o en sus propios ojos. Porque justamente en esos momentos recuerda su infancia: las horas pasadas en los columpios, las miles de historias que le contaba entre esas calles que le parecían tan grandes, los cuentos —que en Toledo siempre eran leyendas— que le susurraba antes de acostarse, aquellas noches en las que llovía y salía de la cama para dormir a su lado, al de él, al de ella, al de ellos...

Silencio en un camino que tantas veces han recorrido. Un camino que siempre es el mismo porque ambos han iniciado el viaje hacia un permanente presente, un viaje sin futuro ni pasado. Como un niño, piensa.

¿Quién decide lo que dura un recuerdo? ¿Cómo es posible olvidar cada día el presente?

Silencio y gotas golpeando el techo; silencio entre ambos, solo silencio...

—Vivo muy cerca del alcázar. ¿Sabe usted dónde es? —insiste de nuevo.

—Sí, cálmate... —le contesta Marcos mientras acerca su mano a la pierna del anciano; mientras le aprieta con todo el amor que puede; mientras se da cuenta de que no existen limpiaparabrisas para el corazón; mientras las lágrimas se le acumulan de tal forma en los ojos que apenas puede distinguir la carretera.

—Gracias, joven. Es que estaba paseando y de pronto se ha puesto a llover... supongo que me he desorientado y...

Se acercan a su destino. Disminuye la velocidad y pasan por una zona ya familiar para ambos.

—¡Por aquí es, por aquí! —grita el anciano.

—No, espera... espere, es un poco más adelante... es que todas las calles son muy parecidas —le contesta, intentando justificar de alguna forma la confusión; en realidad, intentando encontrar una justificación que le sirva de consuelo.

—¡Por aquí es! —vuelve a gritar el anciano.

—Sí, no te preocupes, tengo que dar la vuelta. Un momento, enseguida llegamos —intenta tranquilizarlo.

Marcos observa cómo el hombre se mueve inquieto en el asiento; cómo consigue, tras varios intentos, deshacerse del cinturón; cómo forcejea con la puerta, con su mundo e, incluso, a veces con el propio destino.

Finalmente, en cuanto consigue aparcar, aquel anciano vestido de negro y completamente empapado, sale.

Marcos se queda mirando cómo su propio padre huye de él, cómo sube por una calle y gira a la izquierda, a la búsqueda de esa marca roja que hace las veces de faro en medio de un océano de olvidos. Camina tras él y observa, desde el burladero del dolor, cómo esa oscura figura —que ya ha encontrado, en su mente, una parcela de recuerdos— va desacelerando el ritmo conforme se acerca a su destino. Observa cómo se detiene ante la puerta, observa cómo la empuja y desaparece en el interior de esa, su casa.

Se queda mirando al cielo, a la espera de ver caer recuerdos: las primeras partidas de ajedrez, esas en las que papá siempre ganaba; los cuentos que tantas veces le susurró desde la arista de su pequeña cama; los días, meses que pasó ayudándole a pronunciar una erre que se le atragantaba; los pulsos que, con el transcurso del tiempo, iba ganando; la calle que tantas veces recorrió con su mano equilibrando una bicicleta que empezaba a avanzar sin las pequeñas ruedas… Las horas juntos en el sofá, en la cocina, en la vida…

* * *

Estaba a punto de dormirme cuando oí un ruido y me levanté sobresaltada.

Lo tenía allí, delante de mí.

Vestido totalmente de negro pero con la capucha quitada, con un pelo mojado que le caía a trozos por la frente, con unas ojeras que le caían lentamente sobre la boca, con una mirada medio perdida que caía sobre mi cuerpo…

Observé sus ojos.

Unos ojos sin brillo, pensé.

Nos quedamos frente a frente sin saber quién sería el primero en hablar, sin saber si habría alguna conversación.

* * *

En ese mismo instante, Alicia oye un ruido en la parte de arriba de la casa.

Un hombre comienza a bajar por las escaleras, un hombre que observa a su padre en el patio, parado, de pie junto a una mujer.

Un hombre que, al ver a su padre en ese estado, se pregunta si han sido suficientes las veces en las que le ha dicho «te quiero». Sabe que hace ya tiempo que cada te quiero es siempre el primero y a la vez el último, porque las conversaciones solo duran un instante; hace ya tiempo que las cosas son más difíciles, los recuerdos más difusos y las miradas más ausentes.

Respira.

Se acerca a la sombra para quitarle la gabardina que lleva.

Lo hace con delicadeza, como si tuviera miedo de quebrar un cuerpo que parece estar construido a base de derrotas.

Lo coge de la mano y lo acompaña hacia una puerta.

Entran y dejan allí, a solas, a una Alicia que continúa perdida.

* * *

Podría haberme ido porque realmente nunca había sido invitada, pero decidí quedarme allí, a la espera de algo, sin saber muy bien qué esperaba.

Oí unas palabras de cariño y el pequeño movimiento de una silla; oí incluso el desvestir de un hombre que debía de tener goteras hasta en las entrañas.

Pasó más de media hora hasta que, de nuevo, aquel segundo hombre, el que acababa de bajar por las escaleras, abrió la puerta y se acercó a mí.

—Hola —me dijo mientras alargaba la mano

—Hola... soy Alicia —contesté, intentando comprender por qué ese rostro, a pesar de no poseer unos ojos verdes, me recordaba tanto tanto a Marcos.

—Hace tiempo que te esperaba.

Silencio.

—Te esperaba porque, al final, uno no se conforma con las leyendas, ¿verdad? Uno siempre quiere saber dónde queda la realidad. Ven, acompáñame —me dijo mientras subía por las escaleras.

Le seguí y en la segunda planta nos detuvimos junto a una

pequeña biblioteca adornada con un piano y varios sillones. El hombre me invitó a sentarme con la mirada.

Se acercó a una especie de termo, lo enchufó y comenzó a calentar agua. Los gestos, las miradas, hasta la voz... Todo me recordaba a él.

—¿Un café?

—Vale —contesté sin más. Vale.

Silencio.

Un silencio difuminado por la lluvia.

—Sabes..., una misma historia puede contarse de mil maneras, todo depende del narrador —me dijo acercándome la taza y sentándose frente a mí, en otra butaca.

—Pero si quieres saber la realidad, ya la has encontrado. La has tenido frente a ti ahí abajo. Ese hombre, mi padre, es la verdad que buscas. Un hombre que va mendigando recuerdos por las calles, un hombre que cuando llueve se pierde, es como si el agua desdibujara los restos de mapa que aún le quedan en su cabeza.

La lluvia, pensé.

—Supongo que te has fijado en esa marca roja que hay en la puerta, ahí afuera.

—Sí —contesté en voz baja.

—Es como un faro para él, una vez que lo ve, entra, pero a veces es incapaz de encontrarlo y da vueltas y vueltas por estas mismas calles hasta que lo consigue localizar. Es como si todo el mundo que tiene estructurado aquí dentro —y se señaló la cabeza— de vez en cuando le desapareciera.

Recordé aquel primer día, cuando persiguiendo a esa sombra dimos varias vueltas por estas mismas calles. Pensé que estaba jugando conmigo cuando en realidad era su mente la que estaba jugando con él.

—Hace años que va dejando de recordar lo cotidiano, en cambio hay otras cosas que continúa recordándolas perfectamente: esos relojes y esas malditas cartas. He estado a punto de romperlas tantas veces... pero no tengo derecho, es su vida... aunque cada vez sea menos suya.

Se quedó de nuevo en silencio.

—Bueno, ¿y qué quieres saber? —me preguntó.

—No lo sé —le contesté—, creo que yo también me he perdido.

—Ven, acompáñame.

Cogí la taza y comenzamos a subir las escaleras hasta el tercer piso; y allí, justo en el último escalón, donde acababa la escalera, se sentó. Y me invitó a sentarme, a su lado.

Y lo hice.

* * *

—Pasó hace ya muchos años, pero lo sigo viviendo en mi memoria como si fuera ayer, sobre todo cada vez que subo aquí arriba y me siento en este mismo escalón desde el que la vi caer... En el mismo escalón desde el que veo a mi padre cuando, tras perderse por las calles, vuelve a casa; desde el mismo escalón desde el que, hace unos días, te vi entrar a ti, desde el que hoy te he estado observando.

Bajé la mirada, avergonzada.

—Aquel día, mis padres estaban hablando en esa habitación de ahí atrás mientras yo permanecía sentado aquí. Mi misión era avisar a mi hermano si ellos bajaban, pues él, como tantas otras veces, se había metido en la sala de los relojes, una sala en la que teníamos prohibido entrar.

»A los pocos minutos comencé a oír gritos en el interior de la habitación. Mis padres discutían como nunca les había oído discutir. La puerta estaba cerrada y aun así era capaz de escuchar insultos, reproches y mil cosas más que me duele recordar.

»Y en un instante sucedió todo.

»La puerta se abrió de golpe y mi madre salió corriendo…
y no me vio, no se fijó en que uno de sus hijos estaba sentado
en este mismo escalón.

»Tropezó conmigo clavando su rodilla en mi espalda, y al
caer intentó apoyar todo su cuerpo en una vieja barandilla de
madera, una barandilla muerta por dentro, una barandilla
que se rompió al momento.

»Y ella cayó, y calló para siempre.

»Aquel día pensé que huía de mi padre, pero con el tiempo he comprendido que seguramente huía de ella misma.
Después supe que llevaba un secreto en su interior, de esos
que por fuera parecen transparentes, pero te van manipulando por dentro. Y aquel día… aquel día mi padre lo había descubierto todo.

Tragué saliva.

—Cuando él salió de la habitación y comenzó a bajar, ya
era tarde. En mi vida he visto una cara de terror así, jamás he
visto una expresión de tristeza tan desproporcionada, tan
marcada en un rostro. Aún hoy en día, cada vez que le observo, me doy cuenta de que esa expresión continúa ahí.

»Mi madre cayó desde aquí y acabó justo ahí abajo, en el
ramo de flores, un ramo de flores que mi padre se encarga de
cambiar cada día. Eso nunca se le olvida.

Silencio.

—Mi hermano estaba abajo jugando con uno de los relojes, pero no con uno cualquiera, sino con uno que jamás debería haber llegado a aquella mesa. Aquel reloj era un regalo para
mi madre, pero no de su marido. En cuanto mi hermano oyó
el sonido de la muerte contra el suelo, salió de inmediato dejando también caer el reloj que llevaba en la mano. Tiempo y
vida se detuvieron a la vez.

En ese momento, se le escapó una lágrima que se limpió disimuladamente con el brazo.

—Mi padre llegó abajo, se tiró sobre ella y se quedó allí, inmóvil, gritando como jamás he visto gritar a un hombre. No se movió ni siquiera cuando mi hermano comenzó a pegarle, a insultarle... no se movió cuando llegó la policía... no se movió cuando el médico intentó apartarlo... De hecho, aún hay noches que cuando llega de sus infinitos paseos por la ciudad, se tumba ahí junto a ella, junto a esas mismas flores. Ahora sé que ese día comenzó a morir él también.

»Mi padre la quería con locura, lo era todo para él, la adoraba... pero cada vez le dedicaba menos tiempo. Poco a poco, se fue aislando en esa sala de ahí abajo. En aquellos días pensamos que la culpa era de esos malditos relojes, pero al cabo de un tiempo, mucho después de lo sucedido, me di cuenta de que no lo había hecho a propósito. Aquellos fueron los primeros años de una enfermedad que aún no estaba diagnosticada: se iba olvidando de cosas, y casi siempre de nosotros.

»Mi padre, a pesar de esos primeros olvidos, conocía de memoria todos los relojes que tenía en la casa, y aún no sé cómo, un día encontró ese en el bolso de mi madre. Un precioso y caro reloj de bolsillo de mujer.

»Él, evidentemente, pensó lo peor, así que subió aquí arriba, llamó a mi madre y supongo que en esa habitación ella lo confesó todo, confesó que llevaba un tiempo viéndose con otro hombre. Y quizás muerta de vergüenza, quizás por las amenazas de él, quizás, quizás, quizás... salió huyendo.

Mientras escuchaba aquella historia no podía evitar pensar en mi propia situación, en las coincidencias, como si dos mujeres, a tantos años de distancia, vivieran los mismos momentos.

—Lo peor de todo es que durante muchos años pensé que el culpable de su muerte había sido yo. Sí, ya sé que salió corriendo, pero si yo no hubiera estado aquí sentado, si no hubiera tropezado conmigo… quizás habría bajado la escalera, habría huido a la calle durante unas horas, habría vuelto, habrían hablado… y seguramente aún podría abrazarla.

Sus ojos empezaban a llenarse de cristales.

—Y luego está él; él, que ya no está. Y es que mi madre murió hace ya muchos años, pero mi padre… mi padre lleva demasiado tiempo muriéndose.

✳✳✳

—Aquel accidente lo destrozó todo, no solo la vida de mi madre, sino la relación con mi hermano.

Ahí me puse nerviosa, a la espera de confirmar mis sospechas.

—Mi hermano y yo habíamos sido siempre uña y carne. En cada recuerdo de mi infancia lo veo ahí, conmigo, ayudándonos, cubriéndonos, haciendo mil cosas juntos… Pero a partir de aquel día todo cambió. Fue un proceso lento, casi imperceptible, pero también imparable. Ambos vimos aquel accidente de distinta forma. Él, Marcos —y ahí me puse a temblar—, decidió que el culpable había sido mi padre, que nuestra madre estaba muerta por su culpa, porque últimamente no le hacía caso. Recuerdo que, a veces, cuando discutían, le llegaba a decir cosas como que era un asesino… Quizás porque era más joven, quizás porque el accidente le pilló en una época difícil, quién sabe. El caso es que con los años nos fuimos alejando, hasta el día en que salió por la puerta y nos dijo un hasta luego que supe era un adiós. ¿Y sabes qué? Lo echo tanto tanto de menos. Cuando estoy aquí, a solas, cuando estoy frente a mi padre recordando nuestra infancia... Lo echo tanto de menos.

»Sé que sigue por ahí, imagino que hoy, como tantas otras veces cuando nuestro padre se pierde, es él quien lo ha traído hasta casa. Quiero pensar que nos quiere, pero a su forma...

»Con el tiempo he descubierto que cada uno de nosotros podemos elegir cómo ver las cosas, que no hay una realidad, sino muchas. Un espectador de lo sucedido podría pensar que la culpa fue mía, por estar ahí sentado; o de mi hermano, pues fue él quien me mandó aquí arriba a vigilar; o de mi padre, por no haberle hecho a mi madre el caso necesario; o de ella, por haberle engañado; o de la barandilla por haberse roto... Y después está la gente que sin haber visto nada opina de todo, la gente que aburrida de su propia vida intenta inventar otras, y lo que es peor, las destroza.

Comencé a notar la rabia en su rostro.

—En realidad, a mi padre no solo lo hundió lo que ocurrió ese día, ni una enfermedad que ya comenzaba a manifestarse, a mi padre lo hundió la gente. Toda esa gente que lo declaró culpable sin más, lanzando rumores de todo tipo. Se dijo que nos maltrataba, que por las noches nos pegaba, que la empujó a propósito por las escaleras... Todo mentira, todo falso. Y así, gracias a esos rumores, comenzó a perder clientes, ya nadie le traía relojes para reparar. Poco a poco, aquel hombre que un día fue el espejo en el que fijarme, se fue quedando sin trabajo y sin amigos; se fue apagando por fuera y, sobre todo, por dentro.

»Creo que aquel darse por vencido dio alas a una enfermedad que comenzó a hacerse aún más fuerte. Un día olvidaba las llaves, o la chaqueta, o ponerse los zapatos, o ponerse el pijama cuando se iba a dormir… y así, día tras día, hasta que olvidó cómo volver a casa y tuvimos que ponerle una pulsera identificativa.

* * *

—Creo que ha dejado de llover... acompáñame.

Bajamos un piso y abrió una puerta que daba a una pequeña terraza con vistas a la ciudad.

Accedimos y nos quedamos los dos —uno al lado del otro—, apoyados sobre un pequeño muro, observando aquel paisaje de luces.

—¿Te gusta? —me preguntó sin girar la cabeza.

—Me encanta —le contesté—, es precioso... es como...

—Es como asomarse a un cuento, ¿verdad?

—Sí, exacto.

Silencio.

—Por ahí, perdidas en la ciudad, hay cinco marcas, cinco marcas de esas que tú has estado buscando.

Me quedé en silencio. Aquel hombre sabía demasiado. Pero... ¿cinco?

—Esas marcas, por un lado son una muestra de amor, y por el otro una venganza. Y es que, mi madre murió enamorada, pero no de mi padre. Murió enamorada de un hombre que le dio todo lo que le faltaba: le dio ilusión, le dio sonrisas, le dio vida… Eso es el amor, Alicia. Un hombre con el que recorrió rincones de la ciudad que ni ella sospechaba que existían; un hombre que le mostró la magia de las leyendas; un hombre con el que vivió historias que se quedaron entre esas calles y ellos dos… porque, con Toledo como excusa, es tan fácil enamorar a alguien.

«No lo sabes tú bien…», estuve a punto de contestarle.

—Pues bien, a partir de la muerte de mi madre, comenzaron a llegar unas extrañas cartas a casa. En realidad, cada uno de aquellos sobres solo contenía dolor, pues parecían cartas enviadas con el único objetivo de no dejar cicatrizar la herida. En cada carta, excepto en la primera, aparecía una simple frase. Ambos, el que la enviaba y el que la recibía, conocían perfectamente Toledo. Fue un duelo entre amante y marido por una mujer que ya no estaba. Cada frase era una pista para encontrar un lugar en la ciudad, un lugar en el que quedaba claro lo que había ocurrido: «Siete fechas, siete lugares donde nos unimos».

»Y mi padre, que ya no tenía apenas clientes ni en qué ocupar el tiempo, comenzó a seguirle el juego. Se pasaba las noches recorriendo las calles hasta que encontraba la marca. Entonces, al tiempo —a veces incluso pasaban meses—, llegaba la siguiente carta. Y así hasta la séptima, una carta que llegó ya hace muchos muchos años, una carta con una pista fácil de interpretar pero muy complicada de encontrar: «Bajo el símbolo del agua encerrada».

»Durante aquellos años, mi padre salía una o dos veces a la semana a buscarla. Y así pasaban meses, y después años, y después… Ahora sigue saliendo, pero creo que ya no recuerda ni lo que busca, o quizás sí… Quién sabe lo que hay dentro de esa cabeza. Yo también estuve buscándola durante unos años, pero nada, al final me rendí. Estaba claro que se trataba de una casa con un aljibe en su interior, pero en Toledo hay tantas... ¿La has encontrado tú, Alicia?

Me sorprendió con una sonrisa.

—Yo, yo... —tartamudeé.

—Sí, Alicia, tú. Tú también has estado buscando esas marcas, ¿no?

—Bueno, sí, la primera la encontré de casualidad, la de la tercera fecha...

—Sí, esa es la más fácil, la más visible.

—Después descubrí la del doble arco y la de la estatua...

—Esa, la de la estatua, es fácil verla ahora gracias a las farolas que hay alrededor, porque de día es imposible, no se distingue. Recuerdo que fue de las que más me costó encontrar, pues en aquella época esa zona no estaba tan iluminada como ahora. ¿Alguna más?

—Bueno, hoy he visto la que hay debajo del ramo de flores. Supongo que esa es la de «Donde acabó su vida y empezó tu muerte», ¿no?

—Exacto, muy bien.

—Pero aún me falta el resto. No fui capaz de localizar la del reloj, a pesar de que la pista parece clara.

—Recuerda que todo en la vida se puede ver desde distintos ángulos, ese reloj también...

—Ya...

—Bueno, el resto de las marcas las puedes encontrar tú sola... todas menos una.

—¿Cuál?

—La última, la más complicada. Esa te la tendré que enseñar yo.

—¿Qué? —contesté—. ¿Sabes dónde está?

—Sí, claro, al final la encontré.

—Entonces ¿por qué no se lo has dicho a tu padre?

—Acompáñame.

* * *

Comenzamos a bajar las escaleras.

Llegamos al patio.

—Arriba, en la terraza, te he dicho que por Toledo hay perdidas cinco marcas… Las otras dos están aquí, en esta casa. Ven.

Continuamos descendiendo por unas estrechas escaleras hasta una sala en la que yo ya había estado.

Entramos y me mantuve a la espera, rodeada por todos aquellos relojes que parecían estar jugando con el tiempo.

—Ayúdame un momento —me dijo.

Se subió a la mesa y cogió el extremo de un gran panel de madera. El mismo sobre el que estaba pegado el corcho de donde colgaban todas las frases. Yo cogí del otro extremo y entre los dos lo dejamos en el suelo.

Me quedé con la boca abierta. Allí, esculpidos sobre la pared, aparecían de nuevo esos dos corazones.

—Lo cierto es que lo descubrí por casualidad, pues hacía años que había dejado de buscar esa última marca. Un día estaba limpiando un poco todo esto y, sin querer, tropecé y le

pegué un golpe... y cayó al suelo. A saber cuántos años llevaba esto colgado en esa pared.

—Pero... aquí... ¿por qué?

—Verás, en ese momento, cuando lo vi, caí en la cuenta de
que esto que parece una bodega en realidad fue antiguamente
un aljibe. Pregunté a un hombre que lo sabe casi todo de la
ciudad y me confirmó que hace muchos años, antes de que se
reformara la fachada, en la puerta hubo un símbolo de esos
con forma de bola que lo indicaba.

—Vaya, entonces quien hizo estas inscripciones conocía
muy bien la ciudad.

—Sí, bastante.

—Así que aquí...

—Sí, se supone que aquí mi madre y su amante también se
unieron. Es posible que ese mismo día él le regalara ese mal-
dito reloj que lo desencadenó todo. Es posible que ella, entre
los nervios y la pasión del encuentro, se lo dejara olvidado
sobre esta misma mesa... siempre he pensado que quizás por
eso es la última marca.

Silencio.

—Entonces, si no llega a ser por la casualidad, nunca lo
hubieras encontrado.

—No, seguramente no.

—Pero... ¿por qué no se lo has dicho a tu padre? ¿Por qué
dejas que siga buscando esta marca?

—Mira, Alicia, la misma tarde en que lo descubrí estuve a
punto de decírselo, pero... ¿sabes qué? Habría cometido un
gran error. En el estado en que está mi padre, no sabes el bien
que le hace seguir paseando por Toledo, seguir teniendo ilusión por algo, aunque sea por buscar una marca que seguramente ni recuerda para qué la busca... Es posible que se lo

diga y que ni siquiera sepa de lo que estoy hablando, pero también es posible que se lo diga y, en uno de esos momentos de lucidez que tiene, se de cuenta de que la búsqueda ha acabado. Tengo miedo de que llegue el día en que se niegue a salir a la calle y se quede por aquí sentado, sin hacer ya nada, sin recuerdos, como un niño.

—¿Como un niño?

—Sí, Alicia, porque, ¿sabes lo que es un hombre sin recuerdos?... Un niño.

Suspiré.

Subió otra vez las escaleras hasta el patio y yo le seguí en silencio. En ese momento, sin pensarlo, me surgió una pregunta.

—Perdona... una última cosa, ¿por qué todas las marcas tienen la misma fecha?

—Ya... yo tampoco lo entendía al principio, hasta que un día él confirmó mis sospechas. Él y mi madre se conocieron un 22 de octubre de 1984.

—¿Él? ¿Quién? ¿El otro hombre?

—Sí, Alicia, el otro. Un hombre que, al igual que mi padre, sigue paseando también cada noche por esta ciudad. Pero con una diferencia, él mantiene intactos los recuerdos.

Me miró y noté en su rostro que ya no deseaba contarme nada más, que aquella conversación había terminado.

Nos despedimos dándonos de nuevo la mano.

Salí a la calle.

Respiré.

Comencé a caminar.

* * *

Aquel sábado ya habíamos desayunado todos. Mi hija estaba en el comedor viendo la tele, Pablo se había ido a dar una vuelta, mi tía fregaba los platos en la cocina y yo estaba arreglando la habitación.

Acabé de hacer la cama y me asomé a la ventana.

Comencé a observar el cielo mirando a ninguna parte, intentando asimilar todo lo ocurrido la noche anterior, tratando de distinguir en qué momento se difuminaba la leyenda entre la realidad...

Y de pronto, sonó el timbre.

No le di mucha importancia hasta que mi tía entró en mi habitación para decirme que alguien había venido a verme.

Me quedé inmóvil, nerviosa, desconcertada...

Me fui corriendo al baño, me miré al espejo y me peiné lo mejor que pude.

—Un momento, un momento —le dije.

Me quité el pijama, abrí el armario y cogí lo primero que encontré.

Salí de la habitación totalmente excitada.

Y me lo encontré allí, sonriendo, bajo la puerta y con una caja de bombones.

* * *

Yo también sonreí, pero a medias, como quien acepta un regalo que no es el que esperaba.

Creo que él lo notó, pero no quiso decirme nada.

Se acercó a mí y me besó.

Se acercó a la niña y la cogió en brazos.

—¡Vamos! Dile a mamá que nos vamos a dar un paseo por esta ciudad que aún no conozco.

—Vale, vale, voy a cambiarme…

—Bueno, ¿qué? ¿Te ha gustado la sorpresa? No te lo esperabas, ¿eh? —me dijo mientras me seguía a la habitación.

—No, no, para nada.

—Ah, esta noche he reservado una ruta de esas guiadas, creo que con la misma empresa con la que la hiciste la primera vez. ¿Te apetece?

—Sí, sí, claro que sí.

—¿Tú crees que a tu tía le importará si le dejamos a la niña un rato esta noche? —me dijo en voz baja.

—No te preocupes, seguro que no hay problema.

* * *

Salimos con antelación de la que, hasta ese momento, había sido mi casa. Cerré la puerta intentando convencerme de que todo lo pasado tenía que quedarse atrás, como si ese pasado fuera una semilla que ahora había que desenterrar. Bajé sin demasiada ilusión: con la intención de volverme en cada nuevo escalón.

Abrí el portal a desgana, tropezando con un frío que a esas horas ya paseaba por la ciudad. Caminamos en dirección a la plaza, con el cuerpo encogido y las manos en los bolsillos.

Allí, entre decenas de vidas que disfrutaban de un sábado por la tarde, distinguimos a un grupo de personas alrededor de un pequeño quiosco, supuse que serían ellos.

—Esperen ahí, a las ocho y media empezaremos —nos dijo una chica joven mientras guardaba el dinero en una pequeña bolsa de plástico.

Nos quedamos de pie, junto al quiosco, a la espera de que se hiciera la hora; aún quedaban unos diez minutos. Poco tiempo si se tiene con quien hablar…

Me fijé en una chica que parecía estar en impar, en solitario. Una chica más o menos de mi edad que intentaba disimular su soledad jugando con el móvil. Una chica que levantó su mirada quizás con la intención de analizar al resto de sus compañeros de ruta. Sus ojos se cruzaron con los míos y, por su expresión, supe lo que estaba pensando.

En ese instante apareció un hombre alto, delgado y de unos sesenta y tantos que, con cara seria y un pequeño aspaviento, consiguió mover al grupo.

Nos fuimos alejando hacia un extremo de la plaza, distribuyéndonos como en un pequeño teatro alrededor de aquel hombre.

—Hola a todos —saludó con una voz imponente pero increíblemente dulce—, mi nombre es Luis. Bienvenidos a Toledo.

* * *

Y aquel hombre comenzó a contagiarnos la magia de la ciudad a través de sus palabras… Después de contar varias anécdotas sobre la plaza en la que estábamos, nos dirigimos hacia la calle del Comercio. Pero en lugar de ir directamente a la catedral, giramos a la izquierda e iniciamos un descenso por la misma calle por la que, hacía ya varias semanas, me había perseguido un hombre de palo. Llegamos a la misma verja y allí nos detuvimos.

El guía nos estuvo contando una leyenda sobre aquella calle y varias historias relacionadas con unas figuras talladas en esa parte de la fachada.

—Ah, y si se fijan ustedes en ese reloj de ahí arriba, descubrirán que es un reloj especial, pues solo tiene una aguja…

Y mientras el guía daba una explicación que yo ya sabía, disimuladamente, volví a buscar con la mirada aquella marca que se me escapaba, aquella marca cuya pista parecía tan fácil.

—Como ven, entre hora y hora, solo hay un punto para indicar las medias… Pero lo más curioso de todo es que en el interior de la catedral se encuentra la otra cara del reloj, es exactamente igual que esta, pero entre las horas hay tres puntos. Tres puntos que marcan el cuarto, la media y los tres cuartos…

¡¿Qué?! ¡Había otro reloj dentro! En ese momento recordé las palabras de aquel hombre «…Todo en la vida se puede ver desde distintos ángulos, ese reloj también…». Así que aquella marca seguramente estaba dentro de la iglesia, sonreí. Mi marido me miró y sonrió conmigo.

Volvimos a subir por la misma calle y llegamos a la plaza del ayuntamiento.

Contó la historia de la Campana Gorda, la solitaria torre y otras curiosidades ante la atención del grupo. Y desde allí, atravesamos mil calles, siguiendo un itinerario distinto al de la primera vez.

—Vengan, giremos por aquí —nos dijo.

Todo el grupo se movió y nos adentramos en una calle que desembocaba en un patio exterior, una calle sin salida.

El guía se acercó a una preciosa puerta de madera y se colocó justo delante de ella, tapándola.

—Observen esta puerta que tengo a mis espaldas, sobre todo las dos columnas que la rodean.

Todo el grupo dirigió sus ojos hacia el mismo lugar.

—Si se fijan, se darán cuenta de que estas columnas tienen unos capiteles muy extraños; unos capiteles que, además, son distintos entre sí. Durante muchos años se ha estado investigando a qué corriente artística podrían pertenecer, pero no se los ha podido catalogar en ninguna.

—El caso es que hace unos dos o tres meses, instalaron esa farola que ven ahí arriba para alumbrar un poco más esta zona.

Todos levantamos la cabeza.

—Pues bien, da la casualidad que esa farola ilumina este capitel con el ángulo exacto para provocar una curiosa sombra en esta la puerta, miren.

En ese momento se apartó y, justo en la puerta, se podía ver una sombra que definía perfectamente la silueta de un rostro masculino.

Todos soltamos una exclamación.

—Pero aún hay más —dijo sacando una pequeña linterna del bolsillo.

Se puso al otro lado de la puerta, y desde un ángulo parecido al de la farola, pero en sentido contrario, iluminó el capitel de la otra columna. En ese instante apareció también sobre el centro de la puerta la silueta del rostro de una mujer. El guía fue moviendo la linterna hasta situarla en el ángulo adecuado para que la silueta del hombre —alumbrada por la farola— y la de la mujer rozaran sus labios en el centro de la puerta.

Todos nos quedamos en silencio.

—Yo les he enseñado las sombras, ahora ustedes inventen la leyenda —nos dijo con una sonrisa en el rostro—. Vamos, síganme.

Y desde allí, cruzando otras mil calles, nos fuimos acercando a una plaza. La misma en la que comencé oyendo el grito de una niña y en la que acabé haciendo el amor con un desconocido.

Una vez allí, disimuladamente, me fui llevando a mi marido hacia ese rincón donde estaba la inscripción, a ese mismo rincón en el que Marcos y yo...

Mientras él permanecía ensimismado escuchando la leyenda de Bécquer, yo me agaché para atarme unos cordones que no se me habían desatado...

Y la vi.

Y las vi.

Dos marcas casi idénticas: la original y otra mucho más reciente. Otra con una fecha grabada en el corazón de arriba y mis iniciales en el corazón de abajo.

Me di cuenta de que aquella fecha no indicaba el día en que hicimos el amor, sino el de cuando nos conocimos... Sonreí.

Quizás aquella era su forma de decirme adiós.

* * *

De todo aquello hace ya varios meses y, aun a pesar del tiempo transcurrido, parte de mi mente continúa viviendo entre aquellas calles; continúa ocultando un secreto que en determinados momentos me cuesta mantener en silencio.

Cada día —y ya llevo tantos— despierto intuyendo que he estado llorando, sobre todo por esas pequeñas lágrimas que se me escapan incluso antes de abrir los ojos. Despierto recordando las semanas que pasé en aquella ciudad que me hizo descuidar el presente.

Todo empezó como un juego… y al final se convirtió en una realidad que aún no sé dónde esconder. Comencé perdiéndome en las calles de una ciudad y acabé haciéndolo en las líneas de mi vida; podría decirle que cambié todo porque en mi mundo hacía tiempo que no cambiaba nada; podría decirle que la fuerza de los sentimientos fue más intensa que la de los remordimientos; podría decirle que en aquella ciudad me enamoré de nuevo, que durante aquellos días volví a sentir mariposas en el estómago… Podría decirle tantas cosas como ahora me calló… tantas verdades como ahora me trago…

Y así va pasando mi vida, entre momentos en los que consigo no pensar en ello y otros en los que me hundo, en los que me pregunto si alguna vez volveré a sentir algo así. Momentos en los que asumo que nuestra relación se ha anclado en la estabilidad, que la pasión ya no remontará el vuelo simplemente porque no nos quedan ni las intenciones. Momentos en los que utilizamos el cansancio como excusa para disfrazar el desencanto y el sueño para evitar el contacto.

Durante este tiempo he compartido lo sucedido con alguna que otra amiga y eso me ha permitido descubrir que no soy la única; que hay muchas más personas que, como yo, esconden secretos bajo el sofá. He descubierto que hay tantos y tantos tipos de parejas: unas que son felices y se les nota; otras que no, pero lo disimulan; unas que viven juntas sin estarlo y otras que desean llegar a casa para tenerse; parejas que se engañan físicamente y otras solo con el pensamiento; parejas jóvenes que arrancan con la misma ilusión que ya han perdido las que llevan más tiempo; parejas que aun teniendo la oportunidad la han rechazado y otras que, sin buscarla, la han probado; parejas que se estrenan cada día y otras que averiguan que con la edad llega el frío, la distancia y la apatía... pero, bueno, al fin y al cabo, eso es la vida.

Y así, sigo adelante yo con la mía. Una vida en la que me levanto por las mañanas con la cabeza en otro lado; en la que disfruto viendo crecer a mi hija junto a mí, junto a mi marido; en la que trato de ser feliz con lo que tengo, manteniendo en silencio un secreto para no perderlo; en la que nos acostamos a destiempo: él siempre tarde y yo casi siempre primero; en la que intento no pensar en el futuro... porque, sinceramente, no sé si cambiaré de rumbo.

Hay momentos en los que me gustaría volver a encontrarme con aquel gato que me acompañó una noche por las calles para preguntarle qué camino he de seguir…

A veces me gustaría despertarme en una isla, una isla de esas donde uno persigue sus sueños. Un lugar especial… volver a ese sitio al que te trasladas cuando suena el timbre del recreo, allí donde vamos al cerrar los ojos justo antes de soplar las velas.

* * *

Pasan los días, las semanas y los meses… y llega la mañana de un lunes cualquiera.

Marta abre los ojos recordando con nostalgia todos los besos compartidos, las tardes de cine, los nervios antes de cada encuentro… Lo recuerda en pasado porque hace ya unas semanas que dejó su relación con Dani. Y es que, a pesar de su cara y de su cuerpo, a pesar de ser el chico más popular del instituto, se ha dado cuenta de que apenas se ríe con él.

En otra casa, una chica de su misma edad también acaba de abrir los ojos. Se despereza lentamente, se dirige al baño y se mira al espejo sonriendo porque su pelo vuelve a estar compensado: ya le ha crecido una media melena que le queda bastante bien. Se viste pensando en que Dani hace ya unas semanas que está libre, quizás esta sea su oportunidad. Sonríe también porque ha encontrado una nueva víctima: no es ni alta, ni baja, ni fea, ni guapa… pero no sabe pronunciar muy bien algunas palabras.

A varias calles de distancia, una mujer hace ya una eternidad que se ha levantado. Lo ha hecho antes que su marido para poder prepararle un bocadillo envuelto en papel y una cerveza de esas sin marca que ahora compran en el supermercado. Ella se queda con un café en la mano mirando por la ventana porque sabe que, como cada mañana, en unos diez minutos, una puerta se abrirá. Piensa también en Alicia y en todos esos momentos que ahora echa de menos.

En un colegio, a varias calles de allí, un profesor ha decidido que va a hacerlo, que lleva ya muchos años mirando desde la calle a la ventana. No quiere que le ocurra como a Bécquer: que cuando quiso dar el paso ya era demasiado tarde.

En otra casa, una mujer se despierta abrazada a su marido. Piensa en el dolor que generó cuando lo abandonó todo en vísperas de su boda. Pero ahora, al verlo, sabe que tomó la decisión adecuada. Lo abraza y su rostro dibuja una sonrisa que ocupa toda la habitación.

Una pareja despierta y la mano de él se va directamente a la barriga de ella, una barriga en cuyo interior continúa creciendo una nueva vida, saben que es un niño.

En decenas de casas, varias personas se despiertan nerviosas: hoy salen las notas definitivas. Después de cuatro exámenes sabrán si han obtenido esa plaza. Casi todos tendrán la alegría de haber aprobado pero la tristeza de no haber obtenido la máxima nota. Pensarán que no ha habido suerte, que tendrían que haberse esforzado un poco más... Lo que no saben es que la suerte no ha tenido nada que ver.

Y entre todas las historias que no conocemos llega la noche. Una noche en la que dos hombres que amaron a la misma mujer salen a recorrer las calles de Toledo.

Uno de ellos —un hombre que olvida el presente a cada momento— comienza a vagar como una sombra entre los pocos recuerdos que le quedan, buscando unas marcas que, quizás, quién sabe, imagina que hizo él mismo.

El otro, un hombre alto, delgado y de unos sesenta y tantos años que, con cara seria y un pequeño aspaviento, consigue mover a un grupo que ya le espera para iniciar una nueva visita por la ciudad.

Gracias.

A los lectores,
porque aunque yo he escrito la novela,
sois vosotros los que le dais vida.

A Carmen Romero,
por acompañarme en este camino literario.

A mis padres,
por todo lo que me han enseñado.

A mi hija,
por todo lo que aprenderé de ella.

A Ayla,
por recorrer las calles de Toledo y de la vida conmigo.
22-X-2011

A Toledo,
por existir.

Desde 2013 venimos realizando rutas
por Toledo para recorrer los escenarios reales de la novela.

Este proyecto no sería posible sin la ayuda de los
guías de RUTAS DE TOLEDO, que ya forman parte
de mi familia. Gracias Gudi, Juanlu y Luis.

Y gracias también a Enrique, que nos abre las puertas
del hotel La Almunia de San Miguel para que los participantes
en la ruta puedan conocer la casa donde se
ambienta parte de la novela.

Si te apetece recorrer conmigo
los escenarios reales de este libro,
puedes obtener toda la información en
www.eloymoreno.com
¡Nos vemos en Toledo!

Y me reservo esta última página para daros
las gracias a todos vosotros, a los lectores.

Vuestros comentarios y recomendaciones han conseguido
que mis libros lleguen mucho más lejos
de lo que nunca hubiera soñado.
Gracias, de corazón, muchas gracias.

Y como siempre, me encantaría que
me hicierais llegar vuestros comentarios.

eloymo@gmail.com
🅘 eloymorenoescritor
🅕 eloymoreno.escritor
www.eloymoreno.com

OTROS TÍTULOS DEL AUTOR

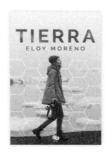